她好像有點甜

Blossom

我將心意悄悄藏起，
再藉著春意
送給你。

三杏子 著

楔子

九月初的天燥熱難安，夏季臨到了尾聲，卻遲遲不肯撇下一點句讀，非要用餘下的暑氣充塞人間，將句號硬生生拖成刪節號，倔強得很。

今天是久違的開學日，蘇有枝離家後，頂著大太陽走了五分鐘，終於見到位於十字路口的那間便利商店。

一進入店裡，涼爽的冷氣立刻撲面而來，將身上的悶熱全數捲走。她滿足地喟嘆一聲，感覺全身的毛孔都藉此得到了解放。

蘇有枝攏了攏因汗水而半黏在身上的白襯衫，繞到後方的架子，開始物色早餐。最後她挑了咖哩麵包和蘋果牛奶。

此時是早上七點多，正是上學時段。因這裡位於K市一高附近，不大不小的一家店很是熱鬧，學生三三兩兩挑著早餐，櫃檯前排隊的人也不少。

蘇有枝等了一陣，終於輪到自己結帳。

「總共六十元。」店員刷了條碼後道，「需要點數嗎？」

她沒有集點的習慣，一邊搖頭，一邊伸手探進書包。

摸索了一陣之後，蘇有枝終於找到錢包，豈料打開後，只見那慘澹的內裡。她的面色頓時發白，忽地想起，昨天去逛書店時順便買了高二的參考書，回家後又忘記跟母親請款，這會兒手上剩沒多少錢。

蘇有枝不死心，把錢包倒過來，將所剩無幾的零錢全倒了出來。

店員看著少女站在那兒數銅板，不禁爲她捏了把冷汗。

三十塊、五十塊、五十五塊、五十六塊……在數到最後一枚銅板時，蘇有枝的臉色瞬間垮了下來。

五十八塊。

她哭喪著臉，怎麼偏偏就差兩塊錢……

「那個，不好意思，請問可以用電子支付嗎……」蘇有枝怯生生地道，一雙明澈大眼裡滿是尷尬，「我、我錢好像有點不夠……」

店員覺得她挺可憐的，溫聲道：「可以，妳別擔心啊。」

蘇有枝鬆了一口氣，連忙掏出手機，點開電子支付ＡＰＰ，秀出付款碼給她掃。

「嗶」的一聲，店員看著螢幕，眨了眨眼，「同學，妳的存款好像也……」

「不、不夠嗎……」蘇有枝出口的聲音都是抖的。

店員嘆了口氣，給予她最後一擊：「嗯。」

蘇有枝一臉生無可戀。

她怎麼又忘了，前幾天爲了買做布朗尼的材料，把戶頭裡的錢幾乎都領了出來，現在裡面也就剩個十幾塊而已。

後面還有好幾個人在排隊，蘇有枝頂著店員和其他客人的目光，覺得自己活了十七年，從未如此尷尬過。

空氣凝滯了幾秒，最終她喪著臉把桌上的零錢撿回錢包裡，一臉窘迫地道：「那個，要不然我就先——」

「一起結吧。」

一道男聲打斷了她的話，蘇有枝疑惑地轉向聲音來源，只見身後站著一名少年，年紀似乎與她差不多大，身上卻沒穿校服，反倒穿了一身黑。

她見他把手上的三明治和礦泉水放到她的蘋果牛奶旁邊，愣了一下後才趕緊道：「其實沒有關——」

「我等很久了，快點。」少年再一次打斷了她的話，清俊的面容沒有半分表情，倒是耷拉的眉眼隱隱摻了不耐煩，渾身氣質都是冷的。

蘇有枝閉嘴了。

順利結帳後，蘇有枝抱著自己的早餐，在少年走出店門前攔住了他。

「同學，謝謝你啊，抱歉給你添了麻煩。」她咬了咬下唇，有些不好意思，「你留個聯絡方式給我吧，我之後把錢還給你。」

少年目光淺淡，將眼前的女孩子打量一番，最後道：「不用了。」

語畢，他便毫不遲疑地旋身離去。

蘇有枝「哎」了一聲，趕緊拉住他，「不行呀，六十塊也是錢，都能吃一餐了，我必須還你。」

少年瞅了眼蘇有枝拽著自己衣角的手，接著將目光移到她身上。

蘇有枝被那雙毫無溫度的眼瞳看得一陣慌，小心翼翼地放開了手，「那個……」

「六十塊就當作花錢消災，不用還我了。」他漫不經心地道，隨後指著她懷裡的麵包，「喔，順便提醒妳，那個挺難吃的。」

語聲落下，蘇有枝愣了愣，待她反應過來時，少年早已走遠。她看了眼手中新發售的咖哩麵包，一臉無語。

第一章　布朗尼

蘇有枝走進教室的時候，裡頭早已是一片熱鬧的景象，聊天的聊天，打鬧的打鬧，沸反盈天。

這個新班級……還挺活潑的？

就在蘇有枝這麼想的時候，眼前一抹黑影倏忽而過，她還沒來得及反應過來，就被撞得往後踉蹌幾步。

她扶著門框穩住身子，下一秒面前就出現一張放大的臉。

「對不起對不起，妳沒事吧？」少女扶著她的肩膀，滿臉擔憂，「撞疼妳了嗎？」

眼前的少女大約比她高出半顆頭，蘇有枝懵了一下，才道：「沒事……」

「呀！唐初弦妳好大的膽子，才開學第一天就撞傷新同學了！」不遠處一名少年嚷嚷著，三步併作兩步地跳過講臺，跑到唐初弦的身邊。

「閉嘴啊你，要不是你這個死小孩把我的暑假作業藏起來，我有必要在教室追殺你嗎？」唐初弦翻了個白眼，轉頭朝對方吼去。

蘇有枝被眼前的景況弄得一愣一愣的，下意識揉了揉方才被撞得有些紅的額頭。

唐初弦回過身來，看到蘇有枝一臉錯愕，連忙解釋：「不是霸凌也不是吵架，妳不要擔心。我和他高一就認識了，不打不相識哈哈哈。他藏我作業，我就搶他奶茶，日常操作，沒問題的。」

這時少年把唐初弦往旁邊擠開，朝蘇有枝伸出手，「同學妳好，我叫鄭洋。」

蘇有枝眨了眨眼，握住他的手，「你好，我是蘇有枝。」

「我家孩子小小年紀不懂事，開學第一天就冒犯了妳，希望妳不要介意啊。」鄭洋神情鄭重，「不過如果妳介意的話也可以跟我說，我會好好教訓她的。」

「鄭洋你有完沒完！誰是你孩子了——」唐初弦抬手作勢要打他，豈料少年身手矯健，立刻往一旁的走道竄去，她被氣得不輕，趕緊追上，「今天不把你打得叫爸爸，我就不姓唐——」

蘇有枝望著兩個人在教室裡追逐的身影，靜默了三秒，覺得新同學還眞是有意思。

此時上課鈴聲正好響起，蘇有枝看向黑板上方的時鐘，果眞已經八點了，第一堂課即將開始。

「同學，上課了，還站在這幹麼？」

蘇有枝被嚇了一跳，鞠躬道：「抱歉，我這就回座位。」

女人看到她的同時揚起眉，「有枝？」

蘇有枝聞聲後立即抬起頭，也有些驚訝，「高老師！」

「眞的是妳呀，看來我記憶力還挺好的。」高媛笑，語聲放柔了些，「好了，快回座位吧。」

高媛是蘇有枝高一時的國文老師，沒想到現在竟然也成爲了她的高二班導。

「謝謝老師。」蘇有枝道了謝。轉身一看，原本吵鬧的班級在高媛進門後瞬間安靜，每個人都正經地坐在位子上。她環視了一圈，發現只剩下最後兩排的末端有空位。

蘇有枝對座位倒也沒什麼要求，畢竟在這個班級裡，沒有一個人是她認識的，坐哪兒都一樣。

待蘇有枝就坐之後，高媛雙手搭著講臺，朗聲開口：「高二六班的同學們大家好，我是你們未來兩年的班導，也是你們的國文老師。」她側身在黑板上寫下自己的名字，「我叫高媛，今後也請大家多多指教。」

話音一落，坐在蘇有枝斜前方的鄭洋突然舉手發問：「老師！那如果國文考得很爛，妳會制裁我們嗎？」

高媛定睛一看，同樣是之前教過的學生，能讓她記得的不是太優秀就是太皮，鄭洋顯然是後者。

「鄭洋。」她彎起眉眼，「你覺得呢？」

鄭洋的眼珠子靈活地轉了轉，接著又舉手說道：「漂亮的高媛仙女，如果國文考很爛，妳會制裁我們嗎？」

「別的同學我不知道，但你……」漂亮的高媛仙女笑得和藹，聲音溫柔，「讓我們一起祝福鄭洋同學。」

全班大笑。

隨後高媛指揮了一些同學去活動中心搬教科書，一部分的人留在教室大掃除。

大致打理完班級事務後，她道：「我知道你們應該都很期待班級幹部選拔，但在這之前我們先來點名，接下來從第一排開始，每個人輪流上臺自我介紹，讓彼此互相認識一下，也方便等會兒選幹部的時候，大家能有個參考。當然，自我介紹時也可以順便拉票。」

同學們依序上臺，隻身在眾人面前介紹自己。有的內向不敢大聲說話，有的講完自己叫什麼名字後就飛速下臺，沒了方才上課前喧鬧的氣勢。

唯獨鄭洋依然熱情似火。

「唷囉本，安妞哈ㄙㄟ呦！」少年的嗓門特大，風風火火地上臺，出其不意飆了一句韓語「大家好」。

臺下的唐初弦聞聲，立刻站起身揮揮手，「大家，我兒子最近迷上了韓國女團，見笑了見笑了，不要看他講得很順，其實他也只會這一句。」

眾人哄堂大笑。

鄭洋被拆臺也不以爲意，依然笑嘻嘻地繼續說：「我是鄭洋。喔，我的興趣是打排球，但其他運動我也很喜歡，聽到這裡，大家應該知道某股長要投給誰了吧？如果不知道也沒關係——」他大力地拍了拍自己的胸膛，氣勢如虹地道：「明人不說暗話，體育股長請投我一票！」

鄭洋這波操作又把全班的氣氛帶起來了，接下來的同學上臺後也比較放得開，班級氛圍變得活潑許多。

自我介紹了大半，終於輪到蘇有枝。

她深呼吸，拽著自己的裙角走上臺，望向眼前一張張的陌生臉孔，淺淺抿了抿嘴。不遠處的唐初弦見狀，猜她是有些緊張了，於是「嘿」了一聲，做出一個加油的手勢，「枝枝加油！」

一旁的鄭洋不甘示弱，扭動身子爲她打氣：「枝枝衝呀！」

高媛笑罵了一句：「你們還讓不讓人說話了。」

蘇有枝看了眼才剛認識的兩人，露出一個淺淺的笑容，兩個小梨渦陷在唇邊，心裡有些感動。

她重新調整心態，然後啟唇：「大家好，我是蘇——」

豈料話頭剛墜入空氣，便被一道開門聲打斷，一名少年從外頭的日光中走了進來。

蘇有枝對上他的目光，微微一愣，心想這不就是方才在便利商店遇到的那個人嗎？

少年的神色一如既往的冷淡，瞟了眼站在臺上有些無措的少女，又掃了一圈在坐的同學，大概理解了現況，於是漫不經心地開口：「現在在自我介紹？」

也不等有人回答，他勾了勾側背包的背帶，逕自往教室後方唯一的空位走去，邊走邊道：「我叫何木舟。好了，下一位。」

聲音不大，卻正好能讓全班聽到。

高媛被這行雲流水的行爲給整懵了，過了幾秒後才倏地站起身，「何木舟。」

「嗯？」何木舟懶懶地瞥了她一眼，拉開椅子。態度散漫又囂張。

遲到就算了，態度還這麼沒禮貌，高媛被氣得不輕，「現在都第三節課了，你遲到還挺理直氣壯的啊。」

少年用舌尖頂了頂腮幫子，將書包擱在桌面上，在全班的目光中從容地坐下。他抬眼迎上她的視線，「喔，我這不是不想上前兩節嗎？」

在K市一高，大抵是沒有人不認識何木舟，至少高二這屆沒有人不認識他。

據說上課時間，他不是在睡覺就是在做自己的事，出了名的沒把師長放在眼裡，但你說他不學無術、混吃等死吧，偏偏人家段考又考了個校排第一，分數甚至將大家狠狠甩在後頭。再加上渾身的氣質都冷，自帶一種生人勿近的氣場，規則在他眼中基本等於無形，除了平時和他玩得好的幾個孩子，通常沒有人敢輕易接近他。

而師長們則是睜一隻眼閉一隻眼，只要他不要在校內鬧出太大的動靜影響同學，給他們添麻煩就好了。

成績雖然不是一切，但在學校這個小型社會裡，成績好還是有成績好的優勢。K市一高是K市的第一志願，但凡沒有意外，以何木舟的成績絕對是能考上頂大的。說白一點，只要他的成績能夠維持在一定的水準之上，上課睡覺、遲到或蹺課，都能當成小事處理。

高媛自然也是認識何木舟的，誰知道開學第一天就出岔子了。少年沉冷的聲音中帶著輕佻，猖狂的字句刺激著眾人。學生們尚未反應過來，身爲師長的高媛則是直接氣炸了，「何木舟，你……」

「老師——」蘇有枝平時是絕對不會在師長說話時插嘴的，但不知怎的，這回竟鬼使神差地拿起麥克風。

高媛被打斷後也不惱，側首看向聲源，在見到蘇有枝時迅速調整了表情，眼神也柔和了一些。

蘇有枝眸裡盈滿膽怯，咬了咬唇，羞赧地道：「老師我肚子有點痛，能不能……」

「快去吧，不舒服不要憋著。」高媛應允，見她面色不太好，又關心道：「沒事嗎？需要找人陪妳嗎？」

「沒關係，謝謝老師。」

看著蘇有枝小跑步離開教室後，高媛也冷靜了些，見何木舟旁若無人地玩手機，她深呼吸，調整了語氣後道：「有枝就先跳過，等她回來再繼續，下一位同學是誰？先上去吧。」

才剛開學，失態確實不太好。何木舟這麼囂張，高媛也沒指望自己能讓他在升上高二的第一天就改邪歸正。

蘇有枝沿著走廊走到盡頭處的女廁，進去洗了手，對著鏡子發了一會兒呆。

其實她根本沒有肚子痛，只是覺得方才那種景況，如果不打斷，好像就會一發不可收拾，況且何木舟早上幫她墊了錢，雖然他態度挺討人厭的，但終歸是拯救她於尷尬之中，想著人情總是要還，她才順勢幫了一把。

大約過了十分鐘，蘇有枝覺得時間差不多了，便拖著步子慢慢走回教室。

此時班上的同學都自我介紹完了，高媛見她回來，便道：「有枝，正好換妳了，上去吧。」

經過方才的小插曲，班上的氣氛明顯冷了不少，誰也不敢造次，不知是怕惹怒老師，還是怕打擾到何木舟。

「大家好，我是蘇有枝。蘇東坡的蘇，『山有木兮木有枝』的有枝。」少女溫軟的嗓音響在空氣中。

高媛身爲一名國文老師，可眞是太喜歡這番言辭了，多麼有學識的介紹方式！

「我的興趣是做甜點，對於運動有點不擅長，性格比較內向，以後再請大家多多指教。」蘇有枝的音量不大，說出口的話卻依然清晰，如三月柳絮輕揚一般，細細地刮著耳梢。

「對了，我前兩天有做布朗尼，大家如果想吃的話，下課歡迎來找我。」

「布朗尼」三個字順入耳裡，何木舟玩小遊戲的手一頓，視線從手機螢幕上移開，抬首看了她一眼。

蘇有枝的眼瞳清澈，嘴邊掛著微微的弧度，小小一隻站在臺前，皮膚很白。

何木舟不知道爲什麼突然想到了以前外公養的小兔子。他眼睫微斂，目光在遊戲畫面上停留了幾秒，接著關掉螢幕，懶散地靠上椅背。

他不由得想起了剛才她說的布朗尼，巧克力蛋糕與眼前的女孩子特別相襯，都有著甜軟的氛圍，讓何木舟不禁覺得，她的興趣似乎本就該與甜點相關。

蘇有枝的座位旁邊原本是沒有坐人的，但何木舟來了正好被塡滿，她在走回去的路上又和他對到了眼。

何木舟就這麼看著她驚惶地別開視線，小心翼翼地入座，全程輕手輕腳，一副生怕呼吸大了點都會吵到他的樣子。

何木舟無語，心道老子看起來像是能吃了妳嗎？

蘇有枝被選為學藝股長。

她覺得挺神奇的，明明這個班上她半個人都不認識，這種拚人緣的事，自己怎麼還能殺出重圍當選。

班級幹部選拔結束後，也差不多到了午餐時間。班上的同學大多都有自己帶便當，蘇有枝也不例外。她打開便當盒，裡面是昨天母親給她炒的泡菜炒飯，香氣四溢，粒粒分明。

吃飯吃到一半時，唐初弦突然跑過來，見蘇有枝前面的位子空著，便坐了下來。

「枝枝。」唐初弦眨了眨眼。

蘇有枝望著她清秀的面容，也跟著眨了眨眼，半晌，驀地靈光一閃，問道：「想吃？」

唐初弦點點頭。

蘇有枝瞭然，從書包裡拿出保鮮盒，裡頭裝著四方形的布朗尼，每塊大約一口的大小。她打開保鮮盒遞給唐初弦，「吃吧。」

唐初弦眼睛燦亮，滿臉期待，揀了一塊送入口中，濃濃的巧克力味在舌尖漾開，香甜中帶了微微的苦，綿密可口。

一塊布朗尼下肚後，唐初弦張了張嘴，一時間竟不知道該說什麼。她原先只是想說來捧個場，卻沒想到蘇有枝的手藝比自己原本所想的，不知好了多少倍。

「太好吃了吧……枝枝妳是什麼神仙……」

收到稱讚的蘇有枝自然是開心的，她笑道：「好吃就多吃點呀。」

此時鄭洋經過走道，見她們兩個待在一起，便湊過來，「我也可以吃嗎？」

得到應允後，他拿了一塊，反應同樣熱烈。

班上一干同學都被鄭洋浮誇的反應給吸引過來，個個圍繞著蘇有枝，享用布朗尼。十幾歲的少年少女一興奮就鬧個不停，一人一句將蘇有枝全身上下都誇了個遍，惹得她有些不好意思。

蘇有枝眼底盪著喜悅的光，說道：「謝謝你們呀，之後有做其他甜點再分享給大家。」

這是何木舟被吵醒後聽到的第一句話。

女孩子的嗓音溫溫順順的，裹著巧克力的香氣，不知摻入多少糖分，甜得讓人心尖微微發緊。

何木舟瞇著眼，側首看向旁邊被大家圈著的蘇有枝，正眉眼彎彎地說著什麼。

他昨天熬夜到三點，今天一大早就起床了，本想來學校補眠，豈料午休時分卻依然喧鬧，而嘈雜來源就是坐在自己隔壁的同學。

何木舟的起床氣一向沒有要收斂的意思，他蹙了蹙眉，煩躁地抓了抓頭髮。這時有個同學擠了過來，不小心撞到他的桌子，桌腳摩擦著地板往外偏斜，「吱」的一聲劃開空氣。

當時正好沒有人說話，聲響格外清明。

於是旁邊的一干人同時頓住了，轉頭就見何木舟眉眼耷拉著，目光停在自己被撞歪的桌子上，渾身上下都發散著冷意，氣溫彷彿在一時間降至冰點。

「對、對不起……」撞到桌子的同學被他的氣場震懾住，聲音都抖了幾分。

何木舟凝滯了幾秒，將歪掉的桌子擺正，掀起眼皮瞅了他們一眼，眸色晦暗。

蘇有枝從幾個人的身後探出頭來，發現情況不妙，連忙拿起保鮮盒，送到他眼前，「何同學，要不要吃吃看布朗尼？」

見沒人說話，蘇有枝又往前遞了遞，硬著頭皮繼續道：「看你剛剛都在睡覺，肯定沒有吃午餐，要不要吃點？不然下午會餓的。」

話音方落，午休結束的鈴聲便響起，眾人如鳥獸散。撞到桌子的那位同學又大聲地說了一句「對不起」，接著飛也似地回到了座位。

剩下蘇有枝和何木舟面面相覷。

何木舟也沒想到事情會變成這樣，他不過就是起床氣還沒消，看起來戾氣重了點，誰知對方像見鬼似的，怕到不行。

不是，撞到桌子把它移回來就好了，他還沒小心眼到這樣就要把人給怎麼了吧？

保鮮盒裡躺著兩塊布朗尼，何木舟將視線重新放回蘇有枝身上，「妳做的？」

「嗯。吃吃看？」蘇有枝應聲，上揚的尾音透著絲絲猶疑。

何木舟往盒中捏了一塊。他的手指修長乾淨，皮膚比一般男孩子還要白，襯著深棕色的布朗尼，有一種視覺上的衝突美感。蘇有枝的目光在他的手上停留了幾秒，接著像是怕被抓到似的，不動聲色地移開。

她這時才發現，對方不知何時換上了制服。方才在便利商店時，何木舟一身便裝，所以蘇有枝才沒想到他居然會和自己同校，甚至好巧不巧還被分到同一班。

不過換是換上了，倒也沒穿得多整齊就是了，白色的校服襯衫大大地敞開，裡頭是今早那件黑色棉T，看起來吊兒郎當。

何木舟將綿密的糕體放入口中，濃濃的巧克力在味蕾上跳舞，甜中帶著微苦，正好符合他一個甜食控，甚至是巧克力控的口味。

很好吃。他很久沒有吃到口感這麼紮實的布朗尼了。

「還不錯。」何木舟心下起了細微波瀾，面上卻是不動聲色，淡淡評了一句，接著伸手就要去拿第二塊。

蘇有枝下意識地縮了手。

何木舟一頓，緩慢地抬起頭，看向她時眸色深沉。

蘇有枝也沒想到自己竟然反射性地縮回了手，「那、那個……」

「不想給我吃？」他挑眉。

「我……」蘇有枝咬了咬唇，音量微弱，彷彿墜入空氣便會立即消融，「我還沒有吃……」

女孩子聲音怯怯，看著有點可憐，何木舟骨子裡的劣根性探了頭，莫名起了點逗人的心思。

「妳肚子還好嗎？」他沒頭沒尾地道。

「還好……」蘇有枝茫然，「啊？」

「剛才去拉肚子了？」也沒等她回應，他逕自道：「就說那個咖哩麵包很難吃吧。」

蘇有枝一陣無語。

咖哩麵包雖然沒有像廣告吹得一樣多好吃，但是也不至於難吃到讓人胃疼的地步。不是，重點是她肚子根本就沒有出事。

「所以，」何木舟舔了舔唇，笑了一聲，「犯胃病的人不適合吃甜食。」

於是蘇有枝便眼睜睜地看著他把最後一塊布朗尼送入口中，饜足地瞇了瞇眼，一副勝利者的姿態。

她捧著空了的保鮮盒，欲哭無淚。

開學第三天，高媛宣布了要換座位。

現在的位子是開學那天同學們自己隨便挑的，來到新的環境，眾人大多是選擇和認識的人一起坐。為了杜絕學生在上課時不專心，盡跟周遭的人互動的情況，因此高媛決定將座位洗個牌。

因此蘇有枝從教室的左邊角落，搬到了右邊角落。

她正想著怎麼自己換來換去都是坐在後面時，就聽見前方傳來一聲驚喜的「枝枝」，只見唐初弦「砰」的一聲，豪爽地將桌椅放在她的位子前。

「弦弦，妳也坐這邊嗎？」蘇有枝歪了歪頭。

「對呀，我們以後就坐在前後了！」唐初弦滿臉喜悅，拉著她的手雀躍道。

蘇有枝彎唇。唐初弦是她在這個班上交到的第一個朋友，能坐在附近也挺好的。

「不過妳旁邊坐的是誰呀？」唐初弦望著全班風風火火的搬座位行動，每個人扛著家當就想快點走到新的位子，但蘇有枝旁邊始終空蕩，依舊沒有人要往這個方向來。

就在大部分的同學都安頓好新座位後，才見一名少年扛著自己的桌椅，步伐散漫地拖著，最終來到了蘇有枝身邊。

見到來人，蘇有枝下意識一抖，唐初弦不自覺屏住了氣息。

何木舟懶洋洋地掀起眼皮，覷了她們一眼，目光淡薄。

蘇有枝生無可戀。何木舟的氣場強大，性格又冷，坐在他身旁壓力確實很大，就算兩人沒什麼交流，但她依然無法忽視他的存在感。原本還想說終於能逃離對方的魔爪，豈料命運將他倆綑在一起，躲也躲不過。

隔天，蘇有枝睡眼惺忪地來到學校，一踏進教室，就看到高媛站在講臺前和何木舟說話。

她第一個反應不是何木舟怎麼了，而是原來他也會這麼早來學校啊。

經過講桌的時候，她隱約聽到了「朝會」、「上臺」等幾個詞。落座的同時，何木舟正好走回來，他的表情如覆了一層霜雪，窗外的晨光都沒能替他添上半分暖。

見他一如既往的冷淡，蘇有枝心想他可能又闖禍了，等一下朝會估計要被當眾檢討，所以才會神色不佳。

她眨了眨眼，打開書包，把今天要交的考卷抽出來，假裝剛才沒有聽到任何消息。

晨間打掃完便是每週一次的朝會，升旗、致詞、頒獎等一些既定的流程結束後，大家以爲終於禮成要散了，豈料學務主任卻突然走上臺，拿起麥克風發言：「我們有請高二六班何木舟同學。」

眾人喧譁。

不是在猜何木舟最近又幹了什麼好事，就是在討論他的悔過書到底有沒有寫，寫了的話是自己瞎扯的還是找別人代筆，隔壁班的幾位男同學甚至開了賭盤，賭他今天會不會出現。

話題主角在眾人的眼光下，散漫地走上司令臺。

「二年六班何木舟同學，在九月一號開學當天，於上學途中遇見氣喘發作的老人，卻能臨危不亂，當機立斷叫了救護車，並在現場協助穩定狀況，使老人的生命遠離威脅。特此公開表揚何同學的善良與熱心，以及危機處理能力。希望大家以此爲模範，培養仁愛之心，不吝惜去幫助他方，共勉之。」

奏樂聲響起。

大家聽到熟悉的音樂前奏，便反射性地開始拍手，拍了一陣才對眼前的光景有所反應，好幾個學生面露驚詫。

蘇有枝也有些訝異，原來何木舟不是要被當眾檢討，而是公開褒獎。

她也犯了先入爲主的壞毛病了。

掌聲結束後，學務主任又拿起麥克風，繼續道：「若不是我們的張教官在看這則新聞時，捕捉到何同學的身影，他的善舉將沉寂於時間流逝中，這種爲善不欲人知的謙虛心態，也值得我們多加學習。」

在主任發自肺腑地感嘆、勉勵學生時，蘇有枝發現，別人上臺被表彰都是滿目喜悅，怎麼到了何木舟這邊，便成了神情倦懶、漫不經心。

學務主任全程有多麼的慷慨激昂，他看起來就有多麼的事不關己，彷彿被表揚的人不是自己。

「所以主任，我可以下臺了嗎？」過了幾秒，何木舟冷冷地道。

九月初的陽光豐盈，熱意蒸騰在空氣中，連白雲看起來都是燙的。夏末最後一瓢暑意正發散著，操場上熱鬧紛紛，少年卻一身清傲，與周遭的喧囂隔絕開來，是不染塵世，也是無意於塵世。

見他一臉沒興趣，學務主任愣了一下，才道：「啊，可以可以，快下去休息吧。」

何木舟下臺後，學務主任又嘮嘮叨叨了一陣，朝會才終於散了。

回教室的路上，蘇有枝看到不遠處有個身影直衝而來，接著在距離自己幾步之遙的何木舟面前停下，興奮地亂蹦。

「哥！您太棒了哥！您簡直就是我們群裡的驕傲！」少年比何木舟矮了大概半顆頭，跳躍力倒是出乎意料的好，跳起來像是一顆小火箭，足足比何木舟高了幾十公分。

何木舟翻了個白眼，滿臉嫌棄，「給老子滾遠點。」

小火箭沒理，湊到他身邊繼續嚷嚷：「舟哥！我尊敬的舟哥！我爲善不欲人知的舟哥！我要封您爲愛心救命大使！」

小火箭跟著何木舟一路走到了六班。

蘇有枝和唐初弦兩人走在後頭，目睹了全程，前者大開眼界，後者人已經笑沒了。

上課鈴響，小火箭也沒能繼續吹捧了，立刻滾回自己的班級，回去前還不忘給他舟哥一個熱情飛吻。何木舟甩都不甩，逕自走進教室。

蘇有枝看著方才被公開褒獎的那個人，像是什麼都沒發生過一樣，坐下來長腿一伸，從口袋裡摸出手機開始玩遊戲。

她瞅了一會兒，發現他骨相瘦削卻不失精緻，下顎的線條流暢，側臉有點好看。就是整個人看著慵懶得不行，還給人一股既疏離又冷淡的感覺，彷彿對於任何事情都沒有興趣。

蘇有枝沉浸在何木舟爲什麼這麼神祕的苦惱中，自以爲悄無聲息地偷看他。何木舟發覺了身旁那若有若無的視線，把目光從手機螢幕挪開，落到女孩子身上。

「有什麼事直接說。」他道。

聞聲，蘇有枝嚇了一跳，張了張嘴，欲言又止。

「不說？」何木舟打開手機，回了一條訊息，語聲清冷，「不說就拉倒，也別看了，老師快來了。」

蘇有枝還是有些好奇。

「我看過那則新聞，當時還想說那個人好厲害，同樣身爲高中生，如果是我可能就慌到不行了。」在英文老師還沒踏進教室前，她連忙問道：「爲什麼你那天不跟班導說遲到的眞實原因啊？還因爲這件事而被班導罵了，但你明明就是做了好事，甚至救了老人一命。」

何木舟回憶起那個早晨，在便利商店遇到蘇有枝後，他因爲不想太早到學校，便在街上遊蕩。在彎進一條巷子時，看到前方老人的身子突然搖晃了下，他起先沒有太在意，直到對方的步伐愈來愈不穩，他才驚覺不對，立刻撥打救護車專線，以防患未然。才剛掛了電話，老人便摔倒在地。

他連忙上前察看，只見老太太大口大口地喘著氣，面色蒼白、痛苦，嘴裡嗚咽著什麼，往布袋裡使勁掏，卻因爲手劇烈顫抖著，所以什麼也沒掏出來。何木舟凝神才聽清楚她含糊地說著「藥」字，趕緊扯過那袋子翻了一輪，終於在最底下找到一小罐藥瓶。

這時周遭漸漸聚集了一些人。

第一次撞見這個情況，他其實有些慌張，但人命關天，不容許一絲遲疑，於是他迅速倒出藥丸，讓老太太就著礦泉水服了藥。

直到搭上救護車來到鄰近的醫院，何木舟才回過神來。

見醫護人員照顧老太太的模樣，他心想，幸好口服藥有稍微緩解症狀，幸好方才在便利商店有買水，幸好先叫了救護車。

幸好。

後來他向醫護人員簡單解釋了剛才的情況，確認老太太遠離生命危險後，便離開了急診室，回到學校。

他無意宣揚，卻沒想到新聞在報導的時候，放出了那條巷子的監視器畫面。監視器拍到了現場的混亂，以及他與老人的身影。隔天到學校後，何木舟便被叫到教官室確認身分，以及講述事情經過。

思及此，何木舟掀了掀眼皮，說道：「喔，懶得解釋。」

蘇有枝一臉無語。

遲到兩節可是會被記曠課啊，那您也是夠懶的。

接著幾天下來，蘇有枝覺得何木舟好像有點低調。

她發現他並沒有如傳言一般，整天蹉跎生命、惹事生非。什麼拿到考卷就閉眼塡答案，或是常常蹺課溜出去玩這些事，她都沒有見過。

下課有沒有打架她是不知道，但上課肯定是沒有一直睡覺的。

在不認識何木舟以前，聽完傳聞的她還納悶這種遊手好閒的人怎麼能永居校排第一，現在倒是有幾分明白了。

其實何木舟大部分的時間都還是會聽課，只是神情淡漠又倦懶，看起來心不在焉，像是沒有認眞聽的模樣，雖然偶爾會睡覺，但那大多是發生在講課內容很無聊的時候，這時他會把後面的題目逕自寫完，沒事做了就乾脆趴下來補眠。

這個人跟她原先想的好像不太一樣。

作爲學藝股長，蘇有枝每個禮拜五放學前要把教室日誌交到教務處，這天她達成任務後，攏了攏書包的背帶，準備回家。

夏末的黃昏總是暖色調的，雲層裹著碎金，兜住殘煙般的餘熱，天空在遠端緩緩揉捏出夕霞，不知不覺便暈染過半片晚景。

蘇家距離K市一高不遠，走路大約五到十分鐘就能到了，她幸運地避開了搭車的麻煩，經過學生三三兩兩群聚的公車站牌，往住宅區走去。

學校附近開了一家新的日式咖哩店，方才下課前唐初弦問她要不要一起去那裡吃晚餐，現在有開幕優惠，出示學生證還會多送一杯飲料，特別划算。可惜她等等有一個家教課要上，只得含淚拒絕。

提到咖哩，蘇有枝不知怎的又想到了那個咖哩麵包。

那個被何木舟嫌棄得要死的咖哩麵包。

「也沒有不好吃呀……」她小聲地自言自語，見地上有顆小石子，順勢踢了一腳，賭氣似的。

就在繞過一個社區的時候，她突然聽到了一陣哀號，細小微弱的，散在傍晚的空氣裡，如煙如塵，沒有凝神幾乎聽不見。

蘇有枝一開始還以爲自己聽錯了，豈料愈是往前，那哀號聲便愈大。她心一驚，連忙往聲源快步走去，擔心有人需要幫忙。

然後她在一個小巷口緊急煞住了腳步。有人在打架，或者說，單方面在打人。

一名少年抓著另一名少年的衣領，兩個人的身形明明差不多，身穿市一高制服的那個卻是被另一方輕而易舉地提了起來，下一秒，便被劇烈地丟往牆角。

蘇有枝嚇了一跳，感覺自己撞見了不太妙的場景，腦內還在掙扎要去幫忙還是假裝沒看到時，穿著黑T的少年已走到市二高面前，一腳踩上他的腹部。

市二高爆出淒厲的慘叫，與此同時，小巷的另一側也傳出一道驚恐的叫聲。

蘇有枝這才發現原來這裡還有第四個人在。

有個男孩子蹲在那兒，留了一頭非主流的西瓜皮，眼鏡歪斜著掛在鼻梁上，瘦小的身子顫得不行，目光驚惶地落於不遠處的兩人身上，身上還穿著市一高的制服襯衫。

蘇有枝的眼珠子轉了轉。雖然鬥毆現場很可怕，她的母親也總提醒她遠離這方面的事，以免被捲入紛爭時，吃虧的十有八九都是自己；可是她又覺得就這麼拋下他們不太好，何況現場還有一個同校的，若是情況失控了怎麼辦，如果傷得太嚴重沒辦法自理，至少也需要有人幫忙叫救護車。

蘇有枝天人交戰了半天，依然無法泯滅良心直接離去，因此決定靜觀其變。爲了避免被發現，她悄悄躲到牆壁後方，只探出半邊臉觀察情況。

而那邊的黑T少年，盯著市二高痛苦的表情，腳下力道不減反增，從容不迫地看著他面部扭曲、斷斷續續地呻吟，不知道過了多久，才終於抬起了腳。

市二高掙扎著想要起身，就被黑T少年一把抓起來按在牆上。

動作起伏間，黑T少年的側臉轉了過來，蘇有枝愣了愣，覺得這人怎麼長得有點像她同學呢？

「痛苦嗎？」黑T少年沒有溫度的嗓音在逼仄的小巷中響起。

聲音不大不小，卻正好能讓蘇有枝聽見。

是了，還眞的是她同學。

冰冷的語聲落下，市二高臉憋得紅，眼角滲出淚，瘋了一般地點頭。

何木舟輕笑一聲，「你不斷向他討錢的時候，他也是這麼痛苦的。」

原本蹲在一旁試圖降低存在感的西瓜皮，聽到自己被點名，又抖了一下。

「想要錢就自己去賺，你媽生你下來，不是為了讓你幹這種不要臉的事。」何木舟眸光陰鷙，攥著衣領的手一鬆，市二高整個人又被扔到地上，「砰」的一聲悶響。

「就你們這種貨色，也只會欺善怕惡、霸凌弱小，我真不懂是誰給你們的自信在街上橫著走。」他凝視癱倒在地的市二高，嘴角勾起一抹弧度，卻沒有半點笑意，「下次再讓我遇見，就別怪我教你怎麼做人。」

市二高怕死了，頂著一張鼻青臉腫的臉，連滾帶爬逃離小巷。

看著他逃走的背影，何木舟也沒有戀戰的意思，有達到警告效果就好。他拍了拍因為打架而抹上髒汙的手，面色隱隱滑過一絲嫌棄，正要離開的時候，眼角餘光瞥到躲在角落的西瓜皮，這才想起他的存在。

何木舟淡淡地瞟了他一眼，西瓜皮眼底的恐懼更加明顯了，呆滯幾秒，拽著書包飛也似地溜了，只扔下一句模糊的「謝謝」。

何木舟不怎麼在意，拎起丟在地上的側背包，掃了兩下衣襬上的灰塵，提步準備離去。而這一側首，便與那探出半邊臉的少女，對上了目光。

蘇有枝在見到西瓜皮跑走的時候就想躲回去，但已經來不及了。對上眼的瞬間，她彷彿看到了自己跟市二高同樣的下場。

最後一抹暮光穿透小巷，將狹窄的甬道切割成兩半，涇渭分明的光暗橫亙而過，何木舟處在交界的中心，半暝半亮。夕色滾上他挺直的肩線，又在背脊後方落下了一道重重的陰影。

少年眼底的戾氣尚未完全散去，眸中是鬱鬱的黑，死寂卻帶著鋒芒，混濁又清晰。

蘇有枝心下一顫，裙襬上的手捏得更緊了。她的腦袋一片空白，感覺現在說什麼都像是在替自己愛看熱鬧不嫌事大的行爲辯解。

豈料何木舟只是面無表情地看了她一眼，之後便逕自從她身旁走過。

直到少年都快走出路口了，蘇有枝才回過神來，追了上去。

「同學。」她一把抓住他的手，「何同學。」

何木舟在被攔下的瞬間輕輕蹙了眉，隨即斂去面部不耐，旋過身看著眼前喘著氣的少女。

她的手偏小，骨骼纖細，攥著他的力氣卻不小，細微的溫熱纏上手腕，觸感溫膩。女孩子的手怎麼跟棉花糖布丁似的，他想。

蘇有枝恢復了正常的呼吸頻率後，連忙抬起頭問道：「何同學，你沒事嗎？」

何木舟沒回答，目光落在蘇有枝抓著他的手上，淡淡地道：「手。」

蘇有枝這才意識到自己竟拽著人家不放，她趕緊鬆開，掩藏在髮絲後方的耳根子紅了，有些不好意思，「抱歉……」

何木舟盯了她半晌，終於回道：「沒事。」

蘇有枝的視線在他嘴角的瘀血上逗留，接著移到眉尾的一道血痕，而後緩緩開口：「才怪。」

她卸下書包，從暗袋裡翻出一片ＯＫ繃，塞到他手裡。

「雖然我來的時候已經是你把對方按著打的局面了，但就算你再會打架，對方多少也會反抗，你不可能毫髮無傷。」她又瞅了一遍他的臉，發現側面還有一個紅腫的手印，「果然。」

何木舟捏著那片ＯＫ繃，看蘇有枝一本正經地分析，突然覺得挺有意思的。

「不怕嗎？」他沒頭沒尾地問。

蘇有枝心想她可真是怕死了，不管是何木舟還是打架現場，氣勢這麼狠戾的一個人，怎麼可能不怕，但她最後仍是挺著身子朗聲道：「不怕。」

何木舟舔唇笑了一聲，也不戳破她。

與此同時，蘇有枝的手機鈴聲響起，一看是母親來電，她連忙按下接通，「喂，媽咪。」

「枝枝？怎麼還沒回來？妳今天不是要上家教課？」

蘇有枝方才太沉浸於打架事件中，忘了等一下要上家教課，經母親這一提醒，才想起來有這件事。

她看了眼時間，再不回家就要遲到了。

蘇有枝應了幾聲，趕緊掛掉電話轉身離去，跑了幾步後又折返回來，對著何木舟道：「那個，傷口。」

何木舟掀了掀眼皮，懶散地道：「嗯？」

「傷口記得處理，要先消毒再貼ＯＫ繃，盡量不要碰水。」蘇有枝指了指他臉上的幾道傷痕，「我家教課快遲到了，先走了，何同學再見——希望下禮拜一能看到你。」

何木舟望著少女急忙離去的背影，天色逐漸暗沉，街燈適時亮起，光線打在她纖細的身子上，地上拖著的影子也行色匆匆。

他咀嚼了一下方才她說的話——希望下禮拜一能看到你。

這是在暗指他今天下午又不去學校了，這是在暗指他下禮拜不要蹺課了，這是在暗指……

見那身影在視野裡愈來愈小，何木舟捏著ＯＫ繃，突地彎了彎唇，扯出一個看不清情緒的笑。

時節逐漸入秋，東北風喧囂，清晨依然灰濛一片。

何木舟起身看了眼窗外，遠方地平線的雲層隱隱透出幽微的晨曦。他瞇了瞇眼，也不看時間，直接倒回去睡。

五分鐘後，少年再次坐起身。

重新入睡前的那刻，蘇有枝那句「希望下禮拜一能看到你」倏地竄進腦海。

昨天陳露意外地提早回家，他不想順著她的心意好好讀書，便故意在她眼皮子底下不做正事，直到凌晨才打開卷子解題。照理來說他現在應該很睏，豈料少女的聲音卻在他腦中種下了一抹清醒，開始發散，攪得他怎麼樣也睡不著。

他鬼使神差地下床梳洗。

打理好自己後，何木舟看著牆壁上的掛鐘，六點半。

他上了高中後就沒有這麼早出門過，不是壓線到校，就是遲到，有時甚至乾脆不去學校。

今天他不知道是中了什麼邪，突然覺得自己不該遲到，不該早退更不該蹺課，應該要準時去學校。

何木舟一向是隨遇而安的人，他轉念一想，既然在家裡睡不著，那就買份熱騰騰的早餐去學校，吃完再睡。

他耷拉著眉眼晃到學校對面的早餐店，老闆娘認得他，平常大家快要遲到時趕著買現成的三明治和羊奶就滾了，只有這孩子悠哉悠哉地點需要現做的餐點，拿到早餐後再慢條斯理地往學校走。

這會兒還早，店裡的人不多，老闆娘看到他時很驚訝，「帥哥，今天怎麼這麼早，這都還沒七點呢。」

「下定決心奮發向上。」何木舟隨口胡謅。

老闆娘哪裡看不出他在敷衍，卻仍是多加了一條培根到他的蛋餅裡，「喲，難得啊難得，多給你一份培根作爲奮發向上的獎勵。」

有好處不拿的是傻子，何木舟欣然接受，跟阿姨道了謝便拎著早餐離開了。

走到校門口時，何木舟遇到教官，對方還一臉驚奇地看著他，懷疑自己的眼睛是否出了問題，因爲他從來沒有這麼早就看到何木舟出現在學校裡。

何木舟不以爲意，踩著懶散的步伐進到教室，吃完早餐便趴下來補眠了。

睡醒的時候，已經是第二節課了。

何木舟睡眼惺忪，看向講臺前滔滔不絕的數學老師。

捕捉了幾個關鍵字，他翻到課本相對應的頁數。啊，是和角公式和差角公式，這部分他已經預習完了。

何木舟原本想要繼續睡，反正這個數學老師只要一講課就彷彿進入無人之境，十分陶醉於自己的世界，完全不管下面的學生有沒有在聽課，所以也理所當然地不會管他是不是在睡覺。

豈料幾秒後何木舟又轉念一想，好像快段考了，還是別睡了，寫題目吧。

於是隔壁的蘇有枝上一秒還在聽老師證明正弦和角公式，下一秒就看到何木舟已經在寫下一章的直線方程式。

蘇有枝心想大老不愧是大老，上課睡覺還能超前進度。

最後兩節是地理課，但地理老師臨時請假，於是和禮拜三的自習課調課，今天大家便留在教室自己讀書、寫作業。

英文卷子寫著寫著，蘇有枝驀地想到自己假日做了巧克力餅乾，連忙從書包裡翻出保鮮盒。

她戳了戳唐初弦的後背。少女在打瞌睡，手中握著筆，頭卻有一下沒一下地點著，直到背上的觸感傳來，她才如觸電般地驚醒。

蘇有枝遞了一盒餅乾過來，唐初弦感激涕零，滿足道：「枝枝妳眞的是我的救贖，我寫老劉今天出的題目寫到快睡著，有了糖分的補充我又可以了……不是欸，就區區一個三角形爲什麼有這麼多公式啊，瘋掉。」

蘇有枝附和了幾句，覷了一眼隔壁面無表情滑手機的何木舟，猶豫了幾秒還是問他：「何同學，你要不要吃巧克力餅乾？」

何木舟神色倦懶，面上無波無瀾，一如既往的冷淡。

冷淡歸冷淡，在聽到蘇有枝的邀請時，心下一動，奇異的柔軟纏上心尖，如同少女溫和的聲嗓。

他伸手揀了一塊餅乾，「謝謝。」

可可豆的甜味在舌尖發散，與上次的布朗尼是不同風格，卻都一樣好吃，很好地滿足了他這個巧克力控的味蕾。

受到甜食的撫慰，這幾天跟陳露見面必吵架的壞心情也稍稍平息了。

吃完一片還有些意猶未盡，他看著把餅乾分給周遭同學的蘇有枝，睇了睇眼，心想這人愈看愈有意思。

後來何木舟打算趴下來睡覺時，突然一道柔軟的聲音順進耳膜。

「何同學……」

何木舟身子一僵，因補眠時間被打擾，心情有那麼一點不好；豈料抬頭看向聲源時，那逐漸翻騰的煩躁感倏地降至冰點，莫名其妙地平息了。

見蘇有枝咬著下唇，一雙鹿眼澄澈分明，深處透著小小的慌，握著自動鉛筆的手比往常都緊繃，侷促的氣息藏也藏不住。

「怎麼了？」

「那個……」

「嗯？」

「不、不好意思打擾了，想請問，就是……」蘇有枝抓著考卷，聲音微弱，一字一句斷斷續續地墜在空氣中，彷彿一出口就會消融，「您可以教教我這題嗎？」

甚至用了「您」。何木舟哭笑不得，面上卻依然不動聲色。

蘇有枝被看得有些慫，眼底有掩藏不了的驚惶，聲音越發小聲地道：「我、我算了好幾遍……還是解不出這個函數值……」

她從上節課就在算了，算了快要十遍，依然沒辦法解出正確答案。雖然何木舟看起來完全沒有樂於幫同儕解題的興趣，但校排第一就坐在自己旁邊，而且還有來上學，段考也快要到了，怎麼想都該抓緊機會問一下。於是最終她鼓起了勇氣，決定放手一搏，可是何木舟看起來如往常淡漠，什麼話都沒有說，眼底甚至有不耐煩的痕跡。

勇氣這種事，本來就是一鼓作氣，再而衰，三而竭，若是遲遲沒有得到回應，接下來便不知消弭到哪兒去了。

蘇有枝有點後悔了。

何木舟瞅了眼少女，見她手中的考卷因爲緊張都快被抓爛了，可憐巴巴的模樣，看著有些無助，像隻被人拋棄的小白兔。

於是他在補眠和幫忙解題之間糾結了不到三秒，接著肩膀一塌，將人手中的卷子抽了過來。

女孩子好像有點可愛，這誰他媽拒絕得了。

教室靜寂，除了最後方少年壓低的聲嗓，在空氣中迴盪著。

「妳已經算出tan的二分之一θ是K，那麼要算tanθ就可以用和角公式去解……接著要求線AB，由tanθ可知……最後要求sinθ和cosθ，題目本身設線BC爲1……所以得sinθ……然後cosθ……好了，這樣有懂嗎？」

蘇有枝安安靜靜地待著，半晌才回過神來，緩慢地點了兩下頭。

何木舟見她一臉懵，明顯就是沒懂的模樣，輕嘆了口氣，抽過一旁墊在課本下的空白計算紙，打算再講解一次。

「我換個方式再說一遍，妳聽聽看這樣有沒有比較好理解。」

蘇有枝又茫然地點了點頭。

講完第二次後，見她仍沒有反應，何木舟重新審視題目，想到了第三種更平易近人的解法。

對於自己超乎尋常的耐心，何木舟也覺得十分意外。

「還是沒懂嗎？我再講一遍。」他的筆尖指著線AC中間的D點，又指了指B點，「妳看這是它的角平分線，然後這樣……」

蘇有枝方才捕捉到對方眼底一閃即逝的挫敗感，心裡難免有些愧疚。其實她不懂不是因爲他講解得太複雜，而是剛才何木舟在解題的時候，她看著他骨節分明的手，不知不覺就分了神。

少年握著黑灰色的自動鉛筆，使手指更顯白皙修長。她的目光下意識地順著小臂向上，途經流暢的頸線，而他一向不好好穿制服，襯衫領口微敞間便是那若隱若現的精緻鎖骨……

蘇有枝望著何木舟清俊的側臉，他的鼻梁挺直，薄唇一張一合，正專心地分析數學題目的公式。由於距離相近，她還可以看到他眼瞼輕斂，鴉羽般的睫毛在臥蠶下方掃了一層淺淺的影。

她不禁想，明明就是一個男的，睫毛怎麼可以生得這麼漂亮……這個念頭突然冒了出來後，蘇有枝愣了一下，她不好好聽他講解題目，在這邊觀賞人家的外貌幹麼。

本來就是她要求他幫忙解題的，還敢不專心聽講。她在心裡念咒般地重複了好幾遍「非禮勿視」，強迫自己不能再分心，認認真真地聽完第二回的解析。蘇有枝豁然開朗，感覺方才獨自解題時卡住的部分都通暢了，心想何木舟不愧是校排第一，果然連老師特別安排的進階題都能不假思索地算出來。

蘇有枝心懷感激地說了一聲「謝謝」，想了想覺得大老紆尊降貴教她，這樣好像不太夠，於是又情真意切地補了句「何同學你好厲害呀」，接著便打算回自己的座位把題目重算一遍。

豈料何木舟突然按住她要抽回去的考卷，用眼神示意她待著。

「妳算一次給我看，我要確認妳是不是真的會了。」

外頭的風伴著樹葉娑娑的聲響捎進教室，少年的聲音揉進了冰涼秋意，清冽中帶著不容抗拒。

蘇有枝眨了眨眼，覺得在校排第一的眼皮子底下算數學實在壓力太大，但何木舟看起來意志堅決，再加上她有求於人也沒那個膽子違抗，於是硬著頭皮開始解題。

她照著他剛才解析的過程一步一步地寫出來，不久後便把這道題給解決了。

蘇有枝放下筆，小心翼翼地覷了他一眼，看起來特別乖。日暮時分晚霞瑰麗，夕曛從少女身後的窗櫺透進來，何木舟見她一雙眼睛明晃晃的，瞳膜上有流光展轉，格外漂亮。

有一瞬間，他差點迷失在那晶瑩的眼眸中，下一秒便不動聲色地收回視線，將蘇有枝的表情自行理解爲求表揚。他草草掃了一眼她寫的算式，每一步都清晰明瞭，答案也沒有錯，確實是完整吸收了。他滿意地點點頭。

外頭的暮光溫暖地裹在蘇有枝身上，披散著髮的小腦袋毛茸茸的，看著十分柔軟。他下意識地就想揉揉她的頭，說一句「妳眞棒」。

何木舟擱在桌沿的手動了一下，待反應過來時，又硬生生地把那股沒來由的衝動給壓了下去。他輕咳一聲，最後憋出了句：「寫得很好，爲師十分感動。」

蘇有枝一言難盡。

而在她糾結著要配合演出還是就這麼算了的時候，何木舟的手在口袋裡摸索了下，接著掏出一顆糖。

蘇有枝定睛一看，躺在他手心的是一顆水果糖，粉紅色的包裝，應該是草莓口味。她對上他的目光，無聲詢問。

「寫得很好……」他不常稱讚別人，似是有點詞窮，有些笨拙地重複了方才的話，「一點獎勵。」

氣氛一時有些微妙。

蘇有枝說不上來哪裡奇怪，不知道是傍晚的夕光太旖旎，還是今天的晚風特別溫和，在斜陽餘暉下的少年，看上去添了幾分溫柔。

「謝、謝謝……」她接過水果糖，聲音細如蚊吶，睫毛快速地搧動了幾下，是緊張的象徵。

何木舟一向秉持著「只要有人比我更尷尬，那尷尬的就不是我」的準則，因此一見到蘇有枝這副模樣，他剛剛的無所適從立刻煙消雲散，恢復了往常倦懶的姿態。

正好這時下課鐘聲響了，打破兩人之間凝滯的空氣。蘇有枝又飛快地道了一次謝，便轉回去收拾書包，途中還不小心弄掉了放在桌上的數學講義。

何木舟看著少女手忙腳亂的模樣，泰然自若地往椅背一靠，淺淺勾了勾唇角。

第一次段考風風火火地襲來，又風風火火地離去。

考完最後一科時，唐初弦問蘇有枝要不要一起吃晚餐。

蘇有枝應了聲好。由於段考結束，所以今天的家教課也跟著停課一次，讓她可以好好放鬆一下。

兩人挽著手走向學校附近的日式咖哩店。上回開學開幕優惠的時候，唐初弦有邀請過她，但蘇有枝當時因爲要上家教課只得婉拒，這次終於去成了。

「這家的招牌是乾咖哩，枝枝妳可以嚐嚐看，布丁也很好吃。」唐初弦指著菜單推薦道。

布丁對於蘇有枝這種甜食控無疑是最大的誘惑，何況它不是那種簡單的冷藏布丁。這款布丁以焦糖爲基底，上頭綴著當季水果和鮮奶油，盛在高腳玻璃容器中，看著精緻又可口。

蘇有枝覺得那布丁瘋狂散發著「來吃我」的訊號，也不管自己的荷包在前幾天因爲買做蛋糕的材料而瘦身不少，心一橫直接點了下去，就把這當作是給自己登出段考的慶賀禮。

點完餐之後，蘇有枝和唐初弦便開始天南地北地聊起天，過了一段時間，等來的卻不是餐點，而是某個熟悉的身影。

孫明一進店裡就看到了她們，眼睛一亮，「欸舟哥，那不是你們班的同學嗎？」也不等何木舟回話，他便直直往蘇有枝那桌走去。

何木舟眉梢微挑，舌尖頂了頂後槽牙，接著慢條斯理地跟了過去。

孫明是個自來熟，見兩個女生待的是四人桌，便極其自然地在唐初弦身邊坐下，「嘿同學，我是三班的孫明，店裡沒位子了，可以併桌嗎？」

唐初弦也是個善於和人打交道的性格，她爽快地應了下來，還抽出一旁的菜單遞給他，「那有什麼問題。」

就位後不見何木舟的身影，孫明回過頭才看到他拖著腳步慢慢走來，趕緊揮手，「這裡啊哥。」

蘇有枝被這突如其來的發展給整懵了，她絕對想不到離開了學校後，連吃個飯都還會跟何木舟挨在一起。

她看著跟唐初弦聊得熱絡的孫明，覺得有點眼熟，五分鐘後才回憶起他就是「小火箭」。那個在朝會結束後，一蹦一跳跑來瘋狂誇獎何木舟的「小火箭」。

何木舟的目光在菜單上掃了下，最後起身去點餐，全程沒有講半句話。等他走回座位時，正好聽到他們在討論方才的生物考卷。

見孫明聽著兩個女孩子討論減數分裂的過程，時不時地點頭附和，何木舟懶洋洋道：「裝什麼，你又聽不懂。」

孫明無語。我不要面子的嗎哥。

何木舟在一旁聽她們分析題目，偶爾順勢提點兩句，等到話題結束時，餐點也送上來了。

「餓死我了餓死我了。」唐初弦手腳麻利地給大家分配餐具，「開動！」

一頓飯下來，基本上都是唐初弦和孫明在說話，何木舟本就話少，蘇有枝則是埋頭吃飯。然而就在蘇有枝心心念念的布丁送上來時，一直不說話的何木舟突然側頭看向她，問道：「妳點了布丁？」

蘇有枝「嗯」了一聲，不以爲意，準備好好享用她的布丁，豈料才吃沒幾口，就感受到身旁那道灼熱的視線。

她轉頭一看，只見某人直勾勾地盯著她，眼神微妙，更正，不是盯著她，而是她的布丁。

蘇有枝不知道何木舟爲什麼一反常態，只感受到一股危機感湧上，下意識就想護住布丁。

「怎麼了，何同學？」她小心翼翼地開口。

何木舟沉默了半晌，終於啟唇：「我剛剛點餐的時候，店員說布丁已經賣完了。」

他的聲音一如往常的清冷，乍聽之下僅僅是在陳述一項事實，沒滲進半點情緒，蘇有枝卻莫名地聽出了一絲委屈。

「啊……眞的呀？」她尷尬地扯了扯唇，一時間也不知道該如何應答，「可惜了。」

蘇有枝一邊想，原來何木舟也有不知所云的時候，一邊吃著布丁，上頭綴著的橙瓣甘甜多汁，她咬破果肉，饜足地瞇了瞇眼。

然而滿足歸滿足，五分鐘過後，她終於受不了了。

何木舟的目光依然駐足在那顆布丁上，眼底淌著一抹熾烈。

蘇有枝深吸一口氣，「何同學，你是不是想吃布丁？」

何木舟淡淡地看她一眼，遲疑了三秒，面無表情地點點頭。

「其實你可以跟我說的，我也不是那種不願意分享的小氣鬼，但你這樣一直盯著，我壓力真的很大……」

話還沒說完，蘇有枝就聽見對方一聲低低的「對不起」。

她愣了愣，沒有料到他會道歉，懵了一會兒才回過神，趕緊道：「沒、沒事，這也不是什麼大事……」

「我可以吃一口嗎？」

「可……可以……」蘇有枝哪敢說不行。

她把布丁推到他面前。何木舟拿了一把乾淨的湯匙，在她沒碰過的地方挖了一勺。間接接吻嗎……其實他不怎麼在意，但就怕有人會害臊。

孫明見狀，笑著對蘇有枝說：「我跟妳說，妳別看舟哥一臉生人勿近，高冷得像南極冰層，其實他根本就是個甜點控，每次來這邊布丁都不幸賣完，今天也撲空。」

何木舟對他的話不置可否，懶散地靠著椅背，原本有些陰鬱的面色，在吃了一口布丁後，明顯平和了不少。

「哇喔，果然人不可貌相。」唐初弦吹了一聲口哨，朝蘇有枝打了個響指，「那我告訴你舟哥，枝枝的興趣是做甜點，你可要對她好一點，這樣她才會常常分你甜食吃啊。」

何木舟眼睫微斂，修長的指擱在桌緣有一下沒一下地敲，不知道有沒有聽進去，最後才輕輕地「嗯」了一聲。

享用完布丁後，蘇有枝看了眼時間，已經超過七點了，想著母親讓她不要太晚回家，於是道：「我還有事先走了，大家再見。」

「我家裡也有事，先撤了。」何木舟跟著起身，徒留孫明和唐初弦坐在原位，面面相覷。

他與蘇有枝隔著一段距離，單手插兜，散漫地走在後頭。

見狀，孫明心想，現在晚上七點多，平常都在外頭混到十點才回家的人，是能有什麼事要處理。

夜色漸深，遠方山巔的雲霧傾壓而下，將月光攏得迷濛一片，星子細小而碎，近乎要被淹沒在漆黑的夜幕中。

大街上華燈三千，下班的人們三三兩兩地走著，熙來攘往，好不熱鬧。

蘇有枝走了幾分鐘，才發現後頭始終有人跟著。

正好遇到了紅燈，她拽著書包背帶的手縮了一下，深吸一口氣，轉頭看向距離自己幾步遠的何木舟，「何同學。」

何木舟聞聲後抬頭瞅了她一眼，拋出一個上揚的音：「嗯？」

見他這副不以爲意的模樣，蘇有枝不知怎的，底氣又散了些，吞了吞口水後，才佯裝鎮定地開口：「你家也是往這個方向嗎？」

「不是啊。」何木舟回答。

「那你幹麼一直跟著我？」

「喔，我散步。」

見她一臉無語，何木舟不禁失笑，逗人的心思又上來了，「怎麼，我不能散步？吃飽飯走一走，有助於腸胃消化。」

蘇有枝無法反駁，因爲確實句句有理。

兩人一前一後地走著，在彎過巷口的時候，蘇有枝打算順便買明天的早餐，便進了便利商店。

豈料她前腳才踏入，何木舟後腳就跟進來了。

蘇有枝朝他拋去一個複雜的眼神，何木舟挑了挑眉，指著放滿麵包的架子，「我來買明天早餐。」

「喔。」蘇有枝摸摸鼻子，訕訕地回道。

見她欲說還休的表情，何木舟饒有興致，似笑非笑地問：「妳覺得我在跟蹤妳？」

蘇有枝手一頓，差點兒把架上的麵包給拂到地面。

「沒有，我就是……」蘇有枝總是藏不住情緒，她神色慌張，一副極力想要辯駁的模樣。

何木舟眼底興味愈盛，嘴上更是無所顧忌：「我爲什麼要跟蹤一個在學校就能見到的人？還是說跟蹤妳有什麼好處？」

既然局面已經無法挽回，蘇有枝便打算乾脆換個婉轉一點的說法，「不是，我……」

「嗯？」

「只是在想……」

她想到的說法婉轉是婉轉了，但就是有點難以啟齒，甚至還顯得自作多情。

蘇有枝的聲音越發小了，頭微微地垂著，目光死死釘在地上，深怕和何木舟對到眼似的。

奇怪，明明已經快要入冬了，外面的夜風方才還吹得她有些冷，但臉頰現在爲什麼又熱了起來……

「只是在想，我是不是想送妳回家？」何木舟一點也不忸怩，直接幫她把沒說完的話講出來。

聞聲，蘇有枝頭垂得更低了，耳根子火燒似的燙。

「對，但是，我也不是那個意思……」不知道過了多久，她才遲疑地啟唇，嗓音輕盈似塵埃，一散便化爲輕煙，不仔細聽根本聽不清。

「那妳是什麼意思？」何木舟泰然自若地問。

「不是，你知道的，我沒有其他意思，就只是單純的……那個意思。」

見她一臉慌亂，唯恐自己被誤會似的，何木舟也覺得差不多了，於是見好就收，「嗯，我確實就是想送妳回家。」

這直截了當的坦承，反倒讓蘇有枝愣住了。

何木舟眼底聚了幾分笑意，一向清冷的眉眼都柔和了些許。

「妳知道的，沒有別的意思，就是單純送妳回家。」何木舟重複著她前面支支吾吾的辯駁，面色沒有絲毫波瀾，「雖然街上人也不少，但終究是晚上，女孩子一個人走回家還是得小心些。」

蘇有枝看著他的臉，理清了想法。他確實沒有別的意思，他怎麼可能對她有意思。對何木舟來說，送女孩子回家大抵就跟替老人叫救護車，幫助被霸凌、勒索的同學一樣，都是舉手之勞。只要稍稍想一下，就知道這人骨子裡善良得很，他看似冷若冰霜，實則藏著與生俱來的修養，而這種修養讓他不會視有難於無形。

蘇有枝有些感動，覺得唐初弦剛才說得真好，果然人不可貌相。真正溫暖的人是小火慢燉，而不是顯露的賁張。感人肺腑的話誰都會說，有些人乍看如烈焰般熱情，實際上卻只是涼透的空殼；而有些人則是要慢慢接觸，才會了解內裡的暖和。

蘇有枝想通後整個人都自在了起來，笑道：「謝謝你，何同學。」

兩人各自拿了麵包和飲料去櫃檯，結帳完要離開時，不遠處突然傳來一聲「何木舟」。

蘇有枝正往背包裡塞麵包和牛奶，還沒來得及抬頭看向聲源，就感覺到何木舟的身子明顯緊繃了起來。

隨即而來的是濃重的低氣壓。

何木舟站著沒動，蘇有枝偷偷覷了他一眼，只見少年的眼皮耷拉著，眉宇間攏著深深的摺痕，整個人散發著難以抑制的冷，瞳色漆黑難明。

見他面色如此不善，蘇有枝也不敢有什麼動作，乖乖地站在他身側，想盡量降低自己的存在感。

循著他的視線望向前方，一名身著正式套裝的女人走進視野中，高跟鞋踩得又急又響。她看上去大約四十歲左右，妝容精緻且不減風韻，帶著不怒自威的氣勢，冷眼看著少年。

「何木舟。」女人又喚了他一聲。

何木舟沒理，逕自從她身邊走過。蘇有枝見狀暗道不妙，果然下一秒便見女人神色又沉了幾分，扯住他的手。

「我讓你早點回家你不要，原來就是在這邊跟小女朋友約會啊。」陳露冷笑一聲，

「這才幾歲，一個高中生不好好讀書，整天就知道打架鬧事，現在還談起戀愛了，你可眞有能耐。」

何木舟甩開她的手，面露不耐。

女人在大庭廣眾之下句句諷刺，惹得經過的人不禁側目，接著她把視線轉向蘇有枝，一邊打量一邊道：「喲，讓我看看這小女生有多好，值得你每天都拖到十點、十一點才回家。」

蘇有枝被這帶有攻擊性的目光看得很不舒服，下意識退了一步，想澄清的話噎在口中，一時間被這氣場震懾到說不出話。

「你他媽有什麼毛病，我跟我同學順路一起買東西有問題？」何木舟忍不住了，出口也沒在客氣，一點兒都沒有在跟長輩對話的自覺。

他倆吵架歸吵架，但陳露把脾氣撒到不相關的人身上，這就不對了。何木舟往前站了些，把蘇有枝掩在身後，扯出一抹沒有情緒的笑，弧度裡都是嘲諷，「妳以爲每個人都跟妳一樣，年紀輕輕就戀愛腦想要奉子成婚？」

清冽的話語墜入冷空氣中，氣氛瞬間凝滯，這句話就如催化劑一般，惹得陳露臉色鐵青，怒火輕而易舉地被點燃。

她不顧周遭行人來來去去，揚手就要往他臉上搧，「何木舟你——」

何木舟已經習慣了，在她抬手之前就側身避開，拽著呆在原地的蘇有枝揚長而去。

經過這段時間的相處，蘇有枝發現，何木舟其實低調得很，他在學校不是打遊戲就是睡覺，偶爾滑手機滑得沒趣了，就聽老師上課，或是自己翻出卷子悶頭寫題，不像傳聞中的各種搞事，把學校弄得天翻地覆。

何木舟很少顯露太多情緒，大部分的人事物對他而言，都像是浮雲晃眼而過，難以在他眼底駐足。

上一次看到他這麼激動，是他把市二高的學生揍得東倒西歪的時候，但都沒有現在這個景況讓蘇有枝感到駭人。

黑沉沉的夜色壓在少年的肩頭，他身上的戾氣未收，下顎繃成一條凌厲的線，眉眼間覆著霜雪，滿是陰鷙。

說實話，她有點怕。

何木舟拉著她往前走，小巷闃寂，路燈明明滅滅，長長的影拖在地上，平添了幾分詭譎。

這條路長得像是沒有盡頭。

蘇有枝被拽得手腕生疼，卻大氣不敢喘一聲，只得安安靜靜地跟著他的腳步向前。不知道過了多久，兩人走至一個街口，何木舟突然停下來，放開了她。

就著街燈微弱的光線，何木舟捕捉到她手腕上的紅痕，才意識到自己方才正在氣頭上，沒控制好力道，抓得有些狠了。

「抱歉。」他又拉起她的手，這回卻是小心翼翼，動作輕得像是捧著一根羽毛，深怕會再次弄疼她，「很痛吧。」他的指腹擱在她手腕內側，蘇有枝的腕骨纖細，他緩緩地摩娑了幾下，安撫似的。

「沒事……」蘇有枝的心跳漏了一拍，覺得那撫在手上的溫度燙得直往心裡去。見他面色稍稍緩和了些，於是關切道：「你沒事吧？」

「嗯。」何木舟斂起眼睫，遮掩眸底的晦暗，明顯不欲多說，「我送妳回家吧。」

蘇有枝抿了抿唇，點頭。

兩人並肩走著，誰也沒有說話。此時已經晚上八點了，住宅區的街道很靜，偶有流浪貓輕手輕腳地路過矮牆，貓叫聲隱在夜色中，像是來自遠方的囈語。

月光灑落，何木舟看著石板路上那時不時交疊的影子，心情在行走間逐漸平復。

不知不覺便到了蘇有枝家附近的街口。

兩名身穿市二高制服的學生從旁邊經過，看起來像是剛結束補習班的課程。他們正討論著某款手遊的新活動，交談聲在夜晚的街道中顯得特別突兀，何木舟淡淡瞟了一眼。

「何同學，謝謝你。」蘇有枝停下腳步，指向不遠處的建築物，「我家就在那邊，你也早點回家吧，路上小心。」

何木舟順著她的指尖望去，漫不經心地「嗯」了一聲。與她道別後，走沒幾步又驀地旋身，叫住了她。

蘇有枝疑惑地轉頭，就見他啟唇：「剛才那人是我媽，她說的話妳別往心裡去。」

聞聲，她回想起方才那個妝容精緻的女人，以及將落未落的巴掌，餘下的感受只有惶恐。

「你和你媽媽……關係很差嗎？」蘇有枝有些遲疑地問。

「嗯，妳也看到了。」何木舟勾了勾唇角，嘲諷似的，「很差。」

「那你回家後——」

「沒事。」何木舟知道她要問什麼，「我已經習慣了，她搞不死我。」

見少女臉上擔憂未減，他心情又舒爽了起來，沒來由的。他半開玩笑道：「妳想想，若是真要打架，妳覺得她能打過我嗎？」

蘇有枝竟還真的在腦中認真分析了起來，最後她得出一個結論：「不能。」

這人打架的狠勁她是見過的，就算對方是成年人，但男女在體格上終究有天生的差距，何況他一看就不是會讓自己受委屈的人。

「那就對了。」何木舟彎了彎唇。見少女乖巧的模樣，這回沒能按捺住，大掌覆上她的髮，肆意揉了一把。

天邊的月光懶懶地拖曳著，纏著晚風揉進了雲絮之中，夜景很淡，星子稀疏。

少年背後是昏暗的巷道，路燈往肩頭潑上了光，他站在明暗交際的街口，意氣風發——

「妳舟哥的名號可不是浪得虛名。」

與何木舟分開之後，蘇有枝慢呑呑地走回家，心想著要如何向母親解釋自己晚到家的情況，此時身後突然傳來一聲清越的嗓音，「枝枝？」

蘇有枝頓了頓，回過身時，只見不遠處有個頎長的身影，正向她招手。

「逸言。」她認出了他。見少年身穿灰色的休閒運動服，蘇有枝瞭然，「你在慢跑嗎？」

「嗯，剛好跑到你們社區這邊。」沈逸言朝她走來，關掉手機裡正在播放的音樂，接著將藍芽耳機摘下並收進口袋，「倒是妳，今天怎麼這麼晚回家？」

他們兩家的父母是朋友，所以沈逸言從小就認識蘇有枝了，作爲她的多年好友，他清楚蘇有枝沒有在外補習，平時也不常留校晚自習，如今已經晚上八點多，會這麼晚回來實在難得。

「放學後和朋友去聚餐，剛剛走回來的時候不小心多聊了幾句。」蘇有枝如實答道。見他額頭上因慢跑而淌著幾滴汗水，碎髮被濡得微溼，忍不住提醒：「你擦擦汗吧，等一下回家趕緊洗熱水澡。最近天冷，被風這樣吹容易感冒。」

沈逸言笑了笑，這女孩看著恬靜，卻依然不改愛瞎操心的本質。他從善如流地點頭，把話題繞回原點，「妳剛剛跟何木舟待在一起嗎？」

「你怎麼知道？」蘇有枝有些意外，「原本是跟初弦去吃咖哩飯，正好碰上他和他朋友，就併桌了。」

「剛才經過的時候看到你們兩個在路口說話。」沈逸言解釋道，看向她的目光起了些探究，「妳跟他關係很好嗎？」

「唔，也沒有到很好，但也不差？」蘇有枝咬了咬下唇，稍稍仰頭看向不遠處的樹梢，思考要如何定義這段關係，「他的位子坐在我旁邊，就……一般朋友關係吧。」

沈逸言揚眉，沒有立刻回話。蘇有枝見他神情微妙，於是問道：「怎麼了嗎？」

「沒，我就是聽說他——」

「啊，何木舟其實沒有大家想像中那麼壞。」蘇有枝聽到話頭就知道沈逸言要說什麼，「雖然很多人好像都不太敢靠近他……我一開始也有點怕他，可相處之後就發現那些傳聞灌水性質居多，不知道是被誰加油添醋，以訛傳訛後就變成了愛打架鬧事……」

見沈逸言沒有要相信的意思，蘇有枝安撫道：「我知道你是放不下心，別擔心，我還不至於走歪路變成不良少女。」

沈逸言並不是怕她誤入歧途，只是認識蘇有枝的都知道，她太乖了，他就是怕她太單純被騙，到時候受到傷害的也是她。畢竟何木舟能有如此名號，肯定也不是被胡亂安上的。就算他真的沒有爲非作歹，但估計也不是什麼善類，跟一般學生比起來，何木舟無形之中流露的侵略性太明顯了，同他待在一起不是沒有風險。

然而沈逸言最終也只是斂起眼睫，掩住眸底的一些情緒，半開玩笑道：「沒事，誰都有可能走歪路，就妳不可能，沒見過比妳乖的女生了。」

蘇有枝笑了笑，就當作他是在稱讚了。

「蘇有枝！有人找！」下課鈴聲剛響沒多久，坐在前門的同學突然喚了聲。

正在整理化學筆記的蘇有枝，抬首往那兒看去。是沈逸言。

她停下手邊的工作，趕緊前去找他。

「枝枝。」沈逸言把手中的牛皮紙袋遞給她，「這是我媽做的柑橘果醬，妳上次誇的她還記得，讓我一定要給妳再帶一瓶。」

蘇有枝覷了眼提袋內部，只見一瓶小巧的玻璃罐躺在那兒，蓋子被用橙白相間的格紋布料包裹著，還繫上了深褐色的棉線，看起來特別精緻，是日系文藝的風格。

「太好了吧……幫我謝謝阿姨！」瞳膜上淌著喜悅的光，她開心道，「她做的果醬眞的很好吃，尤其配司康簡直天作之合，看來這個假日要做一下司康了。」

「既然如此，那我肯定是要去蹭幾個來吃了。」沈逸言彎唇，打了個響指，一副蓄謀許久的模樣。

「既然如此，那我肯定是要把你抓來當免費勞工了。」蘇有枝有樣學樣，軟綿綿地予以反擊。

「行啊，那有什麼問題。」沈逸言爽快地回答。

「那我再打給你啊。」輕而易舉就獲得一個免費勞工，蘇有枝十分滿意。眼看就快要上課了，她同沈逸言又聊了兩句，便打算散了。

此時鐘聲響起，何木舟回來的時候，見到了正在說話的兩人。他的座位在教室後方，平時是習慣走後門的，然而此時卻反常地往前門走去。

他挑了挑眉，「同學，讓個道。」

低沉的聲音竄進耳裡，調子是冷的，比穿廊的風還要透骨。

沈逸言聞聲看過去，只見何木舟單手插兜，面無表情，一雙狹長的眸子直勾勾地盯著他，毫不避諱，如同他的氣質一般，張揚且具侵略性。

沈逸言反射性地瞇了瞇眼，不過一瞬，便恢復了平日的溫潤。

「抱歉。」他側開身，與蘇有枝拉開距離。

「抱歉何同學，我們沒注意到擋路了。」蘇有枝輕聲道，同樣也後退了一步。

何木舟沒再理沈逸言，倒是與少女擦身之際，瞟了她一眼。

他的眼底乍看之下沒什麼情緒，卻藏著若有若無的戾氣，看得她莫名打了個顫。

蘇有枝覺得自己魔怔了。

等到何木舟進了教室後，沈逸言才道：「那我先回去上課了，回頭見。」

「嗯。」蘇有枝點點頭，晃了晃手中的牛皮紙袋，不忘強調：「記得幫我跟阿姨說謝謝呀。」

回到座位後，蘇有枝下意識瞅了一眼何木舟，卻不偏不倚與他對上視線。

少年冷淡地移開了目光。

交眸無聲，打在蘇有枝心上卻落地有聲。

不知怎的，她覺得心尖好似被銀針刺了下，很細微的疼，不燒灼也不痛苦，基本上沒什麼存在感，然而一旦覺察到了，便留下了不可忽視的餘韻。

蘇有枝默不作聲地坐下，從抽屜裡拿出地理課本，沒有再去多想。反正何木舟也不是第一次這樣了，他本身就是冷冽的性子，興致始終都不太高。孫明也說過，只要何木舟面色不善，十有八九是沒睡飽，別去招惹他就好。

隨著地理老師的講課，蘇有枝也逐漸把何木舟的事拋到腦後。一天很快就過去了，時間於一行又一行的課文中遊走，途經黑板上密密麻麻的算式，最後擱淺在下課的鐘聲裡，映著窗外滿霞的天。

放學時分，唐初弦跟鄭洋他們約了去打排球，蘇有枝晚上有家教課，因此一個人離開學校。

經過便利商店時，她按照慣例進去買蘋果牛奶，當作放學後的點心。豈料架上的蘋果牛奶已經售光了，蘇有枝無奈之下，只得選擇其他的飲料。

在糾結要買巧克力牛奶還是奶茶時，蘇有枝隱隱感覺身後有道目光定格在自己身上，她疑惑地轉身，卻沒有見到任何在看她的人，超商裡的學生依然來來去去，自顧自地談天說笑。

她沒有多想，只當是自己的錯覺。

買完飲料等待紅燈時，蘇有枝再次感受到了那股不明的視線，但同樣的，往後看過去時，依舊沒有任何舉止詭異的人，周遭盡是剛放學的學生。

她不懂自己為何如此反常，怎麼今天就這麼敏感呢？

蘇有枝揣著熱奶茶，步入寂靜的住宅區，此時手機鈴聲驟然響起，她被這突如其來的聲音嚇了一跳，趕緊按下了接通。

過了三秒，對方便掛掉了電話。

蘇有枝無語，心道果然又是一接就掛的套路。她把手機放回外套口袋，再次抬起頭時，眼前卻突然出現了一道人影。

「同學。」身穿市二高校服的金髮少年擋住了蘇有枝的去路，笑著道，「妳挺可愛的啊。」

蘇有枝心下一驚，隱隱感受到了危機。

「謝謝你。」她覺得他有點眼熟，可一時想不起來在哪裡見過，「但我等一下有課，能不能請你借過？」

聞言，金髮少年像是聽到了什麼笑話，吹了一聲口哨，笑著說：「呀，都放學了還上什麼課，這多累啊，美女要不要一起去玩？哥帶妳玩啊。」

蘇有枝的眉間泛了細微的褶痕，心下燃起不適，「抱歉，我不認識你，能不能——」

就在她想往旁邊走的時候，不知從哪兒又跳出了兩個少年，同樣都穿著市二高的制服。本就不大的巷道，此時是眞的沒有多餘的空間讓她前行了。

蘇有枝下意識地後退了一步，眼前的三人簡直就是不良少年的典範，制服褲改得極爲貼身，瀏海很長，髮色還正好組了個紅綠燈。

紅綠燈三人吊兒郎當地打量著她。

「哎，想去哪？」爲首的那個笑咪咪地道，語氣間卻帶著不容忽視的壓迫。

蘇有枝還沒來得及說話，身旁那個綠毛便拽住她的手，「我大哥約妳去玩是妳的福氣，就沒見過哪個妹子還敢拒絕的啊。」

蘇有枝被拽得生疼，她眉頭緊蹙，內心害怕，卻自知打不過他們，因此也不敢隨便反擊，生怕會激怒對方。

「抱歉，我等一下還要上課——」

聞言，紅毛突然大笑出聲，接著陰陽怪氣地道：「欸，舟哥原來喜歡這種乖乖牌，人家等等還要上課呢，哪有那個美國時間跟我們玩啊。」

綠毛也附和：「要是把人家欺負得狠了，你們說何木舟的反應會是什麼，想想就爽到靠北。」

聽到熟悉的名字，蘇有枝瞪大了雙眼，心裡估摸著眼前的人，不會是自家同學的仇人吧？但她也不是何木舟的誰，怎麼偏偏就找上了她……

蘇有枝的腦中高速運轉著，住宅區的巷道平時人就不多，這會兒沒半個行人路過，再加上被三人重重包圍，緊迫的壓力之下，她也沒能想出合適的逃脫方法。若是直接跑，估計只會被提著後領給抓回來，她不知道他們有沒有武器，無法預測有什麼樣的後果在等著她。

蘇有枝猶豫了幾秒後，決定乾脆豁出去了，手伸進口袋，憑著手感想要撥打母親的電話。

豈料金毛眼尖，捕捉到她在外套口袋裡胡亂摸著什麼，直接把她的手給抓了起來。見到手機螢幕上顯示的通訊錄後，他大手一揮，毫不留情地將手機打到了地上。

蘇有枝眼睜睜地看著自己的手機急速墜下，「砰」的一聲重摔，螢幕裂了大半。

金毛見少女面色不佳，冷笑一聲，倏然逼近，「妳說，如果我們對妳怎麼了，何木舟會有什麼有趣的反應？」

兩人距離極近，蘇有枝望進他的眼底，發現深處翻湧著狠戾。她突然就想起來了，她在哪裡見過這個人，上回放學偶然遇到何木舟打架，那個被他單方面往死裡揍的，就是這個人。只是當時的他還沒染成金髮，導致蘇有枝一開始沒能認出來。

不過那時的她僅僅是躲在牆後偷看，這人也沒有同她打過照面，怎麼會知道她與何木舟是同學？

「他不會怎樣的，我不是他的誰。」蘇有枝按捺住心下的慌張，故作鎮定地開口。

金毛像是聽到了天大的笑料，笑道：「啐！不是他的誰？別想蒙混我，如果妳不是他的誰，他還會大晚上的送妳回家？何木舟良心發現開始做慈善啊？」

一瞬間，點點寒意從背脊蜿蜒而上，原來在很多她未曾注意的時候，這人似乎已經在暗地裡把她摸了個透澈。

蘇有枝咬著下唇，左胸似有逃跑的殘兵奔騰而過，踏在她心尖上，慌亂無主。

金毛猙獰的笑意布滿面容，他扣著蘇有枝的下頷，強迫她抬頭望向自己。

「美女，何木舟斷了老子的財源，要不妳給哥哥貢獻點零用錢吧。」

「我沒有錢……」

「沒有錢妳放學後還能進便利商店買飲料？他媽的再嘴硬啊，讓妳自己乖乖交出來不要，別怪我動手啊。」

紅毛和綠毛架住蘇有枝，在一旁吹口哨起鬨，金毛朝她貼近，伸手要去翻她的書包。蘇有枝的肩膀被箍得生疼，動也動不了，抓著背包的手因爲過分用力而泛了白，她強忍淚意，緊緊閉上雙眼——

「幹你娘！」金毛猛地罵了一句髒話。

電光石火間，一道衝擊力向金毛砸來，疼痛伴隨著冷風撞擊皮膚，額上瞬間就紅了一塊。

是小石子。

他無暇顧及蘇有枝，罵罵咧咧的同時也往攻擊來源望去。只見何木舟站在巷口，單手插兜，敞開的校服襯衫被呼嘯而過的風給掀起，依舊是那副漫不經心的姿態。

他慢悠悠地笑了聲，「我娘都四十幾了，你口味可眞重啊。」

少年逆著光，語調散漫，狹長的雙眸裡淌著冰冷。

何木舟沒去看蘇有枝，視線直直鎖定朝自己衝來的金毛，在對方一連串暴躁的髒話聲中，往他的腹部一腳踹去。

金毛被猝不及防地一踢，往後趔趄了幾步，最終仍是沒穩住身子，一屁股摔到了地上。肚子和臀部雙雙遭殃，他痛得問候了何家祖宗一輪。

見狀，後邊的紅毛和綠毛這才反應過來，連忙放開蘇有枝加入戰局。

何木舟凝視著跌在地上的金毛，想起上回送蘇有枝回家，兩人站在她家街口說話時，有兩個市二高的從旁邊經過，他們大聲嚷嚷吵得很，惹得他下意識多看了幾眼，當下只覺得眼熟，一時沒想起是誰，如今看來，大概是那時候金毛就知道了蘇有枝這個人，這會兒想要利用她來威脅他。

何木舟望向奔來的兩人，面無表情地挽起袖口，從一旁的廢棄雜物中，拿起斷了一隻腳的矮板凳，眼睛眨也不眨，直接砸到了紅毛身上。

窄巷寧靜，撞擊的聲響被襯托得更加巨大，震天響動撞入耳裡，蘇有枝驚恐地「嘶」了一聲。

紅毛反應不及，被砸得頭暈目眩，倒在地上翻滾。綠毛看到後內心的怒火更加沸騰了，上前朝何木舟臉上就是一拳。

拳風迎面而來，何木舟側過臉避開，接著握住綠毛的手腕往死裡擰，把人給疼得直罵娘。此時金毛已緩了過來，爬起來從何木舟的後方架住了他，何木舟被限制行動，不得不放開綠毛，下一秒就被揍了一拳。

他低低罵了聲「操」，踢向綠毛的小腿肚，剛好絆倒他，接著抬手往後撞擊金毛的臉。金毛被打得一陣懵，何木舟藉機轉身又朝他眼睛補了一記。

撕心裂肺的叫聲迴盪在小巷中，天空被硬生生割開了一道口子，懸在地平線苟延殘喘的落日烈得讓人心驚。

紅毛和綠毛見老大受傷，便跳起來一齊奔向他。何木舟被撞得踉蹌，閃過了綠毛的右鉤拳，卻沒能躲過紅毛往下巴的一記。那一拳極重，磕得他下顎劇疼，沒穩住步伐，翻倒在地，弄散了身後的雜物堆。

紅毛想要乘勝追擊，何木舟便隨手撿起地上的一根棍子，及時抵住了他的前進。何木舟忍痛爬起身，餘光瞥見站在角落的蘇有枝，少女面上是掩藏不住的無措和恐懼，他心下煩躁，胡亂罵了一句髒話，將手中的木棍直接捅上紅毛的肚子，目光陰鷙。

綠毛大吼，整個人跳起來撲向何木舟，再次撞倒他。何木舟被壓在地上，瞪著眼前人，眸子裡有著欲爆發的戾氣。他自詡鍛鍊得不差，然而綠毛虎背熊腰，比起另外兩個只會虛張聲勢的弱雞，他是最壯碩也最有威脅性的一個，這會兒被他死死壓著，要掙開也十分吃力。

綠毛騎在何木舟的身上，往他的左臉狠狠地捶了一下，準備要往右臉也揍一拳時，身側猛地一股衝擊力襲來，將他從何木舟的身上踹離。

一名男子不知從哪兒冒了出來，掃了一圈眼前的狼藉，面上的嫌惡藏也藏不住。不只紅綠燈三人組，連何木舟看到來人都愣了一下。這男子陌生得很，他絕對沒有見過，他不明白，對方怎麼會突然加入這場混戰。

幾個人都掛了彩，何木舟也受了不少傷，此時的他卻滿腦子都在猜測這人是誰。

豈料蘇有枝在看到那道身影時，原先被恐慌占據的眼睛一亮，「蕭盛！老師！」她提著書包小跑步過去，心底踏實了些。

蕭盛是她的數學家教老師，等會兒要上的那堂課就是他的。

「哎，枝枝，妳怎麼也在這？」蕭盛訝異，隨即擔憂道：「妳沒事吧？」

「沒事，還好我同學及時出現，要不然可能眞的要出大事了……」話及此，蘇有枝才想起了何木舟，連忙彎身察看他的傷勢。

蘇有枝和這不知打哪兒來的男人認識，這是何木舟沒有想到的。他打量了一下蕭盛，男人身穿奶茶色的針織毛衣和杏色直筒褲，肩頭上掛著帆布包，頭上還戴了頂漁夫帽，看著特別溫和，剛剛往綠毛身上踢的那一腳倒是沒在留情。

何木舟冷著神色起身，不著痕跡地避過少女的手，沒有讓蘇有枝扶他。

「警察很快就來，不用謝了兄弟們。」蕭盛皮笑肉不笑，拿起手機晃了晃，把通話紀錄顯示於眾人面前，看紅綠燈三人組的眼神跟看智障似的，「年紀輕輕學什麼逞凶鬥狠，還穿著校服，腦子被狗啃了嗎？誰他媽打架還頂著自己學校的名號，簡直就是在昭告天下去通知學校老師給你們記過處分。」

語聲方落，身後便迎來了一陣紛亂的腳步聲，兩名警察恰好出現。

幾個人連同蘇有枝和蕭盛都被帶到了派出所。雖然四個男孩子都受了傷，但也沒有危及生命安全，頂多就是較嚴重的皮肉傷罷了。警方弄清來龍去脈後，念著幾個人都還是學生，也不想把事情鬧大，厲聲教訓後把家長都叫來，便放人走了。

市二高那三個掛彩掛得狠了，看著何木舟的目光裡滿是不甘心。金毛離開前還朝何木舟投去一個挑釁的眼神，他爸發現後，賞了他一記栗暴，隨後金毛便被壓著拖出了派出所。

何木舟嘴角仍滲著血。他冷淡地望著紅綠燈三人組離開，下頷的痛意還在燒灼，抬眸就見蘇有枝和蕭盛並肩站在一塊，心下滾著煩躁，面上霜雪更盛。

他起身要走，被警察攔了下來，他蹙了蹙眉，冷聲道：「我媽不會來。」

「那你爸爸呢？」警察問。

「我爸早死了。」何木舟面色不善，「我媽出差，家裡只有我一個人。」

「這……」警察有些爲難。

與此同時，蘇母也趕到了派出所，蕭盛簡短地跟她解釋了來龍去脈。她見自家女兒站在一旁還有些餘悸猶存，拍了拍她的肩，「乖，沒事了。」

蘇有枝點點頭，「還好有我同學幫忙，要不然我現在可能就完了。」

蘇母看了眼狼狽的少年，心下瞭然，同警察交涉一番，最後警察念在何木舟是爲了幫助同學才打架，而他也沒有家長可以來領人，便放他跟著蘇有枝他們一起走了。

踏出派出所後，蘇有枝想好好地向何木舟道謝，豈料話才到了嘴邊，對方卻直接轉身離去，看都沒看她一眼。

蘇有枝望著少年走入人群的背影，呆愣在了原地，難以置信。

不知道過了多久，她才被蕭盛喚回了神智。

「妳媽媽去開車了，叫我們在這邊等她一下。」他說。

「老師，你怎麼會出現在那裡啊？」蘇有枝問道。她雙眼木木然地開口，還沒有從方才的震驚中抽離出來，連語氣都是茫然的。

「我不是要去妳家嗎，正好經過就看到他們在打架，倒沒想到妳是主角。」

「什麼主角……」蘇有枝癟了癟嘴，喃喃地道。

「欸，妳同學很帥啊，我高中要是有這種英雄救美的帥同學，我肯定直接暈船暈到爆。」見她情緒低落，蕭盛半開玩笑道。

蕭盛是gay，純0特別喜歡看帥哥的那種。

蘇有枝早知道了，聽到這番話也沒覺得不妥。

她又想起了方才何木舟孑然的背影。他走在熙來攘往的大街上，卻彷彿游離於人群之外，沸反盈天的喧囂膨脹著，襯得那單薄的影格外孤寂。

少年馱著淒淒夜色，好似攬了半城孤獨。

她愣了半晌。夜風很涼，像是吹進了心坎，在裡頭種下滿潮寒意。

網咖裡敲鍵盤的聲音此起彼落，偶爾伴隨幾聲暴躁的言辭。室外夜色是清冷的寂，室內的人們卻裝得毫不在意，沉浸在網路遊戲的狂歡裡。

「舟哥舟哥舟哥，拿下他們，快趁這個時候拿下他們——」孫明激動地按著滑鼠鍵，那左鍵簡直要被他的指頭給摁壞了，「欸，對，對就是這個，帥啦，哥，剛剛那波閃現他媽的絕啊！」

補上最後一擊贏了這場對戰，何木舟臉上卻沒有任何喜悅的痕跡，他面無表情地退出遊戲畫面，懶洋洋地靠上椅背，興致比外頭的月色還要闌珊。

「哥你今天好凶啊，就大開殺戒一個字了得。」

「四個字。」

「啊？」

「大開殺戒是四個字，白癡。」

孫明被自己蠢到了。見何木舟一臉不悅，就知道對方大抵是被什麼人給惹到，要不大晚上的也不至於叫他出來陪玩。

豈料這哥打沒幾場又不想打了，這會兒興趣缺缺地癱在椅子上。孫明也不惱，見何木舟無心繼續，他瞅著他臉上那幾道新添的傷痕，問道：「哥你今天去哪了？哪個找死的又惹你生氣了？」

何木舟淡淡瞟了孫明一眼，接著眼神便停留在電腦螢幕上，沒有表示。

孫明懂了，這哥現在心情不美麗，十分不想說話。

「我也不是什麼精緻boy，身上沒有醫藥包，哥你回去記得擦藥啊，下巴那個瘀血看著還挺嚇人的。」

丟下一句叮嚀後，孫明也就不再打擾他，起身去櫃檯叫兩碗泡麵，還把人家店員哄得心花怒放，順帶騙了兩罐可樂回來。

因爲孫明方才的問題，何木舟又想起了那場鬧劇。

他不知道爲何自己會這麼排斥蕭盛，尤其是見到蘇有枝站在他身旁乖巧的模樣時，心底那股煩躁感便越發鬧騰。

那種感覺就像是千辛萬苦埋伏許久，好不容易透過陷阱抓到了獵物，正要去取的時候，突然有人出現，把那獵物收入囊中，洋洋得意。

費盡心思的是他，付出全力的是他，什麼都沒得到的也是他。

他關掉電腦螢幕，看著面板上倒映出來的自己，臉上被幾道傷痕占據，下頷那塊瘀血依然隱隱作痛，他心想，這架他媽就是打了個寂寞吧。

前有一個沈逸言，後又有一個蕭盛。蘇有枝都喜歡這種的嗎？溫文儒雅、動不動就笑的那種。

何木舟看著店員端了兩碗泡麵過來，離開前還不忘朝自己拋上媚眼。他視若無睹地拆開免洗筷，沒幾分鐘就把麵給吃完了，連湯都一滴不剩。

今天中午後就沒吃東西，到現在晚上十一點多，確實有些餓了。

「哥你沒吃晚餐啊，這樣夠嗎？要不要再替你叫一碗？」

「不用，我回家了。」何木舟套上黑色帽T，把因爲打架而蹭髒的校服掩蓋得徹底，撈起書包就往門外走。

「欸哥，如果我媽打給你，就說明天要考數學，你在幫我惡補啊！」孫明登入了新的遊戲，趁著他離開前趕緊串通好。

何木舟背對著他，在空中比了個ＯＫ的手勢，便施施走入滿城夜色之中。

後來蘇有枝謹記著要向何木舟道謝，豈料來學校後卻不見他的人影。早自習悄無聲息地過去了，第一節課即將開始，她身旁的座位還是空的。

蘇有枝回憶起離開派出所後少年的一舉一動，最後定格在他轉身就走的那幀畫面上，背影被夜色釀出了沉鬱，在華燈三千的街道上，更顯孤寂。

她只覺得他心情好像不太好，卻不知道為何不好。

一天的學習從數學課拉開序幕，她翻著數學講義，正思考上回教到哪裡時，就見何木舟踩著上課鈴響出現了。

他前腳才踏進教室，數學老師後腳便跟上了。

老劉看著少年不疾不徐地走向座位，揚眉說道：「何同學，你挺會安排時間的啊。」

「為了避免在學校浪費人生，這不是必備的技能嗎老師？」何木舟拉開椅子，隨手將書包掛在桌子旁，氣定神閒地坐下來。

老劉早已習慣這學生的風格，他無所謂，反正最後成績出來是好的，上課有沒有在聽，有沒有出席，於他來說都無妨。何況何木舟是年級第一，這種學生就在他任教的班上，說出去還挺風光。

老劉不再搭理何木舟，逕自打開講義，在黑板上抄寫上次出的兩道題。

蘇有枝在寫第一題的時候就覺得有些困惑，換了兩三個方法都沒能把答案解出來，這會兒正苦惱著，生怕等一下老劉會叫她上臺解題。

所以說人怎麼能不相信墨菲定律，當她看著老師的手伸向籤筒，心裡默念不要抽到自己時，下一秒老劉便喊道：「三十二號是誰？」

蘇有枝心道天要亡我，絕望地舉起手。

「蘇有枝啊，上來吧，第一題交給妳了。」老劉示意她上臺，接著便開始抽下一位幸運兒。

「四號。」老劉捏著標記號碼的冰棒棍，環顧全班，「四號又是誰？」

何木舟享用著剛買的早餐，直至感受到全班的視線都聚集在自己身上時，才懶洋洋地掀起眼簾，「叫我？」

「你是四號？」

「嗯啊。」

「上來吧，第二題你寫。」

何木舟吞下最後一口蛋餅，緩慢地走上臺，伸手繞過蘇有枝拿了根粉筆，接著開始解題。

蘇有枝聽著身旁那乾淨俐落的落筆聲，心想眞的是沒有比較沒有傷害。她偷偷覷了一眼，只見何木舟都要把整個解題過程寫完了，自己才寫了一行基礎公式，接著便不知道該從何下手。

她垂頭喪氣地用粉筆頭戳了戳黑板。之前的作業她都會寫，怎麼這次點到了她，偏偏就是她不會的題呢。

老劉沒注意到她的小動作，喝了一口水，然後說：「我去個廁所，回來要看到你們寫完啊。」

蘇有枝直直地盯著那道基礎公式，就像是要把它看穿一樣，彷彿這樣做就會有靈感湧現。

不知道過了多久，身側忽然一陣暖意挨上，只見少年傾身而來，替她將這道題的解題方法給寫了出來。

她望著他稜角分明的側臉，神情是一如既往的冷漠。一行又一行的算式寫得流暢，沒有絲毫的停頓，解題過程便自然而然從他筆下流瀉而出。

何木舟寫完後也沒有其他表示，逕自從講臺的另一側走回位子，沒有給予蘇有枝任何目光。

蘇有枝張了張嘴，一時不知該如何反應，直到老劉回來了，才將她從驚訝中喚醒。

「有枝寫完了怎麼還不下去？」

蘇有枝趕緊回到座位上，經過何木舟時小心翼翼瞥了他一眼，少年依舊是倦懶的模樣，無聲喝著冰豆漿，視線朝前方投去，卻又好像什麼都沒能入他的眼。

要感謝的事又多一項了，蘇有枝心想。

可是大老明顯不想搭理她，這道謝也不知道該怎麼辦才好。思及此，她又懊惱地嘆了口氣。

「寫得很好，兩題都是正確答案。」老劉看向蘇有枝，「有枝進步了啊，這個作答方法簡潔有力。」

老劉沒注意到蘇有枝心虛的表情，看著黑板上的兩道題，滿意地點了點頭；豈料過了幾秒，卻覺得那算式愈看愈不對勁。

「各位，是我眼花了還是這兩題的筆跡眞的長很像？」

方才何木舟幫蘇有枝做題是大家有目共睹的，聞言後，她瞬間正襟危坐。

在全班的一片默然中，何木舟清冽的聲音打碎寂靜：「老師，你沒看錯，那筆跡確實挺像的。」他面色沒有半點異樣，泰然自若地開口，「蘇有枝同學覺得我的字很好看，所以最近熱衷於模仿我寫字。」

班上氣氛從悶不吭聲變成了微妙的沉默，何木舟絲毫未覺，解釋完便繼續喝豆漿。

先不論何木舟的字寫得如何，蘇有枝從小被喜愛書畫的父親逼著練書法，寫出來的字端正卻不拘謹，沒有半分凌亂，筆鋒與結構拿捏得極好，上學期還在校內的書法比賽中拿了第一名，那是眾所周知的一手好字。

這樣的孩子至於去模仿別人嗎？至於嗎？

老劉恍然大悟地應了一聲，對蘇有枝道：「那妳還臨摹得挺像啊。」

蘇有枝無言以對。她聽到何木舟輕笑一聲，側首看去，卻只見少年朝她挑了挑眉，接著便撇開目光，翻開數學講義逕自寫題。

蘇有枝嘆了口氣，更搞不懂何木舟到底在想些什麼了。

第二章　藍莓瑪芬

午休後第一堂是國文課，高媛踩著鐘聲走進教室，喚醒還沉湎在午睡中的學生。

蘇有枝費了好一番工夫才清醒，見老師拿出一疊試卷，讓前排的同學幫忙發下去。

「這是上禮拜的週考，不要題目多一點課外題你們就不會寫了啊，錯得比之前都還要多。」高媛翻開備課資料，忍不住嘮叨了幾句，「段考快到了，上課時間寶貴，我們就不檢討了，有什麼問題下課自己來找我或問同學。」

何木舟瞅著自己手上的卷子，目光定格在被紅筆畫掉的那兩題，眉頭不禁染上了細小的摺痕。

下課後，他朝隔壁正和唐初弦聊天的蘇有枝問道：「妳以前是語資班的吧？」

蘇有枝愣了一下，遇到市二高那些人後，何木舟就有些反常，兩人的互動也屈指可數，如今何木舟忽然主動找她，她難免感到意外。

還來不及問他怎麼知道語資班的事，便見何木舟抽出抽屜裡的考卷，讓她幫他看一道題。

「喲，舟哥居然也會有問別人題目的一天。」唐初弦不喜歡讀書，成績一向不怎麼樣，這會兒在一旁看熱鬧，只覺得校排第一會向同學請教課業是個極有趣的現象。

蘇有枝也有些訝異，她雖然成績不差，但跟那些校排前幾的學生比起來，自己的成績並不算太好。

她不是天賦異稟的類型，只是認為這個年紀的責任便是好好讀書。後天的努力讓她的成績能維持一定的水準，大多落在班排第五、六名，再往上就不太容易了。

年級榜首問自己問題，他是腦殼壞了，還是腦殼壞了？

何木舟沒在開玩笑，他正常得很，只是對於這題，他是真的沒半點想法。

不論成績再優秀，有再豐富的知識，要學習的項目這麼多，一定也會有不擅長的地方。例如在國文中，國學常識便是他的弱點，他記憶力雖好，卻沒有看課外書的習慣，更不用說一些關於典故的部分。

而蘇有枝拿手的科目雖然是英文和生物，對國文並非情有獨鍾，但家裡有一個中文系教授蘇父，她兒時不只被逼著練書法，還得看父親買的一堆中國文學作品，從小到大累積了不少的相關知識，因此在國學常識這方面，比同年級的學生還要得心應手。

蘇有枝稍稍靠了過去，兩顆頭挨在一起，看著卷子上的題目。

「啊，是這題。」題目一入眼，她便瞬間瞭然。不是她在吹噓，但沒有人比她更適合解這題了。

這是閱讀題組，節錄了席慕蓉的新詩。新詩這種東西，難就難在意境深遠，大多走意識流。何況詩無達詁，每個人讀同一首詩，接受到的訊息卻有可能大相逕庭，更不要說其中所隱藏的意義。

何木舟凝視著少女專注的側臉，她捲翹的睫毛在眼瞼底下掃了一層淡薄的影，困住他的目光，還沒來得及從那一小片陰影中竄逃，便聽見身旁人低聲讀出這首詩——

燈火燦爛　是怎樣美麗的夜晚[1]

你微笑前來緩緩指引我渡向彼岸

少女音色綿軟，帶著獨有的清甜，眞摰地朗誦詩文，如堤岸綠柳拂春，揚起的輕絮隨著清風滾上耳梢，在那兒細細刮了刮，種下一片酥癢。

用我清越的歌　用我眞摯的詩
用一個自小溫順羞怯的女子
一生中所能
爲你準備的極致

那溫柔的聲嗓漫在耳邊，不知不覺間，何木舟早已失去辨析言語的能力，只靜靜地聽著蘇有枝繼續朗誦。

春光乍洩中，誰的心湖又起了波瀾，被悄悄埋進時間的縫隙裡。

在黑暗的河流上被你所遺落了的一切
終於　只能成爲
星空下被多少人靜靜傳誦著的
你的昔日　我的昨夜

直到少女咬著尾音，在空氣中落下了最後一道痕跡，猝不及防的靜謐，才讓何木舟回了神。

他輕咳一聲，好似在掩飾著什麼。

「這題有點難，如果不知道〈越人歌〉的故事的話，答錯是很正常的。」蘇有枝開始解析，她指著第二行，「其實席慕蓉老師的原詩中有放進〈越人歌〉的原文，可能出題者怕提示太明顯，就把括號裡的原文都刪掉了。如果沒讀過這首詩，就只能藉由詩中的情感去推導了，但答對的前提是熟知四個選項的典故內容。」

何木舟凝視著那四個選項——〈采薇歌〉、〈越人歌〉、〈大風歌〉、〈垓下歌〉。

「妳給我講講吧，〈越人歌〉的完整故事。」何木舟冷不防地開口。

「我也想聽！」唐初弦在一旁附和。

「好啊。」蘇有枝笑了笑，帶著半開玩笑的驕傲，「我覺得我應該是最適合講這個故事的人吧。」

何木舟見狀，嘴角扯出一彎淺淡笑意，「洗耳恭聽。」

「楚國鄂君子皙坐船出遊時，泛舟的船夫是一位越人，他對他唱『今夕何夕兮，搴舟中流。今日何日兮，得與王子同舟。蒙羞被好兮，不訾詬恥。心幾煩而不絕兮，得知王子。山有木兮木有枝，心悅君兮君不知』。船夫唱的是百越的方言，後來我們看到的這個其實是翻譯成楚語的版本，後世稱之為〈越人歌〉。」

何木舟在聽到「山有木兮木有枝」的時候，眉梢不自覺挑了挑。

「寶，最後兩句好耳熟，這是不是妳名字的由來啊？」

「聽說我爸追求我媽時用了這兩句向她告白，後來幫我取名的時候就以此紀念。」

蘇有枝點點頭，笑著繼續道：「最後一句『山有木兮木有枝，心悅君兮君不知』是〈越

1　出自席慕蓉《時光九篇》的〈在黑暗的河流上——讀「越人歌」之後〉。

人歌〉的名句……山上有樹木，樹上有樹枝，我喜歡你，可是你卻不知道。」

聽完之後，唐初弦泫然欲泣，「太感人了——」

彼時鄭洋正好經過，他一手撣開她假意抹眼睛的手，嫌棄道：「別裝了，高媛仙女喊妳呢，是不是又沒交作業啊？」

唐初弦被鄭洋干擾，立刻翻了個白眼，「靠，誰跟你一樣啊。」

於是蘇有枝便看著鄭洋和唐初弦打打鬧鬧地跑到了講臺，到了老師的眼皮子底下還不消停，惹得高媛又好氣又好笑。

蘇有枝收回在兩人身上的視線後，隨即對上身旁人的目光。

只見何木舟手中捏著卷子，眸裡有看不清的暗流湧動。蘇有枝愣了愣，就聞他輕聲道：「枝枝，妳剛剛說，〈越人歌〉的最後一句是什麼？」

「山有木兮木有枝，心悅君兮君不知。」她如實回道。

「心悅君兮君不知？」何木舟眼睫斂著。

她看不清他的情緒，只覺那語聲呢喃似的，透著沉沉的遛雋。

蘇有枝以為他方才沒有聽清楚白話解釋，於是貼心地補充：「我喜歡你，可是你卻不知道……」

最後一個字落下，她才突然意識到哪裡不對。

兩人之間沒什麼距離，何木舟在她尾音墜落的那刻掀起眼簾，窗櫺處日光乍現，蘇有枝驟然跌入了那深邃的雙瞳中。

「枝枝。」少年嘴邊棲著一抹弧度，似笑非笑地問：「妳喜歡我啊？」

語聲落下，蘇有枝呼吸一滯，看向他的目光顫了顫，不小心偏了點，順勢揉入從窗外透進來的那束光。彷彿想要把什麼藏進去似的，隨著冬日午後的陽光，乘舟涉江，捎向遠方，到一個不爲人知的遠方。

何木舟捕捉到蘇有枝掩在髮絲後方的耳尖，漸漸泛起了若隱若現的紅。他眼底聚了零碎笑意，心情一好，嘴上更是沒個控制。

「怎麼了？」何木舟直勾勾地凝視蘇有枝，明明知道如此直白的舉動會讓她更加窘迫，卻仍是存心爲之，「不好意思說啊，嗯？」

單音節上揚的尾音，語調中藏了調戲，帶著少年獨有的散漫，三分清冽七分痞。

蘇有枝只覺得耳根子愈來愈燙，熱意逐漸蔓延至臉頰，她卻壓不下那種兵荒馬亂，所有情緒毫不留情地被暴露在空氣中。

她避開與他的交眸，磕磕絆絆地回道：「我、我沒有喜歡你……你別胡說……」

一字一句都不可控地顫簸著。

「臉都紅了，別害羞啊，喜歡就說。」何木舟勾了勾唇，傾身湊近她，惹得她身子又是一抖，「喜歡我證明妳眼光很好啊，妳舟哥行情很好的知不知道？」

蘇有枝要瘋了，她哪裡有被這樣赤裸裸地調戲過，現在大腦亂成一鍋粥，不知道該如何應對這種情況。

她只知道，在少年靠近時，她的心跳聲震耳欲聾。

「我不知道……也不想知道……」她咬著下唇，雙手死死地攥著制服裙下襬，指節因用力而泛了白，與面頰上的浮紅形成了鮮明的對比。

話中的逃避顯而易見，聲音軟軟糯糯，不帶半點威脅性。

何木舟無意識地舔了舔唇。只見少女眼簾微垂，髮絲順著頰側傾落，陰影攀附上大半張臉，連睫毛都在顫動。

估摸著她情緒快要達到臨界點了，何木舟決定見好就收，要不到時因此而跟他鬧彆扭就不好了。

〈越人歌〉和席慕蓉的詩，不知道是眞的不知道，而聽完典故之後，想調戲也是眞的想調戲。誰讓蘇有枝臉皮薄，一逗起來就害臊。他覺得自己可能有點病，就喜歡看人家尷尬得無所適從的樣子。

他玩夠了，收起劣根性，正想說些什麼安撫她，就聞講臺那頭傳來高媛的聲音：「有枝在嗎？過來一下。」

聞言，蘇有枝宛如溺水的人得救一般，用最快的速度站起身。

何木舟看著那道倉皇背影，像一隻害怕被大灰狼吃掉的小兔子正賣力逃跑，思及此，他勾了勾唇，笑了一聲。

期末考將近，最近班上的學習氣氛提升了不少。

蘇有枝平時作息規律，基本上都睡滿了八小時，近期卻也因爲複習課業，每天只睡五個鐘頭。這會兒聽著公民老師如念經般地讀課文，只覺得腦中混沌一片，靈魂都要被周公給召喚去喝茶了。

公民老師是個即將要退休的奶奶，老人家性格溫吞吞的，聲音沉緩，十分催眠。而除了念課文，她還會時不時地給你灌兩句心靈雞湯——

「前方是絕路，希望在轉角。」

「歡喜做，甘願受，苦難是化了妝的幸福。」

「當你眞心想完成某件事時，全世界都會聯合起來幫你。」

有一回蘇有枝和唐初弦聊到這個，唐初弦說她稱這些爲毒雞湯，聽著順耳但實際上沒什麼幫助，無非是安慰那些當下身心脆弱的人，惹得蘇有枝笑到不行。

她這個朋友，在某些時候，說話還是挺賤的。

蘇有枝靠著意志力撐完了這堂課，下課鐘聲一響，她便整個人趴在桌上，眼皮重得很，目光逐漸渙散，精神都要被課業壓力給摧殘殆盡了。

唐初弦見狀，不禁心疼，輕拍著她的腦袋，輕聲道：「寶，妳也別太累了，記得要好好睡覺，要不然沒精神也讀不了書。」

蘇有枝像隻小貓似地蹭了蹭唐初弦的手，發出了幾聲細微的鼻音，表示收到了，下一秒便挨著小臂沉沉睡去。

何木舟到學校的時候，正是午休時間。

少年耷拉著眉眼，面無表情地走了進來，書包斜掛在肩上，搖搖欲墜。身上猶有外頭日光的暖意，搭配那雙毫無情緒的眼眸，整個人的氣質更顯倦懶。

一看就是沒睡飽。

他今天本是不打算來學校的，昨天晚上和孫明他們去玩，回家後熬夜寫題，不知不覺便寫到了四點，由於實在太累了，所以他直接蹺掉今天的課，打算一覺睡到中午。

豈料陳露今天剛好從外地出差回來，一看到時間都快接近中午十二點了，這孩子竟然還沒去上課，氣得把何木舟從床上給拽了下來。

被突然地打斷睡眠，罪魁禍首還偏偏是陳露，何木舟煩得不行，還沒來得及發脾氣就被轟出門，這會兒心底壓著火。

沒想到一進教室，僅僅是看到蘇有枝午睡的側顏，他浮動的情緒便莫名地被撫平，自己都覺得神奇。

蘇有枝趴在桌上睡得安穩，何木舟定定地盯了幾秒，忽覺有些移不開眼。這是他第一次仔細地打量她，女孩子生得好，雖不是驚心動魄的美，但鹿眼、柳葉眉、櫻桃唇無一不漏，鼻子小巧玲瓏，皮膚似雪般白皙，是不張揚的恬靜可人。

陽光從窗櫺流瀉進來，將她秀氣的五官鍍上一層淺淡的金邊，蘇有枝被裹在光圈中，七分和煦二分軟綿，剩下一分是冬末的清豔，在誰的眼底濺出一汪早生的春水。

何木舟擱在腿邊的手指不自覺蜷了蜷，心底有股不安分在躁動著，過了半晌才挪開目光。眼看距離十分鐘午休才結束，便打算去福利社隨便買點東西吃。他拉開教室門時刻意輕了些許，腳步放得靜。

他迎向室外的冬陽，回憶起方才教室裡的瞬間，只覺得自己魔怔了。

爲期兩天的期末考在北風的呼嘯聲中褪去，隨之迎來的是眾人翹首盼望的寒假。冬末空氣冷涼，學生們解脫的歡呼聲卻熾熱。

市一高通常都是期末考結束的隔天就結業式，學期一向結束得倉促。蘇有枝抱著還來不及收拾的課本、講義，背起書包準備回家。

離去前她看了眼隔壁座位。今天沒見到何木舟，大抵是知曉結業式都在講那些聽到爛的廢話，便早早蹺掉集會，不知去哪兒玩了。

何木舟的位子平時就沒放什麼東西，抽屜空蕩蕩的一片，估計也不太需要收拾。

走到校門口時，蘇有枝撞見沈逸言，少年向她打了招呼，大步流星地朝她走來。

「枝枝，妳要回家嗎？」

「嗯啊，今天提早放學，也沒有約，就乾脆回家休息。」

「正好，我也要回家，一起走吧。」沈逸言見她抱著一大疊的書，伸手把它們都搬過來，「我幫妳拿吧，肯定很重。」

兩人素來相熟，蘇有枝也不忸怩，將書都遞給他。獨自抱著重物從教室一路走到這裡，確實有些吃力了。

「謝謝呀。」

街道上日光充盈，冬末的風微寒卻不刺骨，天氣宜人，整體來說很是舒服。

兩人走著走著，蘇有枝突然想到了什麼，側首問道：「對了，下禮拜我朋友要來家裡做甜點，你要不要一起來？有鄭洋和初弦，還有班上的幾個人。」

「下禮拜五嗎？」沈逸言頷首，「行啊，那天剛好沒安排。」

「太棒了！」蘇有枝開心道，「我們約下午，那你那天中午要先跟我一起去超市買材料嗎？」

「蘇有枝小朋友，妳就只是想要一個免費勞工吧。」沈逸言眯著眼，皮笑肉不笑，「我都看透妳了啊。」

蘇有枝見自己打的小算盤被抓包，眼神游移，「沒啊，就是……」

沈逸言也只是開開玩笑，反正他倆平時沒少去逛超市。他順勢問道：「你們想好要做什麼了嗎？」

「他們說都可以，隨便我決定。」蘇有枝說，「我現在在餅乾和瑪芬之間糾結，你想吃什麼？」

「瑪芬吧，好久沒吃了。」

「好，那我們就做餅乾吧。」

沈逸言一臉無語，「枝枝妳是不是皮癢——」

兩人在街上邊走邊打鬧，沈逸言因爲抱著一堆書而沒能有大動作，被蘇有枝得寸進尺了不少。

此時綠燈一亮，兩人橫越馬路，蘇有枝瞥見迎面走來的幾個少年，其中有一道熟悉的身影。

他們身上穿著市一高的校服，卻沒幾個人是好好穿著的，中間那人更是連穿都沒穿，制服襯衫鬆垮垮地掛在臂彎隨風飄揚，與蘇有枝和沈逸言這種普世價值中的「好學生」，形成了強烈對比。

兩方的距離逐漸拉近，蘇有枝認出了來人，欲抬手和他打招呼，然而何木舟卻從她身旁逕自走過，明顯沒有要搭理的意思。

擦肩時帶起了一縷風，吹到心底時颳起了一陣冰冷的潮意。

蘇有枝愣了愣。

何木舟身旁的孫明看到她，熱情地喊了一聲「枝枝」。

蘇有枝還沒反應過來，只下意識地向孫明揮手示意，透著敷衍。

走過斑馬線後，兩人又走了一小段路，才終於回到住宅區。

蘇有枝從沈逸言手中接過那疊書，輕聲道了謝。

她認爲沈逸言肯定察覺到她後來的心不在焉，於是她避開他帶著探詢的目光，倉促地說了句「再見」，便匆匆進了家門。

她脫掉帆布鞋，踏入玄關，最上層的書因爲傾斜而不小心掉了幾本，蘇有枝驚呼了一聲，彎腰拾起時卻不由自主地回想起方才何木舟的模樣。

燦然的陽光下，少年迎著風踏步而來。他卻像是沒見著似的，筆直地望向前方，不願意施捨她半分目光。

最後還是敲定了做瑪芬蛋糕。

大家約一點在蘇有枝家，十二點多就陸陸續續有人來。

唐初弦壓著點踩進蘇家大門，她看到沈逸言的時候感到有點意外。「糾察隊隊長也來了啊。」

「怎麼，不歡迎嗎？」沈逸言笑道，語聲中透著對自己的戲謔，「上課的時候當全校的免費勞工，放寒假了也繼續當免費勞工。」

聞言，蘇有枝被逗樂了，一邊備料一邊道：「認命吧沈組長，您就是當免費勞工的料。」

沈逸言覺得這人最近是愈來愈猖狂了，他仗著身高優勢，直接一記手刀劈過去，但相撞之際，手上力道倒是放得輕。

處理好食材後，蘇有枝從冰箱裡拿出事先冷凍的藍莓，開始講解製作過程，而後分配工作。

瑪芬蛋糕屬於家常甜點，就算是初學者，基本上也不太會搞砸。幾個人照著蘇有枝的指示一步一步來，原先還因爲初次嘗試而有些緊繃，上手之後便逐漸感受到做甜點的樂趣，開始有說有笑。

最終成果擺在眼前時，糕體表面色澤鮮明漂亮，藍莓與蛋糕的香氣交揉著盈滿室內，大家見到從烤箱蛻變出來的麵糊，個個都興奮得不行。

「這也太有成就感了吧。」鄭洋看到成品後呆了一下，接著發自肺腑地感嘆。

十幾歲的少年少女最是熱情，不知是誰先喊了一句「蘇老師英明」，接著便是此起彼落的「蘇老師」響在空中，待蘇有枝回過神時，才發現自己在不知不覺間被簇擁著。

蘇有枝臉皮薄，平時也低調，何嘗被這樣包圍並接受直白的愛意。她微垂著頭笑了笑，嘴邊的小梨渦陷下，耳根子悄悄攀上了紅。

「你們別這樣，什麼蘇老師……我也沒有特別專業，都是一起完成的，是大家的功勞。」她有點不好意思，習慣性地捏了捏耳垂，趕緊轉移話題：「大家快吃吧，剛烤出來的，趁熱吃味道一定很棒。」

蘇有枝調整過食譜，比起傳統的瑪芬蛋糕，他們所做的糕體更爲溼潤，搭配著藍莓果肉的酸甜，入口不會太乾，整體外酥內軟，很是可口。

蘇有枝想著難得在寒假時聚會，平時不太發社群動態的她也拿出手機，拍了幾張做好的藍莓瑪芬，再按下錄影，將朋友們都收錄進影片中。

沈逸言見她在拍攝，順口調侃一句：「終於要更新個版了嗎，蘇老師？」

蘇有枝點點頭，在聽到最後三個字時，斜眼瞪了少年一眼，眸光中隱隱帶著警告。

沈逸言不置可否，他從不把她軟綿綿的警告放在眼裡，笑著繼續道：「這是生存報告了吧，我記得上一次發文是兩個月前？」

這是事實，蘇有枝沒反駁，倒是問：「你要一起嗎？我們拍個照？」

拍了一兩張後，不遠處的唐初弦見兩人在自拍，立刻嚷嚷道：「呀你們兩個別自己偷偷來啊，我也要加入！」

不多時，蘇有枝身旁就多了一群人，爭先恐後地擠入鏡頭。

她本就不擅長應付這種場面，便把手機交給唐初弦，「弦弦妳掌鏡吧，我很少自拍，不太會喬角度。」

唐初弦欣然接受，群體自拍這種事對她來說簡直輕而易舉。

熱熱鬧鬧地拍完照之後，有個女同學挨著蘇有枝問：「枝枝可以把照片傳給我嗎？我想要存。」

「我也要！」

「加一加一，今天眞的好開心。」

「要不枝枝直接發班群吧，一個一個傳的話妳太累了，很花時間。」

幾個人又聊了一陣子，天色也悄無聲息地暗了，連綿的雲層層疊疊傾壓而下，夕曛順著屋簷流瀉，棲在窗櫺暈出一片光圈，催促著人們該回家了。

送走大家之後，蘇有枝簡單收拾了廚房，便一個人坐在沙發上，打開手機察看方才拍的那些照片。

少年少女笑得燦然，如同驕陽溫暖肆意，眉目間是藏不住的歡喜，張揚又熱烈。

蘇有枝登入社群平臺，久違地點開發布動態的欄位，挑了幾張照片，而後發文。發布之後，她又瞅了幾眼照片，唇角不自覺地跟著翹起。

青春的美好在於它短暫卻絢爛，濃墨重彩紛紛揚揚地漫過了整個年少，儘管往後注定會被時光掩埋，於記憶裡，卻仍是喧鬧不止，一如當年。

蘇有枝望著窗外那斑斕的晚景，心想——今天有邀請大家一起來做甜點，眞的是太好了。

何木舟看到蘇有枝發布的照片時，已經是半夜的事了。

他打工剛下班，夜色深重，月光沉湎，好似被葬進了天空之中，不願意照拂人間。方才下過雨，空氣中猶帶溼涼的冷意，地上倒是沒有水窪生成，只有細微的潮氣駐足。

何木舟走在漆黑的街巷中，身上的帽T也是黑的，整個人近乎要與夜幕合爲一體，彷彿走一走便會消融於夤夜盡處。

他打開手機，第一則動態消息就是蘇有枝的。

他有些訝異地揚眉，腳步不自覺慢了，微瞇著眼瞅向螢幕。究竟是什麼事，值得她一個少用社群平臺的人發文？

就在他點開相片之際，步伐驟然停止，摺痕順勢爬上眉間，在那兒留下一抹寒涼。

第一張照片的中心是蘇有枝，身後是幾個同班同學，一看就是六班的聚會。

只是六班的場，爲什麼會有三班的沈逸言出現？

沈逸言正好站在蘇有枝身側，與她靠得極近，髮絲貼著髮絲。那畫面擱在眼底格外刺眼，何木舟頃刻間就冷了神色，一股煩躁湧上心頭，原先上班的疲累也消失殆盡，留下的只有滯悶且無處可洩的戾氣。

何木舟「嘖」了一聲，看完了後面的照片和影片，神情一派冷漠。他關掉螢幕，逕自往前走，夜風很盛，和著溼氣，是徹骨的沁寒，可任憑那風怎麼吹，都吹不掉體內的那團焦躁，倒是把心緒吹得更加紛亂了。

到家時已是凌晨一點多，一進玄關，一片黑暗便朝他襲來，空蕩蕩的，沒有半點人氣。他這才想到，陳露好像出差了。飛去美國嗎？還是加拿大？算了，去哪裡於他而言也不是很重要，重要的是這幾天不用看到陳露。

思及此，何木舟原本不怎麼美麗的心情，這會兒稍稍好了一些。

但這個狀況並沒有持續多久，他洗完澡後重新打開手機，點進通訊軟體，發現在他打工的這段時間，班級群組熱鬧得很。

最後一則訊息是鄭洋傳的語音訊息，時間顯示午夜十二點多，看來大夥兒在一陣子前就結束了話題。

何木舟點開那則語音訊息，流瀉而出的是男孩子一連串的「晚安」。整整一分鐘的時間，除了「晚安」什麼都沒有。這兩個字在鄭洋的口中時而溫和柔順，時而慷慨激昂，宛如一首情感豐富的短詩。

何木舟無語，這還沒有點病他可不相信。

訊息有幾十則，何木舟往上滑了一陣子，終於抵達話題的源頭——是蘇有枝在群組建立的相簿。

他點進去潦草地看了幾眼，裡頭全是他們今天在蘇家做甜點的照片，何木舟隨便點開一張，沈逸言那張臉便又撐滿視界，少年和身側的少女相視而笑，面上都是歡欣。

他關掉相簿，接著往下滑，開始看聊天紀錄。

洋洋得意：蘇老師今天辛苦了，謝謝蘇老師！

唐初弦來無事：蘇老師今天辛苦了，謝謝蘇老師！

簡儀安：蘇老師今天辛苦了，謝謝蘇老師！

Ashley：蘇老師今天辛苦了，謝謝蘇老師！

三年的杏子：蘇老師今天辛苦了，謝謝蘇老師！

何木舟斜靠著枕頭，有些不悅地睇了睇眼。

不是，這明明是六班的聚會，沒找他一起就算了，怎麼還邀了沈逸言啊？

雖然他今天要打工也去不了，可邀沒邀，這是誠意的問題。

何木舟冷笑一聲，直接關掉手機，把它扔到一旁。

可憐的手機成了發洩怒氣的道具，在順著拋物線飛出去的同時，邊角磕到了床頭櫃，撞出一聲稍大的悶響。何木舟不以為意，他煩躁地抓了抓頭髮，兀自切掉燈源。

房間在剎那間歸於寂靜，他腦袋枕著手臂，直直地凝視天花板，好似要把那處盯出一個洞，窗頭擱淺的月色也沒能渡來半點睡意。

思緒纏繞，何木舟又想到了結業式那天，在學校附近過馬路時遇到了蘇有枝。少女迎面而來，和身旁的少年有說有笑，她嘴角陷下了一對小梨渦，盛著傾落的日光，分外清甜。

可那笑再怎麼迷人，卻也不是對著自己的。

何木舟頓了頓，接著罵了一聲「操」，落在夜闌人靜時分格外鏗鏘有力。這次是沈逸言，那次也是沈逸言，哪裡都是沈逸言，這男的怎麼這麼陰魂不散？

沈逸言怎樣不重要，可如今沈逸言受邀，他卻沒有，這就讓他很不甘心了。這種不如對方的情緒侵蝕著心臟，一片又一片的殘骸掉下來，剝落的都是碎裂的理智。

最終何木舟失眠到六點才睡著，至於他夢到沈逸言用勝利者高高在上的姿態睥睨著他，那便是後話了。

何木舟是被一通電話吵醒的。

此時是下午一點，他閉著眼摸索手機，摸了半晌卻沒碰到任何東西，才想到他昨晚將手機隨手扔到了地上。

鈴聲還在響，他罵了句髒話，迫不得已睜開沉重的眼皮，傾身去撈。

關掉鈴聲後，何木舟立刻又倒回床上，翻身把臉埋進被褥，打算繼續沉入夢中。

豈料有人就是不想放過他。

當手機鈴聲響起第三遍時，多次被打擾睡眠的他不耐煩了，抓起手機接通電話，直接朝對方吼道：「你他媽有什麼病——」

站在大樓樓下的孫明把話筒拿離耳邊，聽著何木舟用最睏的聲音罵著最難聽的話。

有別於以往清冷的嗓音，此時聲音裡摻著濃重的鼻音，一聽就是沒睡醒。

何木舟有非常大的起床氣，這是眾所周知的事，因此孫明也沒氣惱，待對方罵完之後，他才重新把話筒貼回耳邊，笑嘻嘻地道：「哥，出來吃飯啊。」

「吃你媽。」

孫明還沒來得及開口，話筒便傳來通話結束的嘟嘟聲。

如果是別人得到這種回應，可能會就此卻步，可孫明一向和何木舟玩得好，也算是把這哥的性子摸了七八分，知道他脾氣再差，頂多也就吼個幾句，只要不動到他逆鱗，基本上就不會眞的做出什麼出格的事。

反正難聽話也聽慣了，眞要說起來，他們幾個誰不是整天把那幾個字掛在嘴邊。於是孫明再次撥通何木舟的電話，這回響了好一陣子，對方才接起。

「舟哥，我在你家樓下，訂了你喜歡的那家燒烤，有什麼不爽的就吃肉發洩啊。」

何木舟沉默幾秒，含糊地應了一聲，便直接掛掉通話。

孫明懂了，這哥要下來了。

等了十分鐘左右，幾個人便見何木舟單手插兜，耷拉著眼皮從大廳晃了出來。

他從口袋裡摸出了菸，也沒點燃，就銜在嘴邊。

他們拐過一個街口時，一名少女迎面走來，微垂著頭在包裡翻找著什麼，並沒有注意到他們。

「呀，那人看著挺眼熟，可不就是我有枝妹妹嗎？」孫明率先開口。

何木舟冷冷地睨了他一眼，「好好說話。」

「枝枝！」孫明當街大喊一聲，朝蘇有枝揮了揮手，生怕她看不見似的。

聞言，蘇有枝不再繼續翻找，有些茫然地抬起頭。見孫明朝自己送來一個風騷的眨眼，她一不小心便笑了出來，那模樣怎麼看怎麼滑稽。

「騷不死你。」何木舟翻了個白眼，嫌棄道。

蘇有枝穿著奶茶色的格紋連衣裙，小跑步過去時裙襬被風帶起，在半空中勾勒出輕巧的弧度。

何木舟在少女過來時便收起嘴裡咬著的菸，睇了睇眼，懶洋洋地道：「下午好啊，蘇老師。」

不知道是不是錯覺，蘇有枝總覺得他冷笑了一聲。

「什麼蘇老師……」她昨天在班群裡被大家調戲得狠了，現在對這個詞有點敏感，聞聲只覺得耳根子發燙，囁嚅道：「你別學他們亂叫啊……」

「他們可以叫，我就不行？」何木舟扯了扯唇，那弧度裡沒有半點情緒，「妳還有差別待遇的啊，蘇有枝。」

最後三個字落入耳裡，蘇有枝心下莫名一緊，明明這就是她的名字，可這會兒卻怎麼聽怎麼不對勁。尤其此時少年的面色不冷不熱，嗓音揉進了隱隱的冷戾，冬末殘存的寒氣似乎在一瞬間全數聚攏於此。

蘇有枝的眼神在地面上游移著，顫巍巍的，不知道自己哪裡又惹到他了。

少女低垂著頭沒有回答，這在何木舟眼裡無疑是心虛的表現。

他舔著唇笑了聲，嗓音清冷，「也是，畢竟有些人可以去妳家，有些人不行，在稱呼上自然是親疏有別。」

丟下這句話後，還沒等對方理解話中的意思，何木舟便兀自往前走。

此時一陣冽風呼嘯而過，吹得枝頭顫了顫，殘葉簌簌落下。蘇有枝望著他的背影，一時之間不知道該做何反應，她怔怔地看向孫明，後者則回以她一臉茫然。

直到何木舟的身影快要消失在洶湧的人群之中，孫明這才回過神來，結結巴巴地解釋：「沒、沒事……妳別放在心上，舟哥他只是……只是剛睡醒起床氣還沒消，講話有些衝……」

說了幾句後，孫明便和另外幾人小跑步跟上何木舟。蘇有枝站在原地，凝視著少年消失的街口，不明所以。

遇見蘇有枝的小插曲結束之後，幾個人來到了燒烤店吃午餐。

孫明覷了眼正翻烤牛五花的何木舟，把一片松阪豬夾到烤網上，猝不及防地問道：「哥，你不會是吃醋了吧？」

他看過蘇有枝昨天發的動態消息，再結合何木舟的反應，多少也摸出了大概。

「我吃醋？」何木舟停下烤肉的手，不可置信，「你說我？」

「哥，你是不是因爲沒能去枝枝的甜點聚會而感到不甘心？」

「嗯，但我昨天有班，所以不去也挺正常的。」

「可是我們有枝妹妹……沒有邀你對吧？」

這話戳到了敏感點，何木舟面色幾不可察地僵了一瞬。

這些微表情哪裡能逃過孫明的火眼金睛，他愉悅地吹了一聲口哨，覺得自己眞是個小機靈鬼。

他乘勝追擊，「我不知道聽誰說的啊，你跟我們班的沈逸言不太合，雖然你們也沒有明顯表現出什麼，但你是不是眞的挺討厭他？」

何木舟雙手環胸，目光隨地板上的光影移動，沒有回應。

孫明就當作他是默認了。

「昨天沈逸言去了甜點聚會，你沒去，枝枝甚至沒有邀請你。」孫明意味深長地瞅了他一眼，有意煽風點火，「我還聽說沈逸言和枝枝從小就認識了，青梅竹馬啊！多麼危險的一種關係！俗話說近水樓臺先得月，哥你看這不趕緊行動，枝枝是不是就要被拐走了？」

結束了燒烤，何木舟和孫明他們去網咖打了一下午的遊戲，踩著最後一抹夕曛回到了家。

見夜色逐漸深重，差不多也到了晚餐時間，他便走到廚房隨便翻了包泡麵出來煮，再簡單打了顆蛋上去。

等泡麵煮熟的期間，他懶懶地倚著流理臺，凝視冉冉而上的熱煙，思緒停留在吃午飯時跟孫明的對話，怎麼抽也抽不離。

雖然一開始聽到孫明的結論，他感到有些荒唐，但現在重新回憶，對方的邏輯倒是沒有問題，不過在討論「吃醋」這個命題之前，他要思考的絕對是吃醋的成立條件——

他喜歡蘇有枝嗎？

當這個念頭突然出現在腦海中時，何木舟拿著泡麵碗的手不小心抖了一下，險些把熱湯灑了出來。

他喜歡嗎？

何木舟把碗筷放好，輕輕靠上椅背。泡麵的香氣充盈整個空間，他卻沒有任何動作，盯著麵條在飄著油光的熱湯裡載沉載浮，如同此時泡在滄浪中的一顆心臟。

「喜歡」這個詞對他來說有些陌生，過去沒有想過，也不知道這會兒竟會猝不及防被提起，然後便扎根在心尖揮之不去，讓他想要忽視都難。

孫明那一句「近水樓臺先得月」不斷在腦中盤旋，如果蘇有枝真的和沈逸言在一起了，那他會有什麼感覺？

他沉吟了半晌，無論如何都不會是「開心」。

那麼撇開他對沈逸言的反感，換一個方向來想，若是蘇有枝身旁的不是沈逸言，而是其他男人的話，他能笑著祝福他們嗎？

——枝枝，恭喜妳脫單，祝你們長長久久。

久個屁。顯而易見的，答案依然是否定。

他又想到了之前遇到蕭盛後沒來由的脾氣，以及初見沈逸言時的不順眼，所有不明緣由的情緒和行為，此時此刻都找到了源頭。

何木舟摩娑著手中的巧克力糖，包裝紙戔戔作響，他的思緒不受控地沉湎……但凡稍微想像蘇有枝身邊站著任何一個男人，心情就會很不爽。

他希望站在她身邊的是他，他希望她只會對自己笑。

如果這不是喜歡……如果這不是喜歡。

何木舟的心底泛起了細微的波瀾。他眼睫輕顫，把玩著巧克力糖的指尖停了下來，眸色深沉。

近水的樓臺就一定能先得到月色的親吻嗎？

如果月亮本就隱在了雲層之外，那再怎麼靠近水邊，費盡心思收集細碎的月光，也沒能捕捉到月亮的蹤跡。

人間月光遍地都是，可月亮卻只有一個。他不僅要接住月光，還要月亮只對他一人綻放。

第三章　肉桂捲

這天蘇有枝起得很早。

天才濛濛亮起，整個城市還籠罩在一層淺淡的晨曦中。

窗櫺處有日光擱淺，少女睡眼惺忪地看過去，光影稀薄如蟬翼。她瞅了一眼時間，才六點。

她也不知自己怎麼這麼早就醒了，偏偏自己又是淺眠的體質，這一旦醒過來，要再睡回去可就難了。

蘇有枝簡單洗漱一下，隨手套了一件連身帽T裙，拎起零錢包出門買早餐。

這會兒大家還沉睡著，街巷寂靜，連行道樹的枝椏都懨懨地垂著，矮牆上的胖橘貓亦在夢裡打滾。

早上六點多，便利商店裡除了蘇有枝以外，沒有其他人，連本該在櫃檯的店員都不見身影。

蘇有枝不以爲意，這個時間點基本上沒有人會光臨，店員想要偷懶、小憩也是人之常情。

她的視線在架上逡巡了幾分鐘，最後挑了一個三角飯糰以及蘋果牛奶。

她走到櫃檯，把東西放上去。店員不知什麼時候回來了，蘇有枝抬首的那一剎那，清俊的面容猛然撞入眼簾。

那張臉，蘇有枝已然熟悉到不能再熟悉。

少年拿起商品，面色沒有絲毫波瀾。他神情自若地刷著條碼，隨後問道：「需要點數嗎？」

蘇有枝還愣著，會在這邊遇到何木舟絕對是意料之外，何況兩人現在的關係不算友好，可想而知該有多尷尬。她想起上回在街上巧遇時他略帶嘲諷的語氣，又想起結業式那天被他忽視的問好。蘇有枝杵在櫃檯前，一時間有些無措。

何木舟捕捉到蘇有枝眼底的慌張，漂亮的鹿眼睜得大了，裡頭綴著碎光，看起來就像一隻受驚的小兔子。她捲翹的睫毛飛快地撲閃著，好像只要緊張了，她總會下意識地快速眨眼。

他收回目光，輕輕嘆了口氣，「同學，需要點數嗎？」

聲音很低，摻著隱隱的無奈。

這一聲「同學」讓蘇有枝回過神，她這才驚覺自己有些失態了，於是結結巴巴地說：「抱歉，點數不用沒……沒關係。」

何木舟頷首，接過她手裡的零錢，兩人的指尖偶然相觸，很快便分開了。不過就是一瞬，他卻感受到了寒意透過肌膚渡過來，少女的手涼得嚇人。

「妳手怎麼這麼冰？」他蹙了蹙眉頭，沒忍住便道。

蘇有枝低估了冬天清晨的威力，看到有幾許陽光，想說套一件偏厚的衣服應該就足以應付了，誰知道外頭比想像中得冷，冷空氣竄進了衣裳內，貼著肌膚留下難以忽視的寒冽。

她瞅了瞅自己身上那件連身帽T裙，只覺得比寒風更冷的是少年的聲嗓，於是小聲道：「啊，出門忘了穿外套……」

何木舟眉間的摺痕在少女的解釋中愈來愈深，他將發票和食物遞給她，於她離步之前開口：「妳等等。」

何木舟說罷便逕自走進了員工休息室。

蘇有枝捧著早餐，茫然地站在原地。

沒多久何木舟就出來了，小臂上掛著黑色的衣服。他將它塞進蘇有枝懷裡，蘇有枝定睛一看，發現是一件連帽外套。

「先穿著，別著涼。」

「那你——」

這時店門應聲打開，天色比起方才明亮了許多，時間鄰近七點，早晨的陽光逐漸豐盈了城市，萬物開始甦醒，有客人光臨了。

何木舟瞟了眼門口，只見一名爺爺牽著大約五、六歲的小男孩慢吞吞地走進來，他下意識多看了幾眼，抿了抿唇。半晌，他收回目光，看向蘇有枝，「二樓有休息區，可以先在那邊吃早餐。」

蘇有枝還沒反應過來，就聽到他說——

「七點交班，一起走走？」

七點很快就到了，接班的員工沒有遲到，兩人準時完成交班後，蘇有枝也正好吃完早餐。

她收拾好桌面下樓，就見何木舟已經換掉了商店的制服，穿著灰色帽T和黑色直筒褲，而他恰巧抬起眼，對上她的目光。

蘇有枝還沒來得及做出反應，何木舟便朝她招了招手，說道：「走吧。」

少年逆著光，蘇有枝看到他斑駁的影，店裡的人比起方才多了不少，嘈雜聲鼎沸著，可她卻只看見了他。

兩人走出便利商店，何木舟沒有說話，蘇有枝也沒有，她跟著他漫無目的地行走，在晨光裡流浪。經過矮牆時，她發現那隻胖橘貓已經醒了，這會兒正舔著自己的腳掌，仔仔細細地梳理。

何木舟在這時出了聲。他眼睫斂著，視線在石板路上追著光，道：「對不起。」

蘇有枝身子一僵，沒料到何木舟一開口就是道歉。

她沒看他，下意識地攥緊了衣襬，嗓音很輕，「你那天……心情不好嗎？」

清風帶起少女的話音，綿軟的聲嗓細細刮著耳梢，何木舟卻沒應。

蘇有枝也不惱，換了個話題：「爲什麼要出來打工啊？而且還擔了大夜班。」

「大夜的薪水比較高。」

「半工半讀很辛苦吧。」她眨了眨眼。

「也還好，就假日而已。不想待在家，也不想總拿陳露的錢，出來打工不無小補，還能打發時間。」

「陳露……」

「我媽。」

這麼一說，蘇有枝便想起了上回的一面之緣。雖說母親具有扶養孩子的義務，但兩人的關係似是極差，何木舟不想拿她的錢大抵能理解。

十七歲的少年有他的倔強。

打工的話題撇下句點，接著又迎來一陣沉默。何木舟沒再提方才的事，蘇有枝都要懷疑他找她出來走走，不是要解決兩人之間的彆扭，而是單純的散步了。

她刻意放緩腳步，稍稍走在何木舟的後方，凝視少年的背影，那身影被日光兜著，消融了幾分刻薄。

半晌，她冷不防道：「何同學，別不開心了。」

這聲安慰來得太突然，何木舟愣了愣，旋身看向她，只見蘇有枝面色平靜，明淨的眸裡找不到任何情緒。

小巷靜謐，兩側的矮牆連綿，兩人隔著幾步之遙，毫無遮避地望著對方。

不知道過了多久，何木舟忽然笑了，低聲道：「妳是真沒有脾氣嗎？」

「什麼？」

「那天在路上莫名其妙被凶，正常人都該生氣了，怎麼到妳這裡，還反過來安慰我了？」

「我……」蘇有枝一時間也說不上來，她本就不是個容易被激怒的人，比起生氣，她更疑惑的是他說那些話的動機。

蘇有枝身材纖瘦，他的外套穿在她身上是有些大了，鬆鬆垮垮的，袖子長得能蓋住整個手掌，甚至還有餘裕。

他一邊想著她怎麼這樣嬌小，一邊克制住想要幫她把外套拉鍊拉好的衝動。

何木舟移開目光，重複一遍：「對不起。」

「怎麼了？」

「我個人狀態不佳，沒控制住自己的情緒，波及到妳是我不對。」

蘇有枝沒想到他會這麼坦誠，她觀察著他的神情，小心翼翼地問：「那你為什麼心情不好？」

何木舟腳步一頓。

她注意到他欲說還休的模樣，一向漫不經心的少年此時的神情有點微妙，她感覺有些古怪，更好奇了，「心情不好的原因，方便跟我說說嗎？」

何木舟眼底閃過一絲挫敗，揉了揉太陽穴，坦言道：「我看到你們在群組的照片了，一起做甜點的……」

蘇有枝一愣，對這個答案感到有些意外，過了幾秒終於反應過來，「你……你也想參加？」

反正都宣之於口了，何木舟也沒什麼臉面好顧及了，又恢復往常散漫不要臉的樣子，「是，我嫉妒。妳沒有邀請我，我眞的很傷心。」

蘇有枝心底隱隱也有些不好意思，「那我下次會記得找你的，我不是故意不邀請你，只是想說你應該不會喜歡這種多人聚會……」

「我很喜歡，我最喜歡多人聚會了。」何木舟面無表情地開口，「尤其是做甜點的多人聚會。」

蘇有枝心想，大老以前是這樣子的嗎？不是吧。

把這件事說開了之後，兩人之間的氛圍好了不少。走著走著，蘇有枝突然想起來有一件事還沒說明白。

「對了，一直忘記跟你說謝謝。」

「嗯？」

「那天放學……」

何木舟懂了，她是在說被市二高騷擾的那天。對於這件事他其實一直有些愧疚，若不是因爲自己，蘇有枝也不會被那幾個人盯上，而若是他沒有正好經過那兒，接下來蘇有枝會發生什麼事……他不敢想像。

「不用謝，那是我應該做的，如果不是我，妳也不會……」

蘇有枝看穿了他的心思，停下腳步望著少年，在沛然的陽光中啟唇。

「你不用把錯攬到自己身上，市二高那幾個人不爽你是因爲你上回讓金毛難看，可是如果你不出手相助，那位同學就會繼續受勒索之苦。」她道，「你是對的，害我的不是你，也不是那位同學。說到底都只是市二高那幾個品行不正霸凌同學，要論罪也是他們的問題。他們不盯我也會盯別人的，若是被仇恨蒙蔽了雙眼，只要是跟你有關的人，他們大概都想鬧一波，那是在給你下馬威。你知道嗎？這是不可避免的。」

她抬眸，綻開笑容，繼續道：「所以你不要自責了，誰叫我們是朋友呢？」

蘇有枝的語氣堅定，站在明媚的晨曦中，看起來無憂亦無懼。

何木舟一時間愣住了。他斂起雙眸，心底有什麼流淌而過，順著水流而下，最終沉積在窪地，填滿了那個坑。

他沒去看她，視線聚焦在她腳邊錯動的光影，低聲說道：「如果之後遇到類似的事情，不要怕，儘管叫我。」

他的聲音很沉，墜在空氣中，語畢猛地抬眼，目光直直鎖住她的瞳孔。

冬日早晨雖冷，天氣卻宜人。樹影婆娑間，陽光正好，少年嘴角的弧度也正好。

「舟哥保護妳。」

快樂的時光總是過得特別快，寒假只有一個月的時間，日子漸漸消磨而過，開學日踩著冬末的最後一瓢寒氣翩然而至。

上回沒邀請何木舟的事令蘇有枝格外在意，開學典禮結束後，她從書包裡拿出一個保鮮盒，「何同學，你喜歡肉桂嗎？」

何木舟趴在桌上玩手機，聞言後朝她看了一眼，「還行。」

蘇有枝瞭然，以她對大老的了解，這就是喜歡了。於是她打開放著肉桂捲的保鮮盒，遞給他，「那這個請你吃。」

何木舟見狀，愣了一下，沒有接過，問道：「怎麼這麼突然？」

「因爲寒假的時候沒有找你一起來做甜點，看你這麼介意我也有點過意不去……」蘇有枝想起了當時少年加重語氣的「我嫉妒」、「很傷心」，她接著說：「所以做了肉桂捲，想說給你賠罪，也謝謝你那天替我解圍……我下次一定會約你！」

何木舟望著蘇有枝愈眨愈快的眼睫，心底軟得一塌糊塗。

「沒事，不要放在心上，謝謝妳。」何木舟截斷她欲說還休的歉疚，把保鮮盒接了過來。

「不過我平時很少做肉桂捲，希望你不要嫌棄……」

她話還來不及說完，何木舟便因入口的味道而驚訝，直接愣住了。

蘇有枝雖表明自己不熟練，可肉桂捲的麵包體不會過於乾澀，肉桂與楓糖不只散發出各自本身的特色，還完美地融合在一起，誰也不喧賓奪主，就像是一首詞曲流暢和諧的歌。

眼前的這個女孩，好像天生就該爲甜點而生。

何木舟又吃了一口肉桂捲，一臉呆滯，接著便面無表情地一口接著一口，將肉桂捲送入口中。

是這個味道，雖說與記憶中的滋味不完全一樣，可那香料揉雜的甜味，與外頭店家販售的肉桂捲不同，它在味蕾上牽出一絲熟悉的氣息，帶他回到了曾經無憂無慮的童年，回到了有外公在的安好歲月中。這種味道只有在外公那裡吃得到。

蘇有枝看不出何木舟的想法，不免緊張，雖然她在家已經先試過了，但會不會其實不合他的口味？

「何同學，那個……」她本是想讓他別吃了，可話還沒說完，便見他把最後一口吞下肚。蘇有枝更慌了，「如果不合口味可以不用全部吃完的……」

何木舟嚥下最後一口，沒頭沒尾地道：「妳沒有錯，是我自己心情不好遷怒妳，妳不必感到愧疚。」

何木舟看著蘇有枝始終懷有歉意的眼神。明明她什麼都沒有做錯，只是單純邀請幾個朋友去家裡，卻被他莫名其妙地遷怒，甚至還特地做了甜點來哄他。

他覺得自己眞是個混蛋。

午時的風從敞開的窗口踏進來，染上和煦日光，溫柔地擁抱了教室這一隅。

「枝枝，對不起。」他低聲啟唇。

聞聲，蘇有枝有一瞬間的怔忡。

「妳那麼好，是我不懂得珍惜。」

最後一句細如蚊吶，順著風聲被捎到外邊的廊上，在那一方淺淡陽光裡擱淺，不知有沒有在途經少女之時，順勢送到她耳畔。

放學時忽然下起了傾盆大雨，如浪覆蓋整座城市。

蘇有枝走到校門口正要開傘，卻發現自己的傘壞了，反反覆覆研究了一陣都打不開，不知道是不是太久沒用，所以故障了。她想，估計只能等雨停了。

就在她準備打給母親，表示自己會晚點到家時，突然一道熟悉的嗓音從身後響起。她回身一看，見何木舟單手插兜，另一隻手拎著一把折疊傘，緩緩地朝自己走來。

「怎麼一個人站在這裡？」他問。

「我的傘好像壞了，雨這麼大……」蘇有枝有些懊惱。

少年揚眉，撐開手中的傘，「要不然跟我一起撐吧。」

聞言，蘇有枝遲疑了幾秒，然後道：「沒關係，你還要送我回家，太麻煩你了。」

「沒事，不麻煩。」見蘇有枝猶豫不決，何木舟直接把人給拉了過來，「雨也不知道什麼時候會停，看這架勢估計還要下好一陣子，妳總不可能一直待在這邊浪費時間吧？」

猝不及防地被拽到傘下，蘇有枝踉蹌了一下，險些撞進少年懷裡。

「抱歉……謝謝你。」語聲細微，近乎要消融進滂沱大雨中。

何木舟微微地勾了勾唇，「不會，我們走吧。」

暮雨瀟瀟，少年少女躲在傘下並肩而行，肩膀時不時相碰，腳步踩在積水的地上，濺起的都是隱晦的怦然。

一路上誰也沒有說話，世界好像只剩下雨聲，以及自己那越發震耳欲聾的心跳聲。

直到經過一家蛋糕店時，蘇有枝才突然喊了一聲：「啊。」

此時他們正在等紅綠燈，何木舟順著她的目光望去，「怎麼了？」

蘇有枝指著蛋糕店的透明櫥櫃，「這家的芋泥盒子很有名，之前都買不到，沒想到今天居然還有……可惜現在沒辦法買，下雨太不方便了，而且我好像忘了帶錢包出門。」

見蘇有枝的眉間攀上細小的摺痕，遺憾絲絲縷縷勾纏，何木舟在綠燈亮起前多看了那間蛋糕店一眼，也沒多說什麼，隨後帶著她穿越斑馬線，走進瓢潑大雨中。

不多時便走到蘇有枝所住的社區了，她感激道：「何同學，今天謝謝你。」話一出口，她便捕捉到他左肩一片濡溼，是雨水的痕跡，再往下看，手臂也淌著水，雨滴順著地心引力滑落，沿著手腕、指尖，最後墜入地面。

蘇有枝心下一顫，走路時沒有發覺，這會兒仔細一想，方才何木舟好像確實都把傘往她的方向傾斜，也難怪左半邊都淋溼了。

蘇有枝覺得心口被烘得發燙，同時又心疼少年，混以幾許愧疚，很微妙的感覺，她說不清。

「謝謝你。」蘇有枝又鄭重地道謝，「你眞好。」

何木舟笑了一下，不置可否，跟她打個招呼就走了。

離開蘇有枝家後，他沒有往自家大樓的方向走，反而沿著來時路，走到了剛才那家蛋糕店。

見架上放著最後一個芋泥盒子，何木舟忍不住鬆了一口氣，連自己都沒意識到。

豈料當他提著蛋糕走出來後，卻在店門口撞見一個熟悉的人影。

「舟哥！你怎麼在這裡？」孫明欣喜若狂。

「來買蛋糕。」何木舟面無表情地答道。

「你買什麼口味啊？」孫明好奇，「草莓？巧克力？」

「芋泥。」

「喔，芋泥啊……芋泥？」孫明十分訝異，「哥，你不是不愛芋頭嗎，怎麼突然買了芋泥？」

何木舟頓了一下，然後道：「枝枝想吃。」

孫明聽到這個答案後，愣了一會，半晌才重新找回聲音，立即一頓控訴：「我之前說想吃你怎麼就不買！白當這麼多年的兄弟，寒心！」

「你跟枝枝能一樣嗎？」

孫明對著何木舟的背影豎起了國際友好手勢，至於後來發現自家兄弟手上那盒是最後一份芋泥盒子時，心裡究竟有多麼的悲痛……那就是後話了。

何木舟回家後把蛋糕冰到冰箱，打開手機就見到了蘇有枝傳來的訊息。

山有木兮木有枝：何同學，想問問你，有看到我書包上的貓貓吊飾嗎？

何木舟：沒有，怎麼了？

山有木兮木有枝：回來後發現不見了，不知道是不是掉在路上，我明天上學的時候沿路看看好了＞＜

何木舟看到訊息後頓了頓，他對那個貓貓吊飾有印象，是一隻挺可愛的白色貓貓絨毛吊飾，小小一個掛在背包上剛剛好。蘇有枝有一回說過，那是沈逸言送她的小學畢業禮物，對她來說很重要，紀念了兩人在小學共同度過的六年時光。

何木舟的思緒在「沈逸言送的」，以及「蘇有枝很喜歡」之間徘徊，猶豫不決。可最終蘇有枝本身還是打敗了「情敵」這個因素。他拎起雨傘出了門，往蘇家的方向走。

雖然是沈逸言送的，可那東西對蘇有枝而言很重要，這還能怎麼辦呢？她喜歡，他便幫她找回來。

大雨持續傾瀉，烏雲籠罩，天色晦暗無光，黑沉沉地壓下來。雨水揉合夜色，模糊了視線，何木舟沿著蘇家到學校的那條路，在盛大的雨勢中慢慢行走。

他一手撐著傘，一手打開手機內建的手電筒，仔細查看地上有沒有熟悉的貓貓吊飾。手電筒的光線掃過每個角落，深怕會漏掉一星半點。

最後他如願在一個街口的行道樹下找到了。方才回家換上的那件T恤，卻也被雨水浸透了，白色布料變得透明，潮溼地貼在肌膚上。

他撿起絨毛吊飾，原先潔白的小貓此時染上了泥，髒灰遍布，近乎看不出原本的可愛樣子，何木舟卻不在意，把小貓牢牢攥在手裡。

雨真的下得太大了，就算撐了傘也只有微小的幫助。回到家，他發現自己的額髮全溼，一綹一綹地黏在額頭上，渾身淋漓，狼狽至極。

但至少找到東西了。何木舟一邊洗著貓貓吊飾，一邊暗自鬆了一口氣。

下了一整夜的雨終於在隔日停下，蘇有枝起了個大早，趁著天光大亮時沿街尋找，卻都沒有看到自己心愛的貓貓吊飾。

她有些失望，卻也無可奈何，到學校時眉眼間都藏了幾分落寞，可就在她坐下來開始寫英文題目時，一雙修長好看的手忽然攔截了視線，五指一放，毛絨絨的小東西墜在試題本上，昨晚消失的小貓再次闖入眼中。

蘇有枝圓潤的鹿眼頓時間瞪大了，訝然抬首，在看到何木舟時，眸底滾著茫然，「怎麼會……」

「昨天晚上出去找的，最後在樹下找到了。」他說，「還好有找到，別擔心了。」

何木舟彷彿是在敘述一件微小的事，好似昨晚在大雨中艱難且狼狽地找了快一個小時的人不是他一樣。

蘇有枝一時語塞，難以置信。她想起了昨夜那猖狂的風雨、雷鳴與閃電。

這人在那樣克難的環境下，冒雨幫她找回吊飾。

「你……」蘇有枝憋了半天，最後也只是擔憂地道：「下次別這樣了，天雨路滑……」

「沒事，妳看，我不是好好的嗎？」何木舟聳了聳肩，漫不經心地坐下，「昨天風那麼大，如果不小心被吹走的話，就算今天早上去找也找不到了，當然要趁剛弄丟的時候找。」

「但這樣很危險，下雨又那麼黑……」

「主要是我怕妳找不到會難過。」何木舟打斷她的話，「枝枝，我不想看妳難過。」

聞言，蘇有枝心下顫了顫。她看著少年那微微帶笑的眼眸，此時沒有了平時的冷冽，轉而被溫潤覆蓋，如同窗外晴光綿延，是柔和的暖。

頃刻間，有什麼湧進了心臟，盛大而喧譁，有些麻，有些癢，卻給人一種難以言喻的安全感。

雨早已停了，昨天踩在水窪上濺起的怦然，這會兒順著日光復甦，於心間開出一朵爛漫的花。

蘇有枝望著眼前的少年，怔怔地想，自己好像變得有些奇怪了。

這天蘇有枝因爲陪母親去探望臨時住院的外婆，直接請了一個早上的假，豈料中午一到學校，就聽到何木舟幾人在朝會上被處罰的事。

她無語地望著隔壁空蕩蕩的位子，心想怎麼才半天不見，這人就惹出大事了。

蘇有枝把書包放下來，便見唐初弦含著吸管，喝著蘋果汁朝自己走來。

「弦弦，妳知道何同學他們怎麼了嗎？」

「喔，聽說是被教官抓到蹺課去網咖。」唐初弦說，「而且妳知道舟哥有多狂嗎？早上朝會教官把他們幾個叫上司令臺想要當場教訓，順便殺雞儆猴，結果在教官問出『你們爲什麼要蹺課』時，舟哥直接回『因爲上課太無聊，我都會了爲什麼要坐在那邊浪費時間』，差點沒把教官給氣暈，笑死了。」

蘇有枝可以想像出當時少年的模樣，必然是單手插兜，散漫地站著，一點都沒有做錯事被訓話的自覺。

到了放學時間，蘇有枝正在收拾課本，就聽見何木舟喊了她一聲。

「枝枝，一起走嗎？學校附近新開了一家甜品店，要不要去吃？」

蘇有枝知道那家甜品店，本想找唐初弦一起去吃，無奈對方今天要補習，便沒有辦法去了，現在聽到何木舟這麼說，正想答應，點頭點到一半卻忽然想到了一件事，「你不用去教官室寫悔過書嗎？」

「喔那個啊，無所謂。」何木舟毫不在意。

蘇有枝深吸一口氣，語重心長地道：「何同學，蹺課是不對的，該接受的處罰就要去做，如果不按規定寫悔過書，又惹教官生氣了怎麼辦？」

何木舟不置可否，平常被教官罵了不少，他完全沒有把這件事放在心上。在看到少女嚴肅的面容時，他不正經地勾了勾唇，反問：「枝枝，妳在擔心我？」

驟然，少年傾身靠近，蘇有枝呼吸一滯，目光來不及移開，便直直栽進了他的雙眸中，那裡有淺淺的笑意漫流，淌著細碎的光，和著幾分耐人尋味，再往深處看去，還有蕩漾在湖心中的，自己清澈的倒影。

呼吸近在咫尺，蘇有枝耳根子不自覺地紅了。

何木舟也就是心血來潮逗逗她，舔著唇輕笑了一聲，便直起身欣賞少女逐漸染上溫度的雙頰。

不過經過蘇有枝這一提醒，他才想起了今天放學後是要到教官室寫悔過書的，估計沒寫完還不能離開。

思及此，教室門便「砰」的一聲猛然被打開。教官吼道：「何木舟你很大牌啊，讓你放學後來寫悔過書不來，還要我親自來請你過去。這都幾點了，沒寫完不准回家。」

「嗯。」何木舟心不在焉地應了聲，「我等會兒過去。」

教官似乎是怕他逃走，始終杵在教室門口，盯著少年的一舉一動。

何木舟暗暗翻了個白眼，從鉛筆盒裡抽出一隻藍色水性筆，接著轉身面對他，「不過教官，您下次來逮人時能不能小聲點？嗓門那麼大，吵到我同學了。」

莫名被叫到的蘇有枝大氣不敢喘一聲。

何木舟還在繼續講：「教官，其實您不用在這裡堵我，我等一下一定會到教官室報到，儘管放心。」接著他話鋒一轉：「不過我聽說孫明想要逃，您確定不去他們班看看嗎？」

聞言，教官胡亂罵了聲什麼，立刻往三班的方向走。

教室一時間靜了下來，蘇有枝問道：「孫明眞的沒有要去教官室寫悔過書嗎？」

「沒有，我胡謅的。」何木舟把藍筆放回筆袋，再將筆袋扔回書包裡，接著把書包勾到肩上，「好了。」

「何同學，你還沒寫悔過書。」她提醒。

「不寫也沒關係，反正也不是第一次了。」

蘇有枝見他這副模樣，著實無語，難怪教官要來抓他，這不被氣死才怪。

她又長長地嘆了口氣，見少年就要往教室門口走，她情急之下拉住他的T恤衣襬，「何同學。」

細軟的嗓音捎到耳畔，何木舟步伐一頓，感受到衣服下方的拉力。他大掌覆上她的，蘇有枝一抖，連忙將手抽出來，輕咳一聲故作鎮定。

「你的悔過書。」

「如果我說不去呢？」

蘇有枝見他懶洋洋地倚著桌緣，雙手環胸，眸光毫無愧意，身上穿的甚至不是校服，滿身痞氣。

她抿了抿唇，有些躊躇不定，但為了讓他乖乖寫悔過書，還是道：「你去寫，我在教官室外等你。」

何木舟還沒明白蘇有枝的用意，便聽到她說：「寫完我陪你一起去甜品店。」

粉潤的唇瓣開合著，聲音輕甜柔軟，墜在靜寂的空間中，一併捎了把窗櫺擱淺的夕曛，帶著日暮的清和，溫柔地落在誰的心尖上。

像是誘哄。

蘇有枝也沒想到何木舟這麼好說話，只見剛才還死不寫悔過書的大老十分乾脆，拿起書包往教官室走去，接著埋頭苦幹，奮筆疾書。

蘇有枝在教官室門口等了一會兒，何木舟便出來了，不只孫明，連教官都震驚於他這次寫悔過書的速度，甚至沒有亂寫。

兩人到了新開的甜品店。老闆是個身材高䠷的女人，氣質清冷，有著上揚的眼線和黑長直髮，年紀看著不大。她倚在店門口抽著女士菸，夜色潑在銳利的五官上，顯得整個人格外疏離。

蘇有枝第一時間還以爲自己進錯店了。

可與高貴冷豔的外表不同，女人見到他們便立刻把菸給掐掉，綻放出和煦笑容，熱情招呼。

一時間，那張冷漠的面孔生動了不少。

這時是正餐時間，店裡沒什麼人，少年少女坐在櫃檯附近，老闆便和他們聊起天。嚴格來說，是蘇有枝在和老闆聊天。

「姐姐，妳這紅豆湯煮得很好喝，甜度剛剛好，紅豆也沒有散掉，粒粒分明。芋圓也好吃，軟硬適中很有嚼勁，不會膩口。」

「好吃吧？那芋圓是繼承我外公的手藝，可惜他老人家前陣子過世了，還好之前有纏著他教我，要不然如今想吃都吃不到。」老闆被蘇有枝那美食評論家般的語氣給逗樂，多講了一些和芋圓有關的故事，最後以一聲感嘆收尾：「也算是用另一種方式想念著他吧。」

聞聲，何木舟舀豆花的手停頓了一下，接著卻又若無其事地繼續進食。

聊著聊著，甜湯也見底了，結帳時女人突然想到了什麼，笑咪咪地問道：「你們是男女朋友嗎？」

猝不及防的敏感問題砸來，蘇有枝還沒來得及反應，就見始終寡言的何木舟掀了掀眼皮，淡聲回道：「我們還不是那種關係。」

老闆是個機靈的人，從這句回答裡琢磨出了什麼，再看向兩人時，眼裡多了點耐人尋味。

離開甜品店之後，街巷綿延，兩人一路無話。

住宅區過於安靜，雖說蘇有枝知道何木舟本就少話，可現下的沉默難免還是有些尷尬。她想了想，終是找了個話題：「何同學，你點的豆花好吃嗎？」

「嗯。」何木舟淺淺應了聲，「就是那女的有點吵。」

「啊？」蘇有枝愣了愣，半晌才反應過來「那女的」指的是老闆，「還好吧，姐姐她人挺好的啊，而且長得還好看。」

何木舟突然停下腳步，側首望向她，「我不好看？」

初春的夜晚依然有些涼，夜風如水似地漫過肌膚。旁邊的人家種了顆杏樹，半截枝葉出牆，細碎的月光沾在樹梢，抖落的影都帶了些清冷。

同樣清冷的，還有少年不甚起伏的嗓音。

蘇有枝步伐驟停，差點被自己絆倒，踉蹌了幾步後才穩住身子，有些恍惚地問道：「什麼？」

「我不好看嗎？」何木舟仍是那從容不迫的模樣，單手插兜站在月色下。

「不是……你們兩個光是性別就不一樣，這要怎麼比……」蘇有枝不懂他幹麼突然這麼問。

「蘇有枝，妳在逃避問題。」何木舟眼神直勾勾地盯著她，沒有半分動搖。

蘇有枝覺得自己好像成為了孤狼鎖定的獵物，而她動彈不得。

在何木舟面前，倉皇失措的總是她，而他始終那麼游刃有餘。

「枝枝，妳在逃避問題。」何木舟重複了一遍，忽然勾了勾唇角，像是想通了什麼，問道：「妳是不是也覺得我好看？」

被拆穿了心思，少女面色肉眼可見地一僵，在月光的浸潤下，白瓷似的肌膚顯得更爲吹彈可破，任何一點血色沾染上去，都是喧賓奪主的紅。

良久，蘇有枝終是屈服於他的凝眸之下，自暴自棄道：「是，你好看。每天都能聽到女同學在說你好看，你怎麼能不好看？」

何木舟眼底聚了點零星笑意，「既然好看，那爲什麼妳剛才都只跟那女的說話？」

語聲落下，蘇有枝猛地抬首。何木舟是在吃醋？不對，他幹麼吃醋，他們又不是那種關係，有什麼好吃醋的。

「何同學……」她換了個想法，猜他單純是因爲被丟在一旁而感到不開心，「如果你是因爲覺得被冷落了，那我跟你道歉，明明是我答應要跟你去甜品店，結果卻沒能好好陪你，是我不對——」

「枝枝，妳眞的好有意思啊。」何木舟望著她清澈的眼眸，「妳是眞不懂還是假不懂？」

蘇有枝凡事都先想到其他人，卻不會以自身爲出發點去思考問題。

小巷半明半暗，地上的碎影游移著，像水中晃蕩的藻荇，流淌著月的冷，以及春日潮溼的柔軟。

蘇有枝沒有說話，在不知不覺間屏住了氣息，然後就看到眼前人悠悠啟唇——

「枝枝，我吃醋了。我寫悔過書可不是爲了看妳和別人聊得那麼開心啊。」

蘇有枝最近覺得自己愈來愈不能好好面對何木舟了。每次只要看到他，就會想到那天離開甜品店後的事。雖然後來直至她到家，兩人都一路無話，他也沒有再做出其他引人遐想的行爲，可那兩句話卻時不時地出現在腦海裡，揮之不去，彷彿被下了蠱。

蘇有枝覺得愈是想下去，就愈像是在自作多情，畢竟隔天到學校，彼此之間的互動沒有任何變化，她有時甚至會懷疑，那個夜晚只是自己憑空臆想出來的一場夢。

中午孫明來找何木舟時，後者還在睡覺。

孫明費了好一番工夫才將人給叫醒，兩人離開教室時，蘇有枝隱約聽到了一些關於「科展」、「競賽」等字眼，她當時不以爲意，豈料下午班會時，就見高媛宣布何木舟要代表本校參加科展。

若是在區賽拿下第一名的話，就會入圍全國賽，不論後續有沒有得獎，至少都能替K市一高爭光，也足以幫自己未來申請大學的履歷加分。

或許是因爲在忙科展的關係，再加上期中考逼近，這幾天何木舟在學校補眠的時間變多了。蘇有枝每每一抬首，見到的就是何木舟趴在桌上小寐的景況，吐息沉沉，如入無人之境。

少年眉眼間盡顯疲態，蘇有枝也不好再打擾他，何況再過兩週就是段考了，她也收拾起其他紛亂的心緒，將注意力都集中在讀書上。

就這樣奮發向上地過了一個禮拜，蘇有枝在一次去找高媛的途中，於辦公室裡見到了何木舟，只不過當時他身邊多了一個女孩。

此時高媛還沒回來，蘇有枝便看著科展的指導老師向那兩人交代了什麼，而後一個漫不經心、一個乖巧地應下。

距離太遠，她只依稀聽見了「放學後」、「測試」等幾個詞。

「弦弦，妳知道何同學旁邊那個女生是誰嗎？」

「喔那個呀，數資班的柯筱筱，她也很厲害，校排從不落前五，聽說國中還是音樂班的，超級多才多藝。」

話即此，兩人正好結束了與指導老師的談話，柯筱筱旋身，蘇有枝下意識多看了幾眼，對方是個眉清目秀的女孩子，顧盼輕顰間都是溫婉，帶著長時間受音樂薰陶的優雅氣質。何木舟的視線沒往這邊掃，大抵是沒有注意到她，蘇有枝便這麼看著少年少女並肩離去。

恰好這時高媛回來了，她便不再分心，與老師談論起正事。

下午放學後，蘇有枝沒急著回家，最近段考將至，她為了強迫自己專心，便常常留校晚自習。

傍晚，蘇有枝走出校門，買了幾顆水煎包當作晚餐，順道去便利商店買了瓶蘋果牛奶。回到學校後，見廊外夕霞漫天，她心情甚好，慢悠悠地拾級而上，在經過實驗室轉角時，兩道熟悉的身影驀地撞入眼簾。

何木舟和柯筱筱坐在實驗室裡，桌上散著一堆資料，兩個人挨得近，像是在討論著什麼。

儘管只是背影，蘇有枝卻不會認錯，這已經是今天第二次看到他倆待在一起了。她心裡忽然燃起些微的不適，十分細小，卻莫名有存在感，那絲絲繞繞的情緒攀藤而上，枝葉蔓生，最終在心尖開出了名為嫉妒的花。

此時的晚風吹來的不只是春天的涼意，還有逐漸傾壓而下的夜色。蘇有枝往外一看，這會兒哪還有什麼落日熔金的光景，雲絮層層疊疊，都裹上了暗影。

她再次望向他倆的背影。她想，兩人在一起的身影為什麼如此刺眼？而柯筱筱又憑什麼和何木舟靠得這麼近？

當意識到自己對柯筱筱有這種負面想法時，蘇有枝整個人都不對勁了。她別開眼，快步回到教室自習，卻怎麼樣都沒辦法靜下心讀書。

沒來由的陌生情緒占據著她，在她體內嘶吼、尖叫，張牙舞爪地扒開她的理智。她惶恐、愧疚，她不明白自己爲什麼會對一個不認識的女生有著不該有的惡意，哪怕只是一點點。

因爲陌生的感受而失眠，蘇有枝隔天頂著熊貓眼到了學校。早自習的福利社人山人海，好不容易擠到冰箱那裡，前面卻還被好幾個人擋著，蘇有枝不是特別高，手也不夠長，蘋果牛奶又在最上邊。她望著架上僅剩的一瓶嘆氣。

就在她想要放棄的時候，突然有人問了一句需不需要幫忙拿。溫柔的聲音順進耳裡，蘇有枝一看，發現是柯筱筱。

見她還沒反應過來，柯筱筱重複一次：「同學，需要幫妳拿點什麼嗎？我看人挺多的，妳好像也拿不太到。」

「啊，蘋果牛奶……」

柯筱筱踮起腳尖伸手一勾，幫她取下蘋果牛奶。

蘇有枝後知後覺地回過神來，匆忙地向對方道謝。柯筱筱朝她溫婉一笑，就跟著隊伍排隊結帳了。

走出福利社後，蘇有枝望著柯筱筱勾著朋友離去的身影，手中的蘋果牛奶莫名有些燙手。

她想，這麼好的一個女孩子，自己憑什麼對她抱有惡意呢？

窗頭有初生的春意，何木舟在沛然的陽光中清醒。

他微瞇起眼下床梳洗，原先動作還拖沓著，卻在刷牙時突然想到今天是陳露出差回來的日子，爲了避免與她相見，便把速度加快了不少。

出門後，何木舟望著那臺停在自家大樓前的計程車，腳步一滯。

車上下來了一個女人，熟悉的紅唇，熟悉的中分長髮，熟悉的套裝，以及那熟悉的聲嗓。

是陳露。

陳露自然也看到何木舟了，她提著行李箱，向司機道了謝，回過頭來睨著自家兒子，「聽說你又違反校規了？」

女人一向凌厲，這一聲質問，硬生生地劃破晨間小巷的安寧。

何木舟在心底冷笑，方才對計程車司機禮貌有佳，到自己這兒就是一番譴責。

他今天懶得跟她吵架，淺淺掀了掀眼皮，便直接繞過她走出大樓。

陳露見他這目中無人的模樣怎麼能不氣，抓著他的手臂將人給拽了回來，厲聲重複一次剛才的話：「你又違反校規了是不是？」

無形的硝煙蒸騰而上。

何木舟心裡煩得不行，心想自己近期不是在做題目就是在準備科展，哪裡還有餘力違反校規。眞要說最近的一次，也只有開學不久後蹺課去網咖的那次。

不過陳露這一趟出差，在加拿大待了快一個月，如今終於回國，現在才來找他算帳也不算稀奇。

何木舟見她那副猙獰的嘴臉，忽然樂了，嘴邊勾出一抹譏諷的線條，「陳女士，您這消息也太慢了吧？」

聽出他話語間的嘲諷，陳露氣急敗壞，「我不在家就盡給我惹事生非，身爲學生不好好恪守本分，你除了給我添亂還會幹什麼？」

「還會考第一啊。」何木舟說得輕鬆。

「別人家的小孩成績好，品性也好，乖乖讀書考上好大學，從不鬧事違反校規。你倒好，仗著你成績好就可以為所欲為了是吧？傳出去都成什麼了？成了我家教不嚴！」

何木舟此時已經沒有耐心再跟她耗下去了，他輕笑，彷彿聽見什麼天大的笑話，「家教不嚴？這得先有家教才能討論嚴不嚴吧？」

「你……」

「要跟我談家教，妳早該在十七年前我那見都沒見過一面的爹死的時候就來談。」少年目光陰鷙，裡頭都是刻骨的恨意。見陳露鐵青著臉說不出半句話，便也不再理會她，揚長而去。

兩側林立的高樓向上延伸撐起蔚藍天空，行道樹鬱鬱蔥蔥。風和日麗的畫面中，就他一個人被攪得烏煙瘴氣。

何木舟心煩意亂，到了學校後，臉色還是不怎麼好看。

一進教室，他便見鄭洋和唐初弦圍在蘇有枝的座位旁，三人有說有笑，此時他的煩躁感才多少散了些。

中午蘇有枝和唐初弦去食堂吃飯，看見一向跟孫明他們一起吃午餐的何木舟，對面坐的是柯筱筱。

又是柯筱筱。

蘇有枝望著兩人交談的身影，緊握著筷子，唐初弦在一旁叫了她幾次，都沒有獲得回應。見自家閨密狀態明顯不對，像是魔怔了，唐初弦連忙抬手在她眼前揮了揮，「怎麼了枝枝？」

蘇有枝沒說話，有些失神地望著某處。唐初弦順著她的視線看過去，見到了正在獨自吃飯的何木舟。

蘇有枝後知後覺地發現柯筱筱已經離開了。

「枝枝，怎麼了嗎？」唐初弦溫聲關心，「舟哥怎麼了？」

提到何木舟她就心煩。原先因爲準備段考而將注意力都集中在課業上，不知不覺也把那天的事給忘了，可最近常常目睹何木舟和柯筱筱待在一起的畫面，那晚的光景再次時不時浮現於腦海中，夜深人靜時，夢裡全是肆意流淌的月色，以及少年那幾句耐人尋味的控訴，於是蘇有枝這兩天又睡不好了。

你說出那麼引人遐思的話，卻跟別的女孩子走這麼近，倒是給個說法啊……蘇有枝眼簾微垂，唇齒動了下，終於開口：「弦弦，我朋友問我，有人對她說『我吃醋了』，妳覺得那個人是什麼想法……」

在人聲鼎沸的食堂中，唐初弦環胸凝視蘇有枝，沒有回答。

「或者是，他還對我朋友說『我可不是爲了看妳和別人聊得那麼開心』之類的話……」蘇有枝愈說愈小聲，散在喧囂裡的都是心虛。

「別再朋友來朋友去了，那人是妳自己吧？」唐初弦毫不留情地拆穿，「蘇有枝小朋友，妳以後還是別說謊了，一眼就看破。」

蘇有枝緊抿雙唇，因爲躊躇而捏著裙襬的指關節泛著不自然的白。良久，她肩膀一塌，自暴自棄地承認：「對……」

唐初弦開心了，「那個人是誰？不會是我舟哥吧？」

蘇有枝耳尖暈著紅，遲疑地點了點頭。

「舟哥可以啊，動作這麼快。」唐初弦發自肺腑地感嘆了一聲。

聞言，蘇有枝面上閃過一絲茫然，「什麼？妳早就知道了嗎？」

「這哪用什麼知道不知道，明眼人一看就能看出他對妳有意思。」唐初弦笑了笑，抬手敲了敲蘇有枝的額頭，「就妳一個當局者迷，傻。」

「妳才傻……」蘇有枝抓住她的手腕往下扯，輕聲反駁。

「我說，妳這幾天都沒睡好，不會就是在煩惱這件事吧？」

蘇有枝沒說話，眼神卻透著游移，唐初弦就當她默認了。

「那我問妳，妳喜歡舟哥嗎？」

「……喜歡一個人應該是什麼感覺？」

唐初弦揚起眉梢，「枝枝，妳以前沒有喜歡過人嗎？」

蘇有枝搖頭。

唐初弦震驚，在這個荷爾蒙騷動的青春年華，誰還沒談過一場戀愛，或是偷偷暗戀過幾個人了……舟哥這是栽上了未開竅的小木頭？

她輕咳一聲，覺得眼下這情形著實有趣，看眼前人的目光都摻了點慈愛，老母親般溫柔道：「要不我問妳幾個問題啊。」

蘇有枝洗耳恭聽。

「第一，妳會時不時想起他嗎，沒有理由的？」

蘇有枝想了一會，緩慢點頭。

「第二，妳看到他跟其他女生走在一起，會不開心嗎？」

蘇有枝立刻聯想到方才他和柯筱筱吃飯聊天的模樣，以及兩人在實驗室裡挨著的背影，這回毫不猶豫，立刻點頭。

「第三，如果有一天妳知道他不喜歡妳的話，妳會難過嗎？」

話音落下，蘇有枝腦袋有一瞬的空白，她發現儘管這只是一道假設性的問題，自己也根本不敢去想。她突然意識到，她沒有辦法想像在未來的某些日子中，沒有何木舟的存在。

唐初弦見她這呆滯的表情，彎了彎唇，「枝枝妳認命吧，妳喜歡他。」

回到教室的路上，蘇有枝看到門外站著一抹熟悉的倩影，走近之後，發現果然是柯筱筱。

對方也認出她了，微微訝異，「同學，妳也是這一班的啊？」

「嗯。」蘇有枝下意識地避開她的目光，輕輕應了聲。

「等等，那妳可以幫我叫一下何木舟嗎？我有事要找他。」

蘇有枝不好拒絕，何況上次在福利社受人恩惠，就算心中存有芥蒂，她也不允許自己這麼過河拆橋。

走到何木舟的座位旁，見他旁若無人地滑手機，她輕敲桌沿，「何同學，有人找你。」

聞聲，何木舟瞅了她一眼，蘇有枝面色猶有未褪的忸怩，話說完就飛快地回到自己的座位。

他挑了挑眉，把手機扔回抽屜，面無表情地起身。

蘇有枝翻出等會兒要交的數學考卷，把大大的一張卷子立在自己眼前，假意檢查作答過程，實際上那雙眼睛卻是貼在卷面邊緣，時不時往門口看去。少年少女正討論著科展相關的事務，柯筱筱用手比劃了什麼，何木舟似是覺得有意思，嘴角勾了勾。

蘇有枝坐得離前門不算近，沒辦法聽到他倆在講什麼。兩人之間的氣氛過於和諧，連何木舟那種喜怒不形於色的人都會笑了。她嘆了口氣，最後乾脆垂下腦袋，額頭抵在桌面，把卷子蓋在自己頭頂，眼不見為淨。

放學時蘇有枝去三班找了沈逸言。

「逸言，你喜歡過誰嗎？」回家的路上，蘇有枝單刀直入。兩人素來相熟，她也沒什麼好顧忌，把那些惴惴不安的包袱全數扔了。

「什麼？」沈逸言懷疑自己聽錯了，對情愛一向毫無關心的人，竟會突然跟他談起這檔事？

他倆太熟了，沈逸言所有的成長記憶中都有蘇有枝的存在，他對她的脾性早已瞭若指掌，一舉一動皆逃不過他的眼睛，光憑一個微表情，他就能知道她在想什麼。

平時兩人各有各的事要忙，並不會特別約好一起回家，既然今天她都特地找上來了，肯定就是有事相求。

「說吧，妳喜歡上誰了？」

蘇有枝也不意外他猜出來了，沈逸言總是那麼聰明，最會察言觀色，善於分析他人的情緒。

「……何木舟。」她聲音細如蚊吶，想讓人聽見，卻又想把那三個字藏進晚風中。

「我就知道。」沈逸言睨了她一眼，輕笑，「瞧妳那沒出息的樣子。」

「沈組長，還能不能好好說話了。」

「所以妳想問我什麼？」

有風吹過，蘇有枝拽了拽裙襬，躊躇一陣終是開口：「你們男生如果喜歡一個女生，那還會跟另一個女生靠很近嗎？」

「那得要看是什麼情況。」沈逸言見她滿目鬱結，覺得好笑，忍不住調侃道：「怎麼，何木舟跟其他女同學走很近？我當初就說他不可靠吧。」

雖然何木舟是她最近心煩的緣由，但蘇有枝還是見不得心上人被貶低，立即反駁：「他才沒有不可靠……」

「還沒在一起就這麼護短，嘖嘖。」

蘇有枝還想說什麼，但礙於沈逸言氣勢高她一截，再加上那邏輯分明的腦子，她估計自己也講不過他，只能細細囁嚅：「我說的是事實……」

見她那飽含怨懟的神情，沈逸言又笑，「好啦，所以說妳是因爲何木舟跟其他女生走得太近，吃醋了？」

以她和何木舟現在的關係，「吃醋」這個詞用得似乎有些強烈，但就本質來說也八九不離十，於是蘇有枝點了點頭。

「那就直接跟他說啊。」沈逸言覺得這沒有什麼好煩惱的，「跟他說妳不喜歡他這樣，這種行爲讓妳感到很困擾。」

「問題來了……我現在跟他什麼關係也不是，除了單純的同學關係。」蘇有枝把自己的立場看得明白，摸了摸鼻子，訕訕道，「我沒資格要求他。」

「這樣啊……」這下沈逸言也爲難了，少女垂頭喪氣的模樣看著特別可憐，像隻被欺負得狠了的小白兔，嘴上說歸說，身爲多年好友還是於心不忍的，「何木舟的那個對象，是誰？」

紛亂的思緒如飛舞的雪花，蘇有枝兀自沉浸在其中，過了半晌才反應過來沈逸言是在問柯筱筱。

「數資班的柯筱筱，你認識嗎？」

「認識啊，怎麼不認識。」

「怎麼連你也認識她，你們怎麼認識的？」

「糾察隊做久了，自然而然就會認識很多人。」

「那你覺得她漂亮嗎？」蘇有枝冷不防拋出一句。

沈逸言似笑非笑，「妳希望從我這裡得到什麼回答？」

「Follow your heart.」蘇有枝聳了聳肩，「反正以女生的角度來看，我是覺得挺漂亮的。」

「以男生的角度來看，我也覺得漂亮。」少年認眞地回答，像是在評論什麼藝術品，「主要是氣質好。」

聞言，蘇有枝不怎麼意外，只是從沈逸言這邊得到了男生的想法，心裡那種受到威脅的不安感更加茁壯了。

男生似乎都喜歡這種類型的，溫柔、乾淨且優雅，更何況柯筱筱從小受到音樂陶冶，自帶古典溫婉的端莊，講白了就一仙女，不知道是多少男同學心目中偷偷藏著的暗戀對象。

身後夕陽大盛，最後一瓢暮光灑向人間，蘇有枝卻驟然跌進了明暗交際的裂縫中。會不會何木舟其實也喜歡柯筱筱那種類型的呢？

走著走著，沈逸言注意到身旁的人不說話了，側首一看才發現少女面色凝重，不知道又一廂情願地墜入了哪個無底深淵。

「其實如果對方是柯筱筱的話，妳就不用太擔心了。」沈逸言寬慰道，「她有男朋友了。」

「啊？」蘇有枝猝不及防地被拉回現實。

「柯筱筱有男朋友了啊，外校的，聽說是青梅竹馬，有時候放學還會看到他來校門口接她。」沈逸言又說：「我之前因爲糾察隊的職務，跟她接觸過一陣子，她看起來也不像是那種會腳踏兩條船的人，妳放心。」

「我怎麼都不知道？」蘇有枝還在震驚。這看起來仙氣飄飄又品學兼優的好學生，居然比他們幾個都還要早加入早戀大隊？

「再兩耳不聞窗外事啊蘇有枝小朋友，然後又一個人在那邊胡思亂想鑽牛角尖。」沈逸言睨了她一眼。

蘇有枝意識到自己眞的在犯蠢，浪費那麼多時間揣測何木舟與柯筱筱之間的關係，惹得自身心緒不寧，夜裡輾轉難眠。

都說少女情懷總是詩，那她還眞的是惆悵了個寂寞，最後感動的只有自己。

見蘇有枝臉色好了些，沈逸言才放心，同時也無奈地搖搖頭。

「逸言，那我以後可不可以——」

「別啊，我可不怎麼待見他。」蘇有枝話還沒說完，沈逸言就先猜出她的心思了，連忙打斷她的話，「何況我自己也沒什麼戀愛經驗，當不成妳的戀愛軍師。」

「但你是男生，我總可以知道男生的想法是怎麼樣的。」蘇有枝一臉眞誠，十分認眞，像個求知若渴的好學生。

「我說，妳怎麼誰不喜歡，偏偏喜歡一個難搞的何木舟啊——」

「何木舟怎麼了？何木舟對我好啊！」

「對妳好妳就喜歡了？那國中隔壁班那個眼鏡仔跟妳告白的時候，妳怎麼就不去喜歡他？他不也成天對妳噓寒問暖送早餐嗎？」

「沈逸言你有完沒完——」

兩個人一邊打鬧一邊回到社區，到了家門口，蘇有枝咻地一下鑽進去，連一聲「再見」都沒有送給沈逸言。

沈逸言不以爲意，蘇有枝始終沉穩安靜，能見到她這麼情緒化的生動模樣，他也覺得很難得。豈料一進玄關後，手機便跳出了一則新訊息。

山有木兮木有枝：逸言，我們很久沒聊天了，你覺得我明天應該要怎麼跟他搭話比較好？

沈逸言哭笑不得。對何木舟看不順眼是眞，可希望蘇有枝幸福也是眞。他晾了她的訊息三分鐘，最終還是按著手機回覆。算了，她開心就好。

何木舟發現最近蘇有枝頻繁地去找沈逸言吃午飯。

起先是孫明傳訊息跟他說，蘇有枝跑到三班吃飯，就拉了張椅子坐在沈逸言旁邊。隔天午休他經過中庭時，又看見她和沈逸言坐在那邊的木桌吃飯聊天。再過一天，他在食堂遇見了他們。

幾天下來，何木舟總是會時不時地在校園中碰到他倆。蘇有枝有時候會看到他，有時候不會，一旦看到了，那雙明眸便會瞬間躍上些許倉皇，接著撇開目光，像是在躲閃著什麼。

孫明是第一個發現何木舟不對勁的人。

今天放學難得不用去忙科展的事，何木舟久違地和他們去球場混了下，打完球後，幾個人又飛奔至網咖紓壓。

孫明遊戲打到一半，瞅了眼身邊的少年，此時的他正瘋了一般地在遊戲裡殺對手，就連方才在球場上，一直以來對打球沒有太大勝負慾的他，都發了狠似地在拿分，那狠勁和戾氣，不說還以爲是要去跟人打架。

「哥，誰惹你了嗎？」一局結束，孫明去櫃檯要了兩罐可樂，將一罐遞給他。

「沒。」何木舟冷冷地回道，盯著電腦螢幕的匹配畫面，等了兩分鐘還沒匹配到對手，這會兒也等得有些不耐煩了，眉間的摺痕愈來愈深。

「還是說……你跟枝枝怎麼了？」

何木舟點滑鼠的手一滯。他有時候眞煩孫明這種洞察人心的火眼金睛。

孫明見他面色一僵，就知道自己猜對了，「你跟枝枝鬧彆扭了嗎？」

何木舟沒說話。他雖心煩，面上卻看不出什麼情緒。

「你知道她最近常常來找沈逸言嗎？」

這話戳到點上了。

何木舟眼底有細小的漣漪泛起，好似有一把槳輕輕撥動著湖面，帶起的都是不安。

「我隔壁同學，我怎麼能不知道。」少年聲嗓沉沉。

孫明知道他心情不好，便也不多說什麼，看著他陰沉沉的神色，心道這哥醋勁還挺大的啊。

隔天中午，何木舟見蘇有枝又抱著便當盒，一副要走出教室的模樣，便在她站起身的那一刻攔住了她。

「枝枝。」他垂眼看她，「今天中午一起吃飯？」

「怎麼突然……」

「這幾天中午都沒看到妳，我就是想妳……」何木舟停頓了下，「想跟妳好好說一下話。」

蘇有枝怔怔，粉唇張了張，卻什麼都沒吐出來。何木舟見她像當機似的，覺得可愛，於是又調侃道：「枝枝，妳是不是做了什麼對不起我的事？」

「啊？」這一問終於把蘇有枝給喚回了魂，「什麼？」

「要不然妳這幾天為什麼要躲我？」

「我沒有——」她一心急，沒控制好嗓門，音量不小心大了，惹得周遭同學紛紛將視線聚攏於此。

蘇有枝害臊極了，連忙拉著何木舟走出教室。

「沒有？」何木舟任由她抓著自己的手腕，邊走邊揚眉，舌尖頂了頂腮幫子，氣笑了，「行，妳沒有躲我，妳只是整天去找沈逸言，然後撞見我就移開眼神，請問跟我對視很辣眼睛嗎？好的，這叫沒有躲我，恭喜我發現了『躲』這個字的新定義。」

少年話裡的反諷近乎要滿溢而出，蘇有枝也知道自己近期常常有意無意地避開與他的交流，但這只是因為她發現了自己的心意後，還沒法拿捏好適當的相處距離，於是她總在跟沈逸言討論，這段關係該怎麼進展比較好。

她向來膽怯，面對抉擇或改變時，總是不夠有勇氣跨出第一步。

例如她從小練書法，對自己寫書法的能力還是有點信心的，可也曾因為不敢面對落選而拒絕參加比賽。

她怕會辜負大家對自己的期待，她怕那些本就不多的自信會消失殆盡。

為了避免結束，她總避免了一切開始，可這回她想要給自己一次機會。

第一次喜歡一個人，她希望能做好萬全的準備，迎接他來到自己的世界。只是這些話，她都沒辦法跟何木舟說，誰讓那個人偏偏是他呢？

「我沒有在躲你，真的。」蘇有枝嘆了口氣，婉轉的少女心事纏繞而上，有風拂過，恰好吹皺了眉黛。

少年倚在廊柱上凝視著她，默不作聲。

廊外天空清澈，流雲逐風而去，好像只是這麼尋常一眼，便足以燃燒整個春季。

蘇有枝抬眼，碰到他的目光後又立即彈開，彷彿燙著了，隨後嘟囔道：「愛信不信。」

「是誰剛剛說不躲我的？」何木舟見她又別開眼神，輕輕捏住她的下巴，把她的頭給扳正，強迫她與自己對視。

於是蘇有枝便看到少年眼底漾著午時最燦然的日光，笑著對她說：「我信了。」

K市一高的校慶踩著春天的蓬勃生機來臨了。

鄭洋風風火火地進了教室，手上拿著一張單子，站在講臺上大聲宣布：「各位親愛的同學們，眾所期待的運動會來啦！」

全班一陣歡呼。

鄭洋身爲體育股長，對於這種活動特別熱衷，運動會對他來說就是個能盡情釋放熱情的舞臺，「希望大家能熱烈參與，我們班級的榮譽就靠各位啦，想不想拿精神總錦標——」

「想！」

同學們很是配合，一個比一個還要興奮。

過了三天，表單已經填得差不多了，只剩下一千六百公尺的長跑沒有人報名，於是下課時，鄭洋便穿梭在同學之間，挨個詢問有沒有人要參加。

然而儘管大家都願意為了班級榮譽盡一份心力，但長跑這個項目是最看重體力和肺活量的，八百公尺就算了，一千六百公尺可不是誰都能跑的。

最後，鄭洋只剩下何木舟還沒問了，雖然大老看起來對於這種班級活動毫無興趣，但此時他已經別無選擇。鄭洋眼一閉心一橫，找上了何木舟。

何木舟這人本就缺乏所謂的集體榮譽感，雖說平時有運動的習慣，可對於這種學校活動還真沒有半點興趣，去年甚至還蹺了運動會，和孫明他們跑去學校後街的網咖打了一整天的遊戲。

他正想拒絕時，一旁的蘇有枝突然開口了：「何同學你就報一下吧？沒跑完也沒關係，反正至少報名了，態度有到就能算分。」

「我如果參加了能得到什麼嗎？我為什麼要參加一個對自己沒好處的活動，累死自己。」

少年說得太過理直氣壯，蘇有枝被堵了半晌，然後小心翼翼地道：「呃……我可以幫你加油？」

少女的眸色過分真誠，一雙眼睛像小鹿般溫和澄澈。何木舟盯了好一陣子，差點就掉進她眼底和煦的碎光中。

片刻，他掀了掀眼皮，朝鄭洋道：「報名表。」

鄭洋「啊」了一聲，這才反應過來，連忙把手上的單子遞過去，「哥，你決定要報了啊？」

「嗯。」何木舟懶懶應道，大筆一揮，在長跑那欄簽了自己的名字，「有人要為我加油，我有什麼理由不參加。」

鄭洋無語，在心底暗自罵了一聲髒話，心道遊說果然還是要看對象……

運動會當天驕陽當空，日光穿透薄雲，大把大把地澆下來，藍天無際，清澈如水。活動一開始無非是各班進場和師長致詞，一些既定流程結束之後，體育競賽便接著進行。

其實運動會向來和蘇有枝沒有太大的關係，她從小就不太善於從事各種運動，一直以來都是納涼加油團的固定成員，唯一會參與的項目只有全班都要參加的趣味競賽。

運動會的最大看點一向是大隊接力。開賽前半個小時，班上同學都開始按捺不住，興奮的興奮，焦慮的焦慮，連帶著蘇有枝這個加油人員都被感染了幾分緊張。只有鄭洋看得開，還沒心沒肺地跑去隔壁班分零食串門子。

自從跑完一千六百公尺之後就沒有何木舟的事了，他坐在休息區裡，戴著耳機打手遊，彷彿有一道無形的屏障，把他與周遭隔絕開來。

過沒多久，檢錄臺那邊便廣播：「高二大隊接力第一組集合預備。」

要上場的同學成群結隊往操場中央前去，一個個眸中都閃著躍躍欲試的光點。

幾個要好的同學都要跑大隊接力，百無聊賴的蘇有枝在休息區晃了晃，最後晃到了何木舟旁邊。

「何同學，跑一千六會累嗎？」她隨便找了個話題。

何木舟關掉手機螢幕，側眸看她，「還行。」

「你體力真好，我跑八百就快丟了半條命。」每次測體適能，她跑完八百公尺後總是臉色蒼白，有一次還差點被送去保健室，「而且你還得名了，好厲害。」

聞言，何木舟隨口問了一句：「既然如此，妳舟哥帥不帥？」

蘇有枝身子一僵。

「怎麼樣，帥不帥？」何木舟逗人的心思一上來，講話就不要臉了，「是不是眼裡只看得見我一個人？」

「我沒看你……」她說著違心話，豈料卻瞬間被揭穿。

「我記得有人說要幫我加油，沒看我要怎麼替我加油？」何木舟挑眉，「還是說……妳根本就沒有替我加油？」

「我有！」

「那就代表有在看我了。」

聞聲，蘇有枝才發現自己掉進了他的圈套。

何木舟稍稍傾身，少女因為尷尬而迴避他的目光，見她躲了半晌，最後氣笑了，「枝枝，看我。」

少年的聲嗓太有壓迫感，天生自帶凌人的氣勢，讓人在不知不覺間就會臣服於他。

蘇有枝心下一抖，目光顫巍巍地與他相交。

就連這種時刻，她的瞳膜都是明亮且澄澈的，捲翹的長睫搧了搧，像是在誰的心尖上撓著癢。

何木舟手指蜷了蜷。他本是想逗逗她，可逗著逗著，難耐的又變成了他。

見蘇有枝一臉生無可戀，何木舟原先還想說些什麼，但上天沒遂了他的意，下一秒，有個同學急匆匆地跑過來，喊著：「大倫他剛剛跳遠的時候扭到腳了，現在不太能跑，有沒有人能代替他呀！」

此時班上的休息區剩沒幾個人，能跑的男生大多都上場了，那個同學焦急地掃視了一圈，最後把視線定在何木舟身上。

「舟哥，你能不能幫忙跑一下大隊呀？我看你一千六跑得毫無負擔，還拿了第三名，只輸給兩個體育班的。」那同學懂得動之以情的道理，先是捧高了對方，再開始博取同情，「我剛剛看了，大倫連走路都走得很艱難，那腳踝腫的……」

何木舟雖然對參與班上事務毫無興趣，可見到同學有困難，他也不是會冷眼旁觀的人，正要點頭時，卻聽到身旁的蘇有枝先一步大喊：「可以！」

何木舟和那個同學不約而同地轉過去看她，蘇有枝又開始眨著那雙漂亮的鹿眼。

「又不是妳跑，妳答應什麼？」何木舟笑著問道。

蘇有枝摸了摸鼻子，這才發現自己是有些衝動了，乾笑兩聲，「我這不是怕你會拒絕嗎？」

「我在妳眼裡像是連幫同學忙都不願意的爛人嗎？」他一言難盡地凝視著她。

總之這事就這麼定下了，何木舟去集合前還不忘揉了揉蘇有枝的頭，「記得替我加油啊。」

剛綁好的馬尾被他揉得微亂，蘇有枝還沒來得及反抗，抬眼時只見少年背脊挺直，留給她的是一道瀟灑的背影。

他骨子裡有一種傲，舉手投足間透著放肆的自信，在驕陽下更是閃閃發亮。此時正好有清風拂過，淺淺勾亂他的髮絲，日光驟然燦爛，意氣風發。

蘇有枝望著他離去的身影，有一瞬間因陽光迷失了焦距，連遠方的雲層都好似套上虛化特效，像是誰曖昧模糊又不欲人知的心思。

春季還沒結束，可他卻提早帶來了夏天。

何木舟要參加大隊接力的事一傳開，跑道旁便在頃刻間湧來不少人。

他在剛入校時其實就挺有話題性的，不是因爲打架，不是因爲成績好，而是因爲那張臉。說不上是一眼驚豔，可那五官立體，膚色白淨，高挺的鼻梁和涼薄的唇，眉目間兜著的都是清冷。那雙狹長的眸子只是微微地看了一眼，淺淺淡淡的，帶來的卻是初春夜裡不止的風，平靜而料峭。

少年大多時候都是沒什麼表情的，可一旦沾染了笑意，就像盛夏裡肆意的陽，清新耀眼。

少女們可太吃這反差了，高一剛開學那陣子，還常常有女同學偷偷塞情書給他；不過後來聽說他跟校外的不良少年打了一架鬧上教官室，隨之頂撞師長、蹺課、違規也都上演了一遍，跟他告白的人就逐漸少了，大多從愛慕變成了畏懼。

再後來幾次段考成績出來，見他穩坐校排第一，狠甩第二名幾十分，大家對他的感覺又從畏懼變成了敬畏。

招惹是不敢再招惹的，但那張臉擺在那，不多看幾眼都對不起自己。

去年何木舟蹺掉運動會和孫明他們去玩，少女們沒能見到他參加競賽的模樣，不知道暗暗可惜了多久。今年原想說終於可以看到他大展身手了，可大老只報了個一千六百公尺長跑，帥歸帥，但完全沒有刺激性，整場比賽全憑耐力撐，因此少女們又黯然神傷了一陣。

這下一聽說高二六班不幸有傷兵，代替他跑的是何木舟，少女們又興奮了起來。

蘇有枝坐在休息區等待比賽開始，原本坐得好好的，可突然間周遭跑來了好幾個女生，圍在跑道外緣滿目興奮，其中不乏有高一和高三的。

蘇有枝覺得奇怪，還沒來得及細想，就聽到不遠處傳來起跑的槍響，「砰」的一聲劃破空氣。

也就是這一響，整個操場都沸騰了。

各班第一棒如離弦之箭衝了出去，加油聲和尖叫隨之響起，此起彼落的聲音充斥在耳膜，燦然陽光下，蒸發出的全是歡騰和熱血。

棒次排序是一女一男混著搭，前三棒和後三棒是跑得最快的，目的在於超前和衝刺，讓中間速度較慢的同學比較沒有壓力。

女生第一棒毫無疑問是唐初弦，蘇有枝看著自家閨密衝了出去，不負眾望地在轉彎處一口氣超越其他對手。

都說第一棒很重要，唐初弦帶來了好的開始，爲高二六班增加了不少士氣。

雖說如此，可其他班級的選手也不是省油的燈，每個都拚了命往前跑。到了中間的棒次，高二六班的速度逐漸慢了下來，於是蘇有枝便看著他們被三班超過，再被五班超過，而後又被二班超過，到小魚兒接棒時，六班已經變成了分組第四。

大倫在班級裡的跑速一般，何木舟代替他上場，自然就被安排在中間的棒次。當意識到小魚兒下一棒是何木舟時，蘇有枝心跳忽然不受控地加快。原因無他，只因這哥臨時被抓上場，從來沒有跟大家一起練習過，和小魚兒第一次配合就是在實戰上，要是掉棒就糟了。

不只蘇有枝，其他同學也是戰戰兢兢，尤其是鄭洋，死死盯著何木舟伸出去欲接棒的手，彷彿要把那兒盯出一個洞。

不是不相信何木舟的能力，而且他能答應上場已經讓人非常感動了，可實力和默契是兩回事，平時沒有循序漸進地培養，只怕事到臨頭會出事。

眾人屏住氣息，看著小魚兒上氣不接下氣地跑過來，她這會兒已經因爲過度衝刺，而導致視線開始模糊了。

鄭洋的心都快跳了出來。

「啪」的一聲，少年穩穩接住接力棒，面不改色地往前衝。

蘇有枝心道太好了，可緊繃的神經還沒來得及放鬆，周圍突然爆出一陣尖叫，就見跑道上迎來下一波高潮。

何木舟往前衝刺的模樣像一匹正在獵食的孤狼，目光緊鎖著前方，唇線抿得直，額前碎髮被迎面而來的風吹開，整個人都在飛揚。

眾人看著少年在跑道上竭力疾行，於轉彎之際超越了五班，最後在交棒前又超越了二班。僅憑一己之力就把名次拉回了分組第二，大家都看傻了。

「我操二班那個跑得也很快啊，何木舟居然能超越他？」蘇有枝聽到一旁觀賽的人這麼說。不知道爲什麼，她心下倏地蓄滿了驕傲，一點一點滋長，然後脹滿心房。

後來的發展很是勵志，後面的幾個同學估計沒想到名次還能追回來，尤其接何木舟棒子的那位，一想到交棒給自己的是大老，便更不敢怠慢，用盡全身力氣往前衝刺。

大家都像燃燒生命似地奔跑著，深怕辜負一路上每個人的努力。

途中有稍稍被二班的選手超過，可最後的三位選手，就像是要奔赴戰場的士兵一樣，破釜沉舟的決心讓他們將那一小段落後補了回來。

等到了最後一棒鄭洋時，和前面三班的選手，差距已所剩無幾。他對於體育賽事一向熱情，可這會兒支撐他的不是好勝心，而是在大家都擔心何木舟的狀況時，少年卻從容、認眞地跑完了全程，作爲一個臨時被抓來的選手，他沒有掉棒，沒有偷懶，沒有亂跑，重點不在於他超越其他選手，而是他用自己的態度證明了大家的擔心是多餘的。

他舟哥都這麼努力了，那他還有什麼不拚命的道理？

於是在全場的歡聲雷動之下，鄭洋和三班的選手近乎是並肩越過終點線的。最後裁判確認了計時器，高二六班以零點四五秒的差距險勝三班。

跑到盡頭的那一刻，鄭洋腦子一片空白，只感覺到汗水如瀑而下，接著便看到全班同學朝自己湧過來，簇擁著他歡呼。

鄭洋沉浸在勝利的喜悅和竭力後的疲憊之中，恍然了半晌，才想起何木舟。

他在人群中尋找少年的身影，看到他一個人默默地走回休息區。何木舟好像總是這樣，做什麼都低調，上回幫助氣喘的老人時也是，就這麼默默地讓事情過去。

明明是主角，卻又活得像個旁觀者。

鄭洋想叫住他，可此時要進行下一組的比賽了，裁判讓他們趕緊離開跑道。

何木舟回到休息區，見蘇有枝呆愣地看著他，他衝她揚了揚眉，後者才猛然回神。

「何同學，你一次超越了兩個人，好厲害。」蘇有枝發自肺腑地感嘆，而後又忽然挺直了背脊，信誓旦旦地道：「而且我有幫你加油，我很認眞地看了比賽。」

何木舟見她認眞的模樣，覺得有些好笑，逗人的心思又出現了。他朝旁邊的同學問了句：「枝枝她剛才有在加油嗎？」

同學愣了一下，然後搖搖頭。

蘇有枝一臉無語。

見何木舟的眼神變得意味不明，她連忙爲自己奮力辯駁：「我有！我眞的有！我只是沒喊出來而已，我在心裡瘋狂給你們搖旗吶喊了，我眞的很——」

「知道啦，妳眞的很用心了。」何木舟心一軟，抬手揉了揉她的髮，「我逗妳玩的呢。」

何木舟平時一副生人勿近的樣子，顯得此時的語調太過溫柔，方才被叫住的那個同學，目光定在兩人身上，懵了幾秒後慌忙轉頭，覺得自己發現了天大的祕密。

何木舟不以爲意，他既然敢在公共場合做這種事，自然也不怕別人看。

他在蘇有枝身旁坐下，說道：「超常發揮了，平時其實沒有跑這麼快。」

何木舟沒在謙虛，他清楚自己的實力在哪裡，只是方才拿到接力棒後，不知怎麼突然一股腎上腺素噴發，望著前面選手的背影，那不服輸的勁兒便上來了，一心只想超越他們，「可能今天狀態好，運氣也多少受到眷顧。」

後來回顧這段青春的時候，何木舟想，不服輸的原因或許很簡單。

十七歲的年少只有一次，他想在某人眼裡留下最燦爛的模樣。

僅此而已。

運動會結束，科展也不遠了。

鄰近競賽，何木舟自然忙得不可開交，天天往實驗室跑。

回到教室後，他還不能好好歇息，因爲那場大隊接力太振奮人心，振奮的同時還勾得一群少女怦然心動，於是最近又開始有幾個大膽的女生來給何木舟遞情書了。

起先何木舟還會出教室應付一下，可一個兩個過去，他便漸漸有些煩了，最後甚至連眼都不抬，就這麼坐在位子上做自己的事，完全沒有要理睬人家的意思。

見何木舟不出來，女學生便會請六班的人把情書和小禮物、小零食轉交給他。何木舟總是看也不看，一股腦兒地全塞給蘇有枝，讓她幫他處理。一個禮拜下來，蘇有枝抽屜裡便多了好幾份糖果餅乾，下午都不怕肚子餓了。

這天午休又有女學生來找何木舟，可這週末就科展了，何木舟不在教室，他去實驗室和組員討論作品的最終呈現，因此蘇有枝只能再次擔任代理人，替他收下女同學的告白。

下午何木舟回來之後，蘇有枝把情書和小蛋糕遞給他，「何同學，剛剛又有人來找你表白，但你不在，我就先替你收著了。」

何木舟整個中午都待在實驗室，這會兒睏得眼睛都快睜不開了，敷衍地瞥了一眼，「給我幹麼，妳不是最應該知道怎麼處理嗎？」

他輕飄飄地扔下一句話，之後便直接趴下來蒙頭大睡。

蘇有枝一愣，這句話給她一種類似於「女主人」的錯覺，心下有奇異的滿足感緩緩漲潮。

少年半張臉埋進了小臂中，平時的他總是一副無法無天的模樣，睡著的時候倒像隻安靜柔軟的貓。

蘇有枝望著何木舟的睡顏，手裡還拿著別人的情書，突然想到運動會的時候，場邊那些女生的發言。

當時何木舟表現得太出色了，因此幾個人的話題始終圍繞在他身上，由於距離相近，因此她們討論的內容一字不漏地全進了蘇有枝耳裡。

「這人又帥成績又好，運動也不差，隨便一看都是校園王子的候選人，怎麼就常常惹事把自己搞成這副模樣，悔過書寫得不累嗎？」

「人家大老有個性，不想當白馬王子。再說，妳確定他真的有寫悔過書嗎哈哈哈哈。」

「但我聽說何木舟國中的時候是好學生耶，就是那種從來不打架還被選爲模範生的好學生，就像三班的沈逸言那樣，可不知道爲什麼到了高中就變成這樣了。」

「我可以作證，我國中跟他同校不同班。何木舟以前真的是那種特別守規矩的學生，性子雖然冷，但跟同學處得不差，也沒聽說他跟誰起過爭執，而且從不違規鬧事，再加上成績好，完全就是老師們的寶貝。」

「那他爲什麼現在會變成這樣啊？除了成績好，沒有一個是跟過去的他相像。」

「不知道啊，畢業的時候還好好的，是學生代表，還上臺致詞呢，可兩個月的暑假過去，整個人就變了樣，沒人知道他怎麼就突然性情大變了。」

幾個女生講得興致高昂，話題不斷延續下去，蘇有枝在一旁聽得惶恐不安，莫名的憂慮從心底蜿蜒而上，可她說不清是爲什麼。

尤其在聽到她們說何木舟以前不打架、不蹺課的時候，蘇有枝的心跳猛地一震，眼底滿是訝異。她以爲他一直都是這樣的，活得無拘無束，從不在意他人眼光，愛怎麼著就怎麼著。

在世俗的框架裡，這樣是自以爲是且玩物喪志的行爲，可蘇有枝在他身上看到的不只是青春期的叛逆，她總覺得他知道自己在幹什麼，結果現在卻有人說，不，他以前不是這樣的，他曾經很好很乖，是老師們最喜歡的那種模範生。

她不知道何木舟究竟經歷了什麼，才會在短短半個夏天，變成一個和過去的自己幾乎完全不一樣的人，而這樣的他又爲什麼要堅持守住成績？

蘇有枝不明白。

她凝視著何木舟的側臉，欲言又止，手裡還攥著別人的情書，稍稍用力又鬆開，反覆下來，那封情書已經被捏得又皺又爛。

幾番掙扎後，她最終還是沒有勇氣問出口。

第四章　法式生巧克力塔

每年的科展都辦在K大，今年也不例外。

K大一向以理工科系聞名，這對於學生來說無疑是一個展現自己的好機會，若是在參展的過程中能給教授留下深刻的印象，往後在申請這所學校時，也能多少加到分。

科展爲期兩天，報名的學生統一住在K大提供的學生宿舍裡，學生們同進同出，有點類似小型的營隊。

蘇有枝收到孫明傳來的訊息時，已經是傍晚了。

今天是何木舟的生日，又剛好是舉辦科展的日子，他們幾個打算去K大給他一個驚喜，便問她有沒有空，要不要一起去慶祝。

蘇有枝原本打算等何木舟回來之後，再親手烤一個蛋糕替他補過生日，藉此隱晦地傳達心意，可現在收到孫明的邀請，她只覺得再好不過了。比起補過，果然還是當天慶生更有意義。

她點進與何木舟聊天的視窗，在輸入欄裡打了「生日快樂」四個字，送出前卻又都刪了，總覺得給予心上人的祝福不能這麼隨便，於是整理好思緒後又重新打了一段話。小作文洋洋灑灑，可依然遲遲沒有發送。

她突然就退縮了，但她不知道自己爲什麼要退縮，又不是告白，只是一段簡單的生日祝福。他今天肯定收到了很多人的祝福，她不過是其中之一。

可她又想，自己總是被唐初弦和沈逸言打趣說太過眞摯，這會兒打了這麼多話給他，他看了會不會覺得負擔太大，不知道要回什麼？

幾番糾結之下，蘇有枝乾脆不傳了，反正等等會去找他，到時候再當面說生日快樂就好了。

蘇有枝家沒有門禁，父母秉持著放養心態，她也一向有分寸，因此不會有人特別干涉她要去哪兒。

天色這時候已經漸漸暗了下來，蘇有枝往地鐵站的方向走去，走到一半才想到自己應該要給壽星帶個禮物比較好。

因爲蘇有枝原本打算過兩天烤蛋糕送給他，當作他的生日禮物，所以並沒有特別買其他禮物，可如今計畫被打亂，蛋糕也來不及做了。

她往四周掃視一圈，下班時間路上的車子川流不息，商店街繁華熱鬧，人潮來來去去。她站在路邊，一時間也不知道要買什麼給他。

她並不想隨便挑一個東西，可又覺得兩手空空前去不太好，再怎麼樣人家平時對她也不錯，慶祝生日還沒帶禮物，似乎有些不禮貌。

蘇有枝就這麼在路邊待了幾分鐘，忽然眼角餘光一閃，一旁的行道樹撞入眼裡，花朵繁盛，一簇一簇地在晚風中搖曳。

她驀地就想到了家門口種的那棵杏樹，雖然現在已不是杏花開得最盛的時刻，但庭院那棵杏花的花期尚未走到盡頭，枝葉間依然有粉白的花瓣綴著，偶爾被風輕輕抹下時，像是春季的最後一場雪，紛紛揚揚。

蘇父的興趣之一是蒔花，那棵杏樹被他照顧得很好，枝葉繁茂，花朵開得爛漫，很漂亮。

蘇有枝靈機一動，趁還沒離家太遠，趕緊折返回去。

她輕手輕腳地走進庭院，拿起掛在牆頭的大剪刀，踩上木板凳，對著杏樹仔細瞅了瞅，最後剪下一截合眼緣的花枝。

雖然春天快要結束了，可這棵杏樹還開得繁茂，似乎是不想就這麼輕易地送走殘春，有著作爲春季代表花事的最後倔強。

蘇有枝解決了禮物的問題，整理好自己被枝葉拂亂的衣襟，再次前往地鐵站。

最後一瓢晚霞在遠方的山頭墜落，她握緊了手中的杏枝。春天確實要結束了，少年的十七歲也要結束了。

她想要在夏季來臨之前，留給他今年的最後一枝春光。

和孫明他們在地鐵站會合的時候，蘇有枝瞬間緊張了起來。想到等會兒就要見到何木舟，她不由自主地攥緊了手中的花，攥到一半又怕把花折了，連忙將力道鬆了些，花瓣顫巍巍的，如同她的心臟。

只要是何木舟的朋友，都知道他喜歡巧克力，孫明事先訂了個法式生巧克力塔，幾個人浩浩蕩蕩地到了學生宿舍的樓下。

何木舟對蘇有枝的心思，幾個人也多少知道一些，於是在一陣起鬨過後，蘇有枝便肩負起叫何木舟下來的任務。

山有木兮木有枝：科展很忙嗎？

何木舟：今天還好，挺無聊的。

山有木兮木有枝：那你要不要出去晃晃？聽說K大附近的商店街晚上很熱鬧，而且今晚月色很美。

何木舟躺在床上看著訊息，半晌就決定起身出門，反正也閒得發慌。

他隨意套了件運動外套便下樓，到大廳時正好遇到剛從外面回來的柯筱筱。

「何同學，你要去哪啊？」她向他打了聲招呼。

「去看月亮。」

「月亮？」柯筱筱眼底浮上疑惑，「可今天是初一啊，看不到月亮。」

「今天初一？」何木舟腳步一滯。

柯筱筱點頭。

何木舟拿出手機再次檢查，確認蘇有枝說的是「月色」沒錯，他心下猶疑，卻還是走了出去。

豈料一踏出大門，就見本不該出現在這裡的少女正站在幾公尺外，身穿淺紫色碎花連衣裙，柔軟的髮絲隨風揚起，手裡捧著一枝鮮嫩的花。

身後的路燈半明半暗，往她臉上潑了一把昏黃，將眉眼間的笑意融得更暖，像和煦的春。

「何同學，生日快樂！」她笑著說。

何木舟想，今晚的夜空確實沒有月色，因爲月色來到人間了。她就是月色本身。

「枝枝，妳怎麼來了？」何木舟大步流星走到她面前，平時喜怒不形於色的面容按捺不住，流波緩緩盪開，笑意擱淺在嘴邊，眼裡有藏不了的歡欣。

昏沉的夜幕下，蘇有枝捕捉到他眼底的碎光，便也跟著笑，「給你一點驚喜。」

接著她把手中的花枝遞給他，「這是我家門前種的杏花，生日快樂何同學，恭喜你十八歲了。」

何木舟沒想到蘇有枝手中的花是要給他的，第一次收到花，他愣了愣，低聲說了句謝謝。

「來不及準備生日禮物，只能先送給你這個了。」蘇有枝嘴唇抿得緊，似是覺得有些拿不出手，眉眼間都是赧然，「雖然不是什麼太好的禮物，但我覺得很漂亮，我就想送給你。」

何木舟垂首盯著手裡的花，聽到那句「我就想送給你」，心下一動，突然覺得這花愈看愈可人，白裡透粉的花瓣像極了誰總是悄悄發紅的耳根。

他不自覺地把花攥緊了些，抬首時勾了勾唇，「別人都是男生送女生花，怎麼到妳這裡就反過來了？」

沒聽出他話裡的促狹，蘇有枝很認真地問：「你不喜歡嗎？」

「喜歡，怎麼不喜歡？」何木舟瞇了瞇眼，笑意從狹長的眼尾延伸開來。

很少見到他這麼明顯地表露情緒，蘇有枝的目光停留在他眼角那抹弧度，半晌又燙著似地移開。

「那就好。」她垂下頭，鬆了口氣。

何木舟見她這樣覺得特別可愛，還想再說些什麼逗逗她，豈料蘇有枝卻忽然抬頭，「既然喜歡，那你要永遠記在心裡了。」

蘇有枝的神色太過莊重，他有一瞬間的怔忡，覺得有什麼在體內炸出了聲響，血液滾燙地沸騰，連骨骼都在顫動。

「永遠」這個詞的意義太過龐大，負擔有之，飄渺有之，同時卻也給人一種無限的希望。

何木舟自嘲地笑了一聲。他以爲他足夠有定力，可以再等一下，等到她對這段關係的發展有一定的認可和安全感，等到她完全接受他；可現在她輕輕的一句話，就將他所有堆砌好的自制力一擊粉碎。
他發現自己等不了。
「枝枝，我——」
何木舟的話還沒有說完，突然一聲「砰」的聲響在耳邊爆開。只見幾個朋友從矮牆後竄了出來，孫明手裡捧著一個蛋糕，上頭插了根蠟燭，細小的火苗在半空中燃燒，閃著熠熠光芒。
「祝你生日快樂，祝你生日快樂，祝你生日快樂兒，祝你生日快樂——」
「舟哥，祝你生日快樂！」
蛋糕送到何木舟面前，孫明興致勃勃地催促道：「哥，許願吹蠟燭啊，愣著幹麼？」
何木舟確實是沒想到還有這齣，他尚未反應過來，又聽到蘇有枝在一旁說：「風有點大，再不吹可能會熄滅。」
他看了她一眼，又緩慢地掃過自家兄弟的每一張臉，最後定格在眼前的法式生巧克力塔上。
他笑了聲，「謝謝啊。」
「哥你不要這樣！我害怕！」
「拒絕感動拒絕感動！」
許完願，孫明提議道：「現在還早，要不要去唱歌？剛好這裡也不適合切蛋糕。」
隨後，幾個人浩浩蕩蕩地搭車去了附近的KTV，男生們在前面搶麥克風唱歌，蘇有枝在一旁幫大家把巧克力塔切好，還十分體貼地裝好盤，一一送到每個人手上。
最後她也端著一塊蛋糕，在何木舟旁邊坐了下來。

何木舟看了她一眼，「有什麼想唱的嗎？」

蘇有枝搖搖頭，「你們唱就好了，我不太會唱歌。」

「那怎麼行，都來了還不唱，妳是冤大頭嗎？」

見蘇有枝又一個勁兒地拒絕，何木舟在點歌的螢幕上點了點，倏地轉過身，與她面對面，距離不過咫尺。

「還是說妳要跟我合唱〈有點甜〉，嗯？」

少年的臉近在眼前，她不僅可以看清他的毛孔，還可以看見他瞳孔裡映著細碎的光，光點包圍著一個細小的自己。

吐息過於接近了，溫熱的。

蘇有枝腦袋空白了一瞬，幾秒後猛地往後退，結結巴巴地道：「不要。」

何木舟也不在意，反倒笑著說：「爲什麼不？這首歌很適合妳啊。」

蘇有枝還沒來得及問出爲什麼適合，就見他繼續道：「妳好像有點甜啊，枝枝。」

包廂裡嘈雜聲紛紜，可那些喧囂好似都被無形的結界隔離開來。衝入蘇有枝耳中的，只有眼前人慵懶的嗓音，清冷的聲音裡帶著幾分吊兒郎當。

蘇有枝僵在原地。

「啊，不對。」何木舟舌尖掃過下唇，切了一小塊巧克力塔含進嘴裡，「不是有點，是很甜。」

不知怎的，蘇有枝感覺自己就是那一塊巧克力塔，被送入口中，融化在他體內。

這個想法讓蘇有枝全身激靈，感覺自己不太對勁。她覺得她以後再也無法直視巧克力塔了。

兩個小時很快就過去了，九點一到，蘇有枝便收到了母親傳來的訊息，問她什麼時候要回家。

雖說蘇家沒有門禁，但蘇有枝從來沒有這麼晚還沒回家，父母會擔心也是正常的。

正好這時一首歌剛結束，包廂裡迎來短暫的安靜，她便起身說道：「我要回家啦，家裡在催了。」

「好的，枝枝再見！我們太瘋了對不對，謝謝妳的包容，下次還敢！」孫明拿著麥克風說道。

蘇有枝笑出了聲，「沒事，下次有機會再找我玩啊。」

何木舟也跟著站起身，「我跟妳一起回吧。」

出包廂之後，沒了孫明他們炒氣氛，只剩她和何木舟，蘇有枝好不容易放鬆的神經又緊繃了起來。

夜色早已傾壓而下，今晚沒有月亮，稀薄的雲層近乎要消融於天空之中，若有若無地擁抱遠方的山頭。

兩人離開KTV，走著走著，蘇有枝發現何木舟一直跟著自己，她疑惑地問道：「你的宿舍不是往這個方向吧？」

「嗯，我先送妳回家。」他大大方方地承認。

「沒關係，我自己回去就好，地鐵站很近。」

「這麼晚了，一個人回家不安全，妳爸媽會擔心。」接著他又補了句：「我也會擔心。」

那種無所適從的微妙氣氛又瀰漫開來了。蘇有枝抿了抿唇，用力地點了點頭，「好，謝謝你。」

何木舟簡直要被她可愛死，這女孩怎麼可以凡事都這麼認眞啊？他忽然就想起方才在宿舍門口沒說完的話。

心下有什麼細細地撓著，不明顯，卻無法輕易忽視。他看著她的側臉，那股衝動又探出了頭，在體內橫衝直撞。

蘇有枝的手腕驀地被抓住，她嚇了一跳，隨著拉力踉蹌了幾步，來到少年面前。她仰頭望著他，看進他的眼眸。

「枝枝，永遠太遠了。」何木舟垂首，聲音很低，「沒有人知道永遠在哪裡。」

蘇有枝微微一怔，立刻反應過來他在說什麼。

——那你要永遠記在心裡了。

頃刻間，她覺得自己似乎被掏空了，她的靈魂被揪出來拋向黑沉的夜晚，留下的只有空虛。

她顫巍巍捧出的少女心事，她謹慎藏在字裡行間的小小情思，她鼓起勇氣的試探，如今全被一句話給捏得粉碎。

蘇有枝低下頭，自嘲地笑了笑。果然啊，從頭到尾都只是她的一廂情願。何木舟沒有喜歡她，他只是喜歡逗她、撩她，然後再看她手足無措，因爲他而心亂如麻的模樣。

可事到如今他卻仍是溫柔的，他沒有說「我不喜歡妳」，也沒有說「我們不適合」，而是說「永遠太遠了」。

是啊，永遠太遠了，沒有人知道它在哪裡，那又怎麼能永遠在一起呢？

第一次喜歡人，還沒有告白就被拒絕，蘇有枝不想哭，可眼角的酸澀在一瞬間湧上來，告訴她氾濫的情感需要抒發，而眼淚是唯一解放的管道。

她努力克制情緒，抬起頭來，有人說只要仰著頭，淚水就不會掉下來。

何木舟見蘇有枝眼裡漾了一層水氣，微微一愣，指尖蹭上她的眼角。

「怎麼了……」

騙人。是誰說仰頭就不會哭的，騙人。在何木舟的指腹撫上時，蘇有枝的眼淚直接掉了下來，溼潤的液體落在指關節處，溫熱的。

何木舟不明所以，有些慌了。那淚水沿著手指流下，彷彿滴到了心底，水流奔騰，卻都是涼的，「枝枝妳怎麼……」

蘇有枝胡亂抹了把臉，別開臉不去看他，「沒有，你不要管我，你繼續說。」

蘇有枝骨子裡的倔，何木舟是領教過的，他知道她遠比看起來更加堅強，所以他從來沒想過會遇上這種情況。第一次看到她哭，他心再大也開始不知所措了，定定看了幾秒，下一秒便把人擁入懷中。

「妳別哭啊，妳一哭我就不知道該怎麼辦了。」

聞聲，蘇有枝僵了一瞬，哭得更起勁了。

何木舟嘆了口氣，手掌輕拍著她的背，蝴蝶骨在他手下起伏，「永遠太遠了，我根本不知道永遠在哪裡，可我也不想管了。我不喜歡說出無法遵守的承諾，我沒辦法保證可以陪妳到永遠，但至少現在，我會一直陪著妳，至少眼前的這一刻，我希望妳能開心，而不是哭得讓人心疼。我會盡我所能陪著妳。」

話音落下，何木舟感受到懷裡的女孩子突然不動了，啜泣聲也停了，接著她抬起頭，臉上除了交錯的淚痕，還有大片的茫然。

她怔怔地看著他，過了半晌才開口：「你說什麼？」

見她眼角還掛著一滴搖搖欲墜的淚珠，何木舟憐愛地拭去，手中的潮溼散開來，漫到心裡。

「我說，我會陪著妳。」他眼神微微晃動，有些沒把握，馬上又補了一句：「如果妳願意的話。」

蘇有枝眨了眨眼睛。

「可是你剛剛——」她話未說完，倏地恍然大悟，又把臉埋進他懷裡，嗓音悶悶地道：「我好像傻子啊。」

蘇有枝臉皮薄，又總是瞞不住情緒，他見她耳根子紅著，怔了片刻，也反應過來。他捏了捏她的耳垂，失笑，「妳剛剛在想什麼呢？」

尾音上揚，字裡行間的戲謔過於明顯，蘇有枝沒說話，耳上的紅越發豔麗。

他忍不住打趣道：「枝枝，妳不說的話我很委屈的，妳哭得那麼傷心，別人會不會以爲我在欺負妳啊？但我明明就是——」

懷中的女孩子依然悶不吭聲，何木舟感覺腰側忽然被狠狠捏了一把，這警告不痛不癢，惹得他眼中的笑意越發奔騰。他湊到她耳邊，輕聲細語地說：「是在告白啊。」

嗓音放得很輕，吐出的每個字都像含著煙似的，若有若無地撩撥。

吐息刮著耳畔，蘇有枝感覺自己的心臟要爆炸了。她猛地推開何木舟，全然忘了方才自己窩在他懷裡是爲了逃避，這會兒不只耳根子燒了，連臉頰都暈開一片緋色，像是少年手中那枝最後的春意，白裡透紅。

「枝枝，我去查了杏花的花語。」他嘴角扯開一抹弧度，「妳是不是也喜歡我？」

提問過於直白，蘇有枝含蓄慣了，哪裡招架得來。她死死地攥著裙襬。

杏花的花語是什麼，蘇有枝再清楚不過。她把少女的慕情包裝在送出去的那枝花裡，假借春天的名義，把自己的心意悄悄送出去。

她抱著僥倖的心態，既希望他發現，又希望他不要發現。

何木舟見她垂首不回答，扣著她的下巴強迫她抬起頭。

這一抬，蘇有枝便撞進了他深邃的眸裡。

「枝枝，妳在害怕嗎？我說過了，跟著舟哥不用怕。」夜色為何木舟添了幾分溫柔，「對妳，我從來都不是玩玩而已。妳知道嗎？我這麼沒耐心的一個人，卻在喜歡妳這件事上堅持了那麼久。」

他自嘲般地笑了笑，望著蘇有枝的眼睛，真誠地道：「我喜歡妳，我會對妳好。」

蘇有枝不愛哭，可她好不容易止住的淚意，這會兒不知道為什麼又再次叫囂著。

她顫巍巍地抬手，覆上他扳著自己下頷的手，手指稍稍用力，指頭嵌進了他的指縫。十指相扣，肌膚相貼，骨骼相觸。

他知道她寄情於花的隱晦，也知道她不敢踏出舒適圈的退卻。他什麼都知道。

他看穿她所有的遲疑，就這麼直直朝她走來，撥開不安的迷霧，告訴她，妳不用怕，妳擔憂的事不會發生，妳可以放心地喜歡我。

他都這麼勇敢了，那她還有什麼理由不去抓住春天？

「何木舟，我喜歡你。」彷彿下定決心般，蘇有枝又重複了一遍：「我喜歡你。」

她平時極少喚他的名字，總是一口一個「何同學」，現下鄭重地叫了他的全名，連何木舟都怔了幾許。

暮春的夜晚，他看到她眼底堅定的光。

下一秒，他扣著她下巴的手倏然發力，傾身的同時也將人朝自己拉近。

他吻上她的唇。

很輕很輕的一個吻，幾乎是剛碰上便分離。

「謝謝，女朋友。」額頭相抵，他鼻尖蹭了蹭她的，低聲道，「妳是我十八歲最好的生日禮物。」

由於段考將至，這天放學兩人約好去學校附近的甜品店讀書，半路上遇到孫明，兩人行便成了三人行。

蘇有枝他們時常光顧，一來二去的也與老闆混熟了。老闆送上甜湯時，看到桌上攤滿了講義和考卷，順口問道：「要考試啦？」

蘇有枝「嗯」了一聲，接過她遞來的豆花，「謝謝姐姐。」

「你們念書加油啊。」扔下這句話後，老闆便回櫃檯忙去了，豈料過了一會兒就見她端著一盤水果過來，「這個請你們吃，讀書耗腦，特別容易餓。」

蘇有枝正寫著英文卷子，目光還停留在題目上，何木舟拿了一片西瓜湊到蘇有枝嘴邊，她便順勢咬了一口。

太親暱了。老闆揚了揚眉，有些訝異，「你們在一起了？」

聞言，蘇有枝有些不好意思地垂下頭，何木舟倒是氣定神閒地回應：「嗯。」

「行啊你。」老闆雖長了一副高貴冷豔的外表，可性子特別直爽，「你們兩個第一次來的時候還在那什麼曖昧期吧，什麼時候在一起的啊？」

「生日！舟哥前陣子生日的時候在一起的！」當事人還沒回答，孫明倒是先開口了，「這麼一說我還是助攻啊，要是我沒有聯絡枝枝讓她一起來，哥你現在也不能抱得美人歸。」

何木舟不置可否，手中的筆還在轉，「遲早的事。」

「你看，就是有這樣的人，賤死了。就不說之前是誰因爲枝枝跟沈逸言走得太近，整天在那邊吃飛醋。」孫明狙擊自家兄弟也是沒在手軟。他做出一個拉弓射箭的動作，「承認吧舟哥，我就是你們感情路上的邱比特。」

老闆被孫明逗樂，跟他們聊一會兒後便回櫃檯忙了，而幾個人也重新投入複習的氛圍中。

題目寫到一半的時候，突然一道女聲傳來，暴躁地割裂空氣，「何木舟！」

何木舟身子一僵，這嗓音他再熟悉不過，蹙眉循聲看去，果然是陳露。

女人站在櫃檯前，身著精緻正式的灰色套裝，面色是顯而易見的難看，怒氣在她臉上攀爬，所及之處遍地猙獰。

「我只是下班順路來買個甜湯，還能看到你和小女朋友在約會？你很會啊。」陳露踩著高跟鞋走來，鞋跟碰地的聲音悶而清脆。走到桌邊時，她瞟了一眼蘇有枝，冷言冷語：「喲，沒換啊，還是上次那個。」

蘇有枝下意識地縮了縮身子。何木舟感受到她的畏縮，輕輕握住她的手，示意她不用怕。

「妳來這裡幹什麼？」何木舟眸色陰沉，渾身都是冷的。

陳露冷笑一聲，望向他的眼裡都是輕蔑，視線越過他身後，定格在蘇有枝身上，上上下下打量著，毫不客氣。

蘇有枝垂下眼避開與她的對視，卻沒能避開她藐視的目光。

老闆沒見過陳露，見她劈頭就是一頓嘲諷，覺得店裡氣氛原本好好的，現下卻被弄得烏煙瘴氣。她也不管這女人和何木舟是什麼關係，站起身朝陳露走去，她面上保持著營業式的端莊，眼底卻是毫無情緒，「歡迎光臨，若您需要點餐請跟我到櫃檯，但沒有要用餐的話，只能麻煩您離開了。」

老闆的黑長直髮和上吊的眉眼，使她看著清冷，板起臉來氣勢盛大，冷豔如霜雪。

「妳誰？」陳露皺眉，看向這位半路殺出來的年輕女人，「有什麼資格管我？」

聞言，老闆便再也忍不住了，「操，這我的店我怎麼不能管人了？」

戰火一觸即發，何木舟起身踢開椅子走到陳露面前，將她與老闆隔絕開來，眼底的厭惡近乎要滿溢而出，「陳露你他媽有病啊？」

陳露不可置信地望著何木舟。

「我說過幾次了，我們之間的事不要扯到外人，妳怎麼就這麼愛在外面吵架？」何木舟滿目譏諷，句句刺人，「妳堂堂一個公司高層，EQ就這麼差嗎？我眞不知道以妳這模樣，是怎麼管理下屬的，眞有人會聽妳的話嗎？」

陳露這輩子最大的成就在於事業，最大的弱點亦是。她見不得別人詆毀她的事業，那是她拚盡全力得來的。她犧牲了多少時光和籌碼，努力突破職場上所謂的玻璃天花板，才坐到了現在這個位置。

何木舟知道陳露的弱點是什麼，而他愈是了解，就愈要往她的雷區踩下去。

眼看陳露的怒火已然燎原，何木舟一方面痛快得很，一方面又擔心她會在被怒氣吞沒的情況下，波及到其他人。他朝孫明投去一個眼神，示意他先帶蘇有枝離開。

蘇有枝擔憂地看著何木舟，本想再說些什麼，他卻摸了摸她的頭，說道：「乖，先回家，到家傳訊息給我。」

蘇有枝感受到他在面對自己時極力收斂著戾氣，希望不要嚇到她。她不知怎的一陣鼻酸，在他的安撫之下乖巧地點頭，臨走前用小指輕輕勾了勾他的。

那是她在這種情況下，唯一能做到的安慰。

蘇有枝跟著孫明離開甜品店。

孫明頻頻回頭往甜品店的方向望去，默默嘆了口氣。

他不擅長安慰別人，卻還是道：「枝枝，妳不用太擔心，舟哥他會處理好，不會有事的。而且他應該也……習慣了。」

街燈的光線投射下來，蘇有枝看著地上的影子，良久後低聲問：「他和他媽媽的關係……很差嗎？」

話一出口，蘇有枝就後悔了，這不是很明顯嗎，她在問什麼廢話，何況她其實也不是第一次見到這樣的場面了。

「嗯，很差，差到不行，每次見面必吵架，所以這也是舟哥為什麼不愛回家的原因。」孫明起先還有所保留，後來見她面色憂慮，很擔心何木舟的模樣，才繼續道：「舟哥從小是外公帶大的，他爸據說在他出生之前就死了，後來他媽生了他之後也跑了。國三畢業那年暑假，他外公過世，他媽媽才回來，所以他和母親的關係並不親。」

蘇有枝沒有想到何木舟的家庭背景會是這種情況，她原本以為是因為何木舟的叛逆，母子關係才會這般惡劣，可她卻從沒想過，原來他的父母從小就不在他的身邊。

別的小孩是沐浴在母愛之中長大的，可何木舟或許一次都沒有。

十八年前小小的他，在來到這世界上的瞬間就失去了依靠，她光是這麼模糊地想像，心口便疼了起來。

她眼睫顫了顫，顫抖著聲音問：「所以他國三那年才第一次見到自己的親生母親嗎？」

「對，他是外公帶大的，唯一認的親人也只有外公。」孫明點頭。提起這件事，他也覺得難受，嗓音不由得有些哽咽，「可惜……可惜老人家生病走了。」

太難過了，蘇有枝太難過了。

她走著走著，步伐愈來愈慢，最後停在一棵行道樹前，不動了。樹影紛亂，如同她交錯成結的思緒，以及混雜如麻的心情。

運動會時那幾個女同學的發言忽然又閃進了腦海。

少女的情緒肉眼可見的差，孫明還在努力思考著要如何安慰她，下一秒卻見她輕聲開口：「他以前不是這樣的吧？」

「啊？」孫明一時間沒反應過來。

「我聽說他國中的時候從來不鬧事，到了高中才變成這樣的，是不是因爲外公走了，所以他才……」

孫明又嘆了一口氣。「嗯」了一聲，不曉得該如何繼續說下去。

從國中認識到現在，他親眼看著何木舟從一個人人稱羨的好學生，變成了如今這副模樣。

外公死後，他把以前從不可能做的事都做了一遍，抽菸、喝酒、蹺課、打架……他放任自己往下墜。

後來的路上，兩人再也沒有說過一句話，到了家門口時，蘇有枝才啟唇：「謝謝你跟我說這些。」

孫明搖頭，他的情緒也受到了影響，聲音都悶了些許，「反正妳遲早也要知道的，就是不知道他想瞞多久。」

兩人互道再見後，蘇有枝回到房間，拿出手機傳了訊息給何木舟，告訴他自己已經到家了。

隔了很久都沒見他回覆，蘇有枝猜想，他和陳露的事估計還沒解決，因此決定先去洗澡。洗完便坐在書桌前把剛剛沒寫完的卷子翻出來寫，寫完後卻依然不見他的消息，於是她攤開額外買的參考書，強迫自己聚精會神地做題目。每寫完一科卻又忍不住點開手機看何木舟有沒有回覆。

在寫完第三科的時候，電話鈴聲響起了。見是何木舟，蘇有枝連忙接了起來。可電話那頭的少年喚了一聲「枝枝」後，便沒了下文。

蘇有枝也沒掛，就這樣安安靜靜地等著他，過了不知道多久，他終於出聲了。

「我現在在妳家樓下，能下來一下嗎？」他的聲音像是潮溼的夜色，涼薄得可怕，還透著濃重的疲倦感。

現在臨近十一點，蘇有枝輕手輕腳地下了樓，深怕會吵醒已經睡著的父母。出了門之後，少年的身影便直直闖入她的眼底。

何木舟站在夜色裡，被街燈和月光雙重包裹著，勾勒出那道孑然的輪廓。看起來好寂寞，蘇有枝暗自心想。她緩緩走到他身邊，「何……」

少女話未說完，眼前人便朝自己傾身而來，蘇有枝心下一驚，卻仍是抱住了他。

何木舟掛在蘇有枝身上，腦袋擱在她肩頭，悶聲道：「借我抱一下，一下就好。」

初夏的晚風溫和，漫過肌膚時帶起了一陣舒爽。何木舟在這樣安寧的氣氛下，躁亂的心緒逐漸趨於平穩。

「好了，充電完畢。」他起身前蹭了蹭她的脖頸，像隻大狗狗在撒嬌似的。

何木舟見她表情不對，忖了半晌，才說道：「孫明都跟妳講了吧。」

蘇有枝頓了頓，點頭。

女孩子似乎想說些什麼，何木舟卻沒給她機會，「沒事，我也不怕別人知道，不用可憐我，我現在不也過得好好的嗎？就是陳露那女人有點神經質。」

少年的五官浸在夜色裡，神情一派從容，語氣也沒有異狀，可蘇有枝不知怎的，硬是聽出了一絲逞強。

「沒有可憐你。」她眼睫輕顫，「我就是……心疼你。」

何木舟一怔，看向她時眼神是罕見的茫然。

不知道過了多久，何木舟才再度開口：「能再抱一下嗎？」

問完也不等她回答，直接伸手將人攬到懷裡，下巴抵著她頭頂，半晌後悠悠嘆道：「妳好香啊。」

「我洗過澡了，是沐浴乳的味道。」蘇有枝的聲音被他的胸膛悶著，出口時糯糯的，像剛出籠還摻著蒸氣的珍珠糰子。

她抬手生澀地拍了拍他的背。

何木舟很喜歡，把人抱得牢牢的，放肆吸取她身上的甜味。夜風拂過，將白桃和櫻花的香氣勾散了，他在這種讓人舒心的氣味中緩緩地開口。

「我好討厭陳露啊——」他的尾音拖著，像是在感嘆，「我第一次見到她，是國三那年的暑假，在我外公的葬禮上。」

他想起那個燠熱的夏天，黏膩的暑氣依附在身上，他跪在靈堂前誦經，緩慢的聲調蒸得人思緒發散，腦內糊成一灘泥。

他沒有其他家人，一直以來都與外公相依為命，幸虧外公人緣好，鄰居也都願意幫忙操勞身後事，才讓他一個未成年的孩子不至於壓力太大。

誦經結束，何木舟起身時擦了擦沿著額際滴落的汗水，抬頭後看到不遠處站著一個女人。

女人穿著黑色正裝，失神地望著靈堂上的照片，幾分鐘後，她的目光偏移了些，與何木舟對上眼。

那一瞬間，何木舟雞皮疙瘩都起來了。

女人朝他走來，遲疑了半晌，問道：「你是……陳秉榮的……」

「外孫。」何木舟淡淡接話，可只有他知道，在女人開口的那一刻，他心下的恐慌莫名地開始劇烈生長。

話音落下，他清楚地看見她面上閃過的僵硬。

「你叫什麼名字？」女人臉色微妙。

不知道爲什麼，何木舟總覺得她不敢正眼看自己。

「何木舟。」他說，「請問妳是？」

「我是……你母親。」

母親，她說他是他的母親，可她卻連他的名字都不知道。

小時候外公曾經問他，別人都有爸爸媽媽，可我們阿舟沒有，會不會難過？

何木舟說他不會，他沒有爸爸媽媽，但是有外公啊。他有外公就好了。

如今見到眼前這個女人，他才眞正意識到，是啊，他怎麼可能會難過，他早就當作自己沒有媽媽了。

沒有久別重逢、失而復得的感動，他只覺得既然她當初決定拋棄他和外公了，那爲什麼現在還要回來，回來完成她沒有盡到的孝道和撫養義務嗎？

惺惺作態。

「陳露太煩了，她拋棄我十五年，現在憑什麼管我？她有資格嗎？她希望我成爲一個好學生，成爲一個能讓她驕傲的模範生，我偏不要，我爲什麼要讓她稱心如意，她離開了我這麼多年，現在又是站在什麼立場要我乖乖聽話？我就要在她眼皮子底下搞事，她不想看到的我全要做，還要在她面前做，不就是看誰噁心誰嗎，誰不會？」何木舟接著說：「我這輩子的親人只有外公。她每個月給我生活費，也只是想讓自己不那麼心虛而已。誰稀罕她的錢，不要也罷。我沒有母親，我也根本不需要。」

何木舟的語調沒什麼起伏，用字卻激烈，字裡行間都是不屑。

蘇有枝知道，這是少年少有的示弱。

她緊緊抱住他，手上的動作從輕拍變成了輕撫，順著脊骨的線條緩緩撫過，由上而下，一遍又一遍，就像是沿著山澗流淌的溪水，在無形中安定了誰的心緒。

蘇有枝沒有說話，她知道現在說什麼都於事無補。沒有誰是能眞正理解一個人的，所謂共情，說白了也只是一廂情願的自導自演。

相互依偎的體溫是當下唯一的慰藉，何木舟在白桃和櫻花的香氣中漸漸放鬆下來。他環抱著蘇有枝，卻感覺自己才是縮在對方懷裡的那個人。

月亮依附著黑夜，靈魂有了依歸。

他在她頭頂落下一個吻，鬆軟的髮絲蹭過嘴唇，有些癢。

他笑了笑，微微的震動從胸腔傳來，蘇有枝的心臟隨之泛起了潮汐。

「枝枝，我怎麼就這麼喜歡妳呢？」

段考很快就到了，第一科考的就是數學，蘇有枝前一晚還因爲這次的數學太難而感到頭疼。在拿到考卷的那一刻，她看到何木舟朝自己無聲地說了句「加油」。而這聲「加油」，似乎讓蘇有枝在作答時，順利了不少。

考完段考的那天中午，班上氣氛明顯歡快許多，大家吃飯吃到一半時，鄭洋興沖沖地跑回教室，停在何木舟面前。

「舟哥舟哥，我剛剛去辦公室的時候聽到主任說科展的排名出來了，聽說我們學校有一個金獎，高一高二加起來也就四組，你說你機會是不是很大！」

「還行吧。」何木舟對這件事不太感興趣，慢條斯理地撕開飯糰的包裝，一心一意只有吃飯。

午休過後第一節課就是數學，由於數學第一天就考，這會兒成績也差不多出來了，老劉拿著牛皮紙袋走進教室，裡頭裝的是高二六班的數學段考考卷。

「成績出來了，你們看看自己考的是什麼鬼分數，班平均比上次退步了五分，到底有沒有在認眞念書？」先抑後揚是老劉的習慣，他一如往常地先訓了一頓，接著開始表揚幾個表現好的同學，「首先何木舟，穩定發揮，單科校排名第一，繼續保持。」

老劉朝何木舟滿意地點了點頭，而後又點了幾位同學起來表揚。數學一向不是蘇有枝擅長的科目，每每這種時候都不會點到自己，她倒也清閒。

「蘇有枝。」

豈料幾分鐘後，她卻突然聽到自己的名字。

蘇有枝茫然地望向老師。

「有枝這次段考進步很多啊，而且最後一題解得很不錯，這題答對率很低，值得鼓勵。」

班上響起此起彼落的鼓掌聲，直到老劉表揚完開始發考卷，蘇有枝都還沒回過神。

「這裡。」見蘇有枝沉浸在自己的世界中，何木舟替她拿了卷子，指關節輕輕敲了敲桌沿，「該回來了小朋友。」

蘇有枝瞅了眼試卷，發現老劉沒在騙人，她比上次進步了快二十分。其實寫到最後一題時，她起初還算得有點卡，釐清頭緒後，她抱著賭博心態去推算，沒想到還真的被她算對了。真是天道酬勤誠不欺人。

「謝謝你。」下課時，蘇有枝笑咪咪地向何木舟道謝。

「謝什麼？」何木舟把那張只錯了一題填充題的考卷胡亂塞進抽屜。

「謝謝你考前一天陪我算數學到十二點，尤其最後一題手寫題，占了七分呢。雖然我也不太有把握，但用你那天教我的方法去算，果然就寫對了，我這次進步這麼多都是你的功勞。」

女孩子眼睛閃亮亮的，瞳膜上綴了細小光點。何木舟見她眉眼間都是欣喜，也不自覺彎了彎唇。

他傾身湊近她，「那能不能討個謝禮？」

「你想要什麼謝禮？」蘇有枝心情好，很配合地問道。

「親一下？」

聞言，蘇有枝眼裡的流光顫了一下，耳根微微發燙，「你⋯⋯」

「太虧了嗎？」他假裝想了一會兒，然後道：「那如果我拿了金獎⋯⋯就足夠了吧，合併獎勵？」

少年的聲音很輕，尾音上捲，很是勾人。

蘇有枝沒有抬頭看他，目光定格在兩人相抵的腳尖，小小聲地說：「沒有別的選項嗎⋯⋯」

何木舟特別喜歡她害羞的模樣，像一隻軟軟的小兔子，縮起來的樣子讓人想揣進懷裡疼。「我這個人沒什麼欲求，平生願望有三，第一、親喜歡的女孩，第二、被喜歡的女孩親，第三……」

見他一本正經地胡說八道，蘇有枝連忙打斷他，「你別說了！」

「那妳答不答應，嗯？」

蘇有枝還沒來得及回答，一道熟悉的話音當頭澆下。

「呀！你們兩個尊重一下單身狗，我都快瞎了。」唐初弦捂眼站在兩張桌子之間，繼續道：「來學校讀書已經夠痛苦了，居然還要被別人秀恩愛，如果我有罪，請直接逮捕我，而不是塞我滿嘴狗糧……」

見自家閨密又開始了，蘇有枝笑得不行，「怎麼啦弦弦？」

「我去福利社剛好看到蘋果牛奶剩最後一盒，給妳帶回來了。」唐初弦把口袋裡的蘋果牛奶拿出來，「妳不是說今天早上去便利商店沒買到嗎？」

獲得自己喜歡的飲料，蘇有枝眼睛一亮，笑得很甜，「妳好愛我。」

「不愛妳要愛誰。」上課鐘響，唐初弦拍了拍自家閨密的頭頂，走回座位。

下午最後一節課是國文課，高媛一進來，班上便一片哀號，她把備課資料放上講臺，哭笑不得，「瞎叫什麼，作文還沒改完，成績出不來。」

全班同學又好了，鬼哭狼嚎變成了歡呼。

「雖然國文成績還沒出來，但我要宣布一件事。」高媛看了一眼講臺前方正自顧自地玩手機的少年，而後淡淡轉移視線，「大家記得科展競賽的事吧？恭喜我們何木舟同學獲得了銀獎，爲校爭光不容易，請大家掌聲鼓勵鼓勵。」

忽然聽到自己的名字，何木舟淡淡抬眼，對上高媛的目光。

下課時高媛沒急著走，把何木舟叫了過來，說道：「雖然沒得金獎，不能進入全國賽有點可惜，但銀獎也很厲害了，那麼多組參賽，最後能得獎的也沒幾組，這個榮譽對於未來大學申請，是很好的加分項目。」

何木舟沒料到高媛會特地安慰他，他點了點頭，面色依然無波無瀾。

蘇有枝今天是值日生，放學後要留下來維護班級整潔，何木舟便留在教室等她。結束值日工作後，蘇有枝跟搭檔說了再見，見何木舟還在等她，連忙回到座位整理書包。

「妳不用急。」何木舟道。

不知是不是錯覺，蘇有枝總覺得他的聲音好像比平常更清冷了一些。

何木舟垂著頭默默打手遊。她以為他是因為沒有拿到金獎而鬱悶，於是溫聲道：「銀獎也很棒了，你不要不開心啊。」

正好一局對戰結束，何木舟收起手機，側首看向她，「什麼？」

蘇有枝埋頭整理要帶回家的講義和考卷，沒注意到頭頂上逐漸罩了層影子，少年在不知不覺中已然起身走到她旁邊。

「我說你不要難過……」蘇有枝把書包拉鍊拉好，一轉身就撞上一堵何木舟。她摸了摸微疼的鼻子，仰頭眨了眨眼，「你怎麼突然跑過來……」

少年雙手撐在她背後的桌面，將女孩子抵在桌沿，悄悄把她困住。

他彎身，聲音很輕，「為了這個競賽我付出這麼多，沒拿到金獎太難過了。」

何木舟的表情委屈極了，蘇有枝的保護慾突然湧上，這會兒只想好好安慰他。畢竟她清楚地知道，為了科展，他耗費了多少的時間和心力。

她抬起手摸了摸他的臉，「金獎也不算什麼，你很努力，在我心裡已經是最棒的了。」

何木舟十分享受被蘇有枝呵護的感覺，心底的笑意如流波般匯聚，面上卻依然擺出那副可憐兮兮的模樣，薄唇抿得緊，彷彿真的很在意。

初夏的傍晚天氣清朗，暮色格外明澈，遠方的夕陽吻著山脊，逐漸沒入地平線。此時幾綹夕霞的殘光從窗外捎了進來，少女纖長的睫毛沾著溫煦的碎光，何木舟眼睫也不自覺顫了顫，感覺下一秒就會不受控地吻上她的眼。他想嚐嚐初夏夕曛的味道，不知道是不是也是甜的。

見蘇有枝窩在自己的懷裡，還在絞盡腦汁地思考著要如何開導自己，何木舟終於忍不住笑了出來。

蘇有枝疑惑地看了他一眼，豈料這一抬眸，便撞進他的眼瞳裡。

光影交織，聲息溫熱而綿長。

何木舟最後依然沒克制住自己，在夕光中吻了她。

卻不是眼，而是唇。

何木舟不知道初夏的夕曛是不是甜的，他只知道懷裡的女孩很甜。

粉潤的唇軟軟的，像蓬鬆的棉花糖，糖絲的味道在口腔蔓延，絲絲縷縷纏繞在齒間。太甜了。

蜻蜓點水般的一個吻，幾乎是一碰到就彈開了。

蘇有枝愣了愣，大腦在他親上的時候就瞬間斷線。她張了張口，所有情緒卡在喉頭，過了半晌才順利發出聲音，「你、你在做什麼……怎麼突然就……等一下……不是說拿了金獎才親嗎……」

何木舟鼻尖抵著她的，淺淺蹭了一下，「沒拿金獎得不到獎勵，太難過了，所以我來討安慰。」

話音方落，他又在她唇上落下一個吻，這會兒停留的時間較久，柔軟相觸，三秒的時間蘇有枝卻感覺像是三個世紀那樣長。

「這是安慰。」

蘇有枝看著他理直氣壯的模樣，一口氣梗在胸口，說不出話來，可是她好像又有點喜歡。

唇瓣貼合的觸感綿綿的，意外的很舒服，鼻息交纏著，渡來的還有少年身上清爽的草本香。

是沐浴乳的味道嗎？她想。

但蘇有枝是不會承認她喜歡的，臉頰灼燒著，左胸處跳動的頻率逐漸失序，她眼簾微垂不敢去看他，深怕他會捕捉到她眼底小小堆積的歡喜。

「你這個人怎麼這麼不講道理？」

「我哪裡不講道理了？」何木舟瞇了瞇眼，抬手捏住她的下巴，稍稍往上施力，強迫她的視線所及之處只能擁有自己。

蘇有枝說不出話，何木舟扣住她下頷的拇指往上移，在她唇角處摩娑了一下。

她只覺得頃刻間有什麼貫穿體內，細細密密的癢沿著血液四處流竄。神經傳導好像故障了，輸出的全是酥麻。

蘇有枝還沒來得及思考，下一秒就見眼前人傾身而來，下巴被扣得更緊了些，嘴唇迎來了今天第三次的相貼。

兩唇輕輕廝磨，蘇有枝原先扶在木桌邊緣的手漸漸攀上了他，虛虛環在他的腰際。

一下又一下，輕輕柔柔的，最後一瓢夕光如浪般襲來。

何木舟不滿足於這樣的平和，他的舌尖沿著唇線緩慢滑過，像是在溫柔地描摹她的唇形，最後他抵著她上下唇的交界線，說道：「張嘴。」

蘇有枝早已被他的舔拭惹得渾身酥軟，這一聲令下，她便順從地放他進來。最難捱的從來都不是激烈的進攻，而是若有若無的挑逗。若即若離，帶起了心底的慾求，卻又調皮得不給你更多。

何木舟的手扶住她脖子，指腹在後頸那塊薄薄的皮膚上細細摩擦，舌尖鑽進她口中，掃過那列瑩白的貝齒，找到她的軟舌勾了勾，而後相互糾纏。

水聲落在空氣中，不大，卻在安靜的暮色裡掀起了潮汐，一下又一下地沖刷兩個人的靈魂。

少女看似被動承受著他的侵略，實則卻也在無意中生澀地回應著。何木舟愛極了她的主動。

夏天明明已經來了，可在這相互依偎的唇齒間，春水依然漫生，是春季離去前遺留的浪漫。

隨著親吻密集落下，她抓住他的衣襬，扯出的皺褶不知是襯衫布料，還是自己紊亂的心跳。迷迷糊糊間，她心想夏天眞的來了，溼熱暑氣蒸發掉的不只是時間，還有她賴以維生的氧氣。

見女孩子似乎快要不行了，臉頰因爲缺氧而泛起潮紅，何木舟便退了出來。

蘇有枝總算可以好好呼吸了。就在她以爲這場漫長的征戰就此畫下句點時，他卻捧著她的臉再次吻上來。他含著她的下唇，很輕很輕地咬了一下，像是象徵了一個儀式的結束。

他終於放開她。看著她下唇上淺淺的齒印，摻著溼漉漉的水氣，他眸色深沉，閉上眼把她往懷裡按。

「枝枝，妳很有天賦啊。」他笑。

蘇有枝聽出了他話裡的促狹，狠狠捏了一把他的腰，不想說話。

何木舟繼續笑，笑聲中揉著意猶未盡的沙啞。蘇有枝還沒從方才的繾綣中出來，這會兒被迫埋在他的胸膛，也算是間接逃避了什麼。

她不想讓他看到自己現在的模樣，熱氣在臉蛋上安了家，太狼狽了。

兩人在彼此的懷裡溫存，直到六點的鐘聲貫穿了校園，蘇有枝才驚呼一聲，意識到這裡是學校，而他們兩個在學校……

她連忙離開他的懷抱，輕咳一聲，「我們回去吧。」

何木舟見她這副緊張的樣子覺得有些好笑，忍不住調侃道：「該做的都做了，不該做的也做了，怎麼現在才開始害羞啊枝枝？」

蘇有枝瞪了他一眼，背起書包，把他拉出教室。

回家的路上，何木舟感受到她三番兩次用餘光瞥自己，心想這女孩怎麼總是喜歡偷偷覷自己，重點是每每都會被抓到。

何木舟側首對上她的視線，「說吧，有什麼想問的？」

「你是眞的不會不開心嗎？也不是說一定是難過什麼的，就努力了這麼久，結果沒拿到金獎……」蘇有枝怕他只是表面上裝得瀟灑，實際上卻在心裡偷偷悶著負能量，「比如說……遺憾之類的？」

何木舟搖搖頭，「不會，沒拿到對我來說沒差，本來就不是衝著獎項去的，只是因爲閒著沒事做，又剛好被主任欽點，就去打發時間了。」

蘇有枝心想，果然只有校排第一才能有這麼囂張的想法。

「其實銀獎也不錯，雖然聽說進全國賽有機會保送K大，但我不想讀K大，我想去T大。」

「咦，爲什麼？」蘇有枝有些訝異。

雖然T大是國內的頂大，但K大以理工科系聞名，是很多理組生心目中的第一志願。何木舟的數理成績這麼好，蘇有枝以爲他會想讀K大。

何木舟放慢腳步，漫不經心地道：「我想離開這個地方。」

「那我們一起去T大吧。」蘇有枝伸出手去勾他的小指。

何木舟垂眸，見女孩子用明亮且真摯的眼眸仰著頭望向自己，心下忽然就有一處塌陷了，軟得不像話。

「妳想去T大嗎？」何木舟回握她的手，把她的手掌盡數包裹在掌心內。

「誰不想去T大？」蘇有枝笑，「全國最難進的大學欸。」

她知道何木舟在想什麼，於是在他再次開口前又說道：「我沒在開玩笑，也不是爲了迎合你才說要去T大，我有點想讀社會學的相關科系，而T大在這方面的資源也算豐富。雖然我成績不差，但我知道自己目前還不夠好，遠遠沒有能上T大的能力，因此以前也就當個夢幻校系想想而已。」蘇有枝看著柏油路上兩人相疊的影子，彎唇，「但現在你說你想讀T大，我覺得我好像有動力努力一把了。我希望未來的校園生活中也有你。我們一起上T大吧，何木舟。」

第五章　閃電泡芙

高三放榜了，這也代表著高二生成為了準考生。

距離升學考不遠了，畢業旅行是準考生們最後一場能放縱玩樂的活動。K市一高的畢旅安排在高二升高三的暑假，彷彿是在告訴學生們，畢旅一旦結束，就該收心認真讀書了。

大家對畢業旅行是既期待又怕受傷害，想要快點跟朋友們出遊留下美好回憶，但又害怕它帶來的是入獄門票。

鄭洋說，這就像死前的最後一餐，總是特別豐盛。

全班笑得不行。

畢旅三天兩夜，第一站去的是N市的太明湖。

N市有歷史遺跡，老街古韻猶存，比起大都市的匆匆繁忙，這兒的步調稍稍慢了些，給人悠閒親切的感覺。蘇有枝很喜歡這個城市的景致和氣質，溫柔醇美，連黏膩的夏風都變得和煦。

太明湖是N市知名的觀光景點之一，當地風景秀麗，層巒疊嶂，夏日更是有漂亮的荷花季，不少人為此慕名而來，一睹荷田風采。

盛夏燦然的日光肆意灑落，折射出搖曳的粼粼波光。粉色的花和翠綠的葉相互簇擁，仰頭汲取著最豐盈的陽光。

見自家閨密看得入迷，唐初弦也跟著欣賞了一會風光，「枝枝，那邊有小舟，我們去遊湖嗎？」

遊湖賞景是太明湖的觀光活動之一。K市在北N市在南，學生們平時很少有機會來到這種地方，看到可以坐船之後，大家一個比一個還興奮，熱烈地交談著。

何木舟和鄭洋來得早，兩人排在前方，蘇有枝和唐初弦到的時候正好輪到他們。鄭洋捕捉到人群中的兩個女孩子，朝她們招了招手，「到我們了，快過來！」

蘇有枝小跑步跟上，樹影在湖面上落下斑駁的碎片，小舟停於岸邊輕輕搖晃，兩個男孩子跟著船夫的指示依序上船，接著換唐初弦，最後是蘇有枝。

蘇有枝沒坐過船，對於水有著人類最原始的敬畏，這會兒看那小船似乎不太穩的模樣，不免有些緊張。她還在思考怎麼上船比較不會使船劇烈搖晃時，就見何木舟站起身，朝岸上的她伸出手。

「枝枝。」少年的聲音清澈如太明湖夏日的瀲灩，「上舟嗎？」

還沒等蘇有枝回答，何木舟便握住她的手，將發愣的少女一把拉上船。

太明湖風光甚好，落在這湖中央，彷彿被一旁的山水擁著。

長篙在水中一下又一下地滑動，清流生漪，蘇有枝緊張的情緒也隨之放鬆。

船夫是個健談的伯伯，見他們幾個學生都是從外地來的，便道：「你們聽過太明湖的故事嗎？」

幾個人搖搖頭，唐初弦反問：「不過我挺好奇為什麼這裡會選擇種荷花？」

「妳這孩子一問就問到重點了。」伯伯笑，「荷花和太明湖的傳說息息相關，我講給你們聽吧。據說很久以前，湖的兩端坐落著兩個小鎮，有一天有個小姐來到這兒，跟船夫說她想要搭船，要到對岸的城鎮去。小姐漂亮大方，一看就是哪家的千金，船夫對她一見鍾情，卻也明白兩人之間存在著階級差距，是沒有未來的。於是他在渡水的時候唱了一首歌，大意是在說今天有幸能載小姐渡湖，能遇上這麼一個人，便此生無憾了，就算小姐不知道他的心意。」

伯伯的聲音沉緩，帶著溫厚的慈祥，讓人不知不覺進入他所說的故事中。講到這裡，他停了下來，喟嘆不已。

「小姐順利渡湖了。後來船夫得知小姐是要去對面的城鎮成婚，對象是當地的一位才子，是兩鎮的喜事。他想起當天渡湖時小姐穿的襦裙，裙頭繡著漂亮的荷花，與她特別相襯，之後船夫便決定在這裡種了好多好多的荷花，一生在這片荷浪中擺渡。他載了很多人，卻再也沒有遇到當初那個讓他動心的女子。」

故事說完，見幾個孩子面色都有些沉重，伯伯笑著說：「雖然遺憾，但這大概只是後人爲了這片荷花田所編造的故事，你們也太可愛了，不用傷心。」

「這個故事和〈越人歌〉有點像呢。」蘇有枝忽然道，「不過鄂君子皙最後深受感動，把繡花被披在越人身上，可太明湖的船夫卻等不來那個小姐。」

望著不遠處那出水的亭亭芙蓉，她有些出神，輕聲呢喃：「船夫種了那麼多荷花，紀念的究竟是小姐，還是年少時那份心動的記憶呢？」

遊湖的行程在幾個人的談天說笑中過去了，他們離開前還依依不捨地跟伯伯道別，對於這趟遊湖之旅意猶未盡。

下船的時候蘇有枝依然是最後一個下的，這會兒換何木舟站在岸上，朝她伸出手。

蘇有枝把手放進他的掌心裡，跳下舟的時候聽到他低低說了一句：「紀念的不只是心動的記憶，也是妳。」

午後的風放肆地吹來，穿過林梢，帶著湖水潮溼的氣味。

沒有主語，蘇有枝卻聽懂了，怔怔地看向他。有什麼在心下掠過，像是長篙掀起的漣漪。

明明是盛夏，荷浪還在湖面翻滾，她卻好像聞到了杏花的香氣。她想，此刻可能是一場沾染花香的心動，清新又沁甜，至於心動的來源……

大概是何木舟吧。

斜陽依傍著山腰緩緩下沉，夜色漸深。

傍晚大家入了飯店，之後便是眾所期待的自由活動時間。

N市有個著名的觀光夜市，夜市裡人流湧動，交談聲和叫賣聲充斥在空中，食物的香味冉冉而升。

蘇有枝很喜歡這種充滿人情味的地方，熱熱鬧鬧，透著最眞實的人間萬象，是認眞活著的證明。

幾個人先去買了西瓜牛奶解渴，清甜涼爽的西瓜味在舌尖散開，混著濃厚的奶香，格外順口。隨後蘇有枝十分自然地把飲料遞到何木舟嘴邊，後者配合地吸了一口。

「好喝嗎？」

「還行。」

唐初弦在一旁看著，揶揄道：「我感覺我也不用逛夜市了，吃狗糧就能飽。」

後來他們照著攻略又陸續去了好幾攤，沿路吃了地瓜球、豆乳雞和韓式糖餅，每樣都不讓人失望。許是人潮太甚，走著走著，蘇有枝突然發現鄭洋和唐初弦不見了。

「我們好像跟他們走散了。」她懊惱地道。

何木舟不以爲意，默默牽起她空出來的左手，「這麼大一個人了，總能找到回飯店的路。」

既然四人行變成了兩人世界，蘇有枝便也不再拿捏距離，她往何木舟那兒靠了靠，肩頭蹭到他的上臂，邊吃邊說：「弦弦喜歡吃鯛魚燒，不知道她有沒有找到。」

何木舟發現蘇有枝其實很喜歡肢體接觸，她總是會有一些無意識的小動作，例如牽手時刮刮他的手心，或是撒嬌時會蹭蹭他的肩窩，喔，她還很喜歡抱抱。他愛極了她這些可愛的小動作。

她像是外公家以前養的小兔子，毛茸茸的，總是眨著閃亮亮的大眼睛，在你沒覺察的時候悄悄蹭進你懷裡，留下親暱的溫度。

她不明說，便也只有他知道這不爲人知的一面。

這種擁有戀人祕密的感覺讓何木舟心生歡喜，他沉浸在自家女朋友怎麼這麼可愛的思緒裡，沒注意到兩人之間的行動，已經從他拉著蘇有枝走，變成了蘇有枝拉著他走。

何木舟發現周遭的人群從擁擠變成了稀疏，這才恍然回神，見她一言不發往前走，他好奇道：「枝枝，我們去哪？」

往後看，夜市的燈火已經逐漸被拋置身後，他們快要走出這片夜市了。

蘇有枝沒說話，直到站到了一個小攤販前，她才道：「我查攻略的時候發現了這家甜點店，雖然好像比較冷門，但有貼文說他們家的閃電泡芙特別好吃，剛好可可泡芙是招牌，你不是喜歡巧克力嗎？我就想說帶你來吃吃看。」

蘇有枝看向何木舟的目光剔透，被攤販的燈光一照，像兩顆晶瑩的玻璃珠，泛著暖調的色澤。

攤販不大，位置也不明顯，幾乎是在夜市邊緣，難怪被說是冷門店家，畢竟很少人會走到這兒來。老闆是個年輕男人，見他倆停在店前端詳，便走出來熱情地招呼，「我們這裡的招牌是閃電泡芙，可可卡士達和香橙優格是最多人點的，另外現在還有夏日限定的芒果……」

「老闆，你的閃電泡芙做得好漂亮啊。」蘇有枝突然開口。

男人怔了怔。和那些客套話不一樣，少女的眼底盈滿了光，是真誠的讚許。

「我之前也有嘗試做閃電泡芙，但失敗了，總是塌掉，像你這個就蓬得很漂亮。」蘇有枝宛如鑑賞家一般，仔細欣賞著櫃裡的甜點。

於是何木舟便看著蘇有枝和老闆聊起來了。兩人都是甜點愛好者，講到製作工法和口味便一發不可收拾，他站在一旁耐心地聽，無奈卻縱容。

最後蘇有枝似乎是意識到聊太久了，便尋了個時機打住話題，然後道：「那我要一個香橙和可可……」她轉頭看向何木舟，「你還有想吃什麼口味嗎？」

何木舟朝玻璃櫃上掃了幾眼，「那再一個抹茶紅豆吧。」

「你不是不愛抹茶嗎？」

「妳不是喜歡？」他拍了拍她的頭，掏出錢包結帳，「買給妳吃。」

兩人與老闆道別之後，尋了一張長椅坐下。她把可可卡士達給了何木舟，自己打開香橙優格的包裝。和預想得一樣，閃電泡芙外酥內軟，內餡是綿密的卡士達醬，再加上橙子和優格的點綴，酸甜的香氣在口腔裡蔓延，特別可口。

「那個老闆人真好，他還分享做閃電泡芙的技巧給我，等回去之後我要來試試。」蘇有枝講起甜點時，總會特別興奮，明澈的眼瞳裡都是喜悅，「想想就好期待！」

「我也期待，等著妳做給我吃啊。」何木舟笑，抬手刮了刮她的鼻尖，而後指尖往下，落在了唇角。

他的目光定格在唇邊那塊微小的卡士達醬上，眸色暗了下來，「枝枝，沾到了。」

蘇有枝抬手要去擦，他卻在她抵達之前攔截住，抓住她的手往自己的腰側放去，隨即俯首靠近那塊甜膩的卡士達醬。

舌尖一捲，輕輕吻上她的嘴角。

晚風拂過，蘇有枝迷迷糊糊地想，好甜，連吻都是卡士達味的。

畢旅第二天去的是遊樂園，是學生們最期待的一個行程。

L市的主題樂園是國內最新建造的，設施比起其他樂園都要來得新穎、豐富，刺激的項目更是只有多沒有少。

一下車唐初弦便把蘇有枝拉到旁邊，趁著領隊還在召集大家，偷偷跟她說：「枝枝，等一下我就不跟妳一起了啊。」

「為什麼？」蘇有枝不明白。

「妳傻啊！遊樂園是約會勝地，妳跟舟哥當然要好好把握機會啊，我和鄭洋就不當電燈泡了。」唐初弦搓了搓手，心裡的小算盤都打好了，「雖然領隊說要小組活動比較安全，不過遊樂園就這麼大，也沒差。我們十二點在B館的門口集合啊，一起吃午飯。」

蘇有枝還沒反應過來，就懵懵懂懂地被唐初弦拉回了隊伍。領隊宣布了一些注意事項後，大家便原地解散了。

等蘇有枝的反射弧回歸後，她才發現身邊只剩下何木舟。

「小朋友，回魂了？」少年抬手揉了一把她的頭髮，放下時順勢牽住她的手，再自然地放進了自己的口袋，「走吧，妳想玩什麼？」

蘇有枝的手在他掌心裡動了動，七月的暑氣太過猖狂，這才沒幾分鐘就感覺皮膚出了薄汗，她小小聲道：「熱。」

何木舟無視她的抗議，依然把人的手牢牢握著。

蘇有枝知道他這個人倔得很，便也由著他去了，反正，這樣像一般情侶一樣在主題樂園中漫步，好像也不錯。

她張望了一下，發現很多人都戴著可愛的動物髮箍，她望向何木舟，抿了抿唇，眼神有些微妙。

「我們要不要也戴那個啊？」正好這時來到紀念品店，她指了指架上琳琅滿目的髮箍，狗狗、貓貓、小熊、兔子、狐狸……各式各樣的動物耳朵髮箍應有盡有。

何木舟臉一青，說道：「不要。」

「可是……這很可愛欸，而且從這裡出去的大家也都買了一個戴著。」她攀上他的小臂，撒嬌似地晃了晃，「難得來一趟，我們就戴一下？」

何木舟對上她充滿希冀的眼光，拒絕的話一時難以出口，愧疚感湧了上來。他甚至懷疑蘇有枝是不是拿準了他拿她沒辦法，才故意用這種表情來央求他。

見何木舟沒說話，蘇有枝就當他答應了。她心情愉悅地哼著不知名的小調，開始物色髮箍。最後她挑了一個淺褐色的熊耳給何木舟，又另外挑了一個粉色的熊耳給自己。

「為什麼都是熊？」何木舟心不甘情不願地戴上，忍不住多問了一句，他總覺得她更適合旁邊那個兔子髮箍。

蘇有枝踮起腳摸了一把他頭上毛茸茸的小熊耳朵，「因為這樣才像情侶啊。」

少女的笑容如仲夏朝陽般暖意薰人，何木舟心下怦動，也不再排斥，被「情侶」兩個字給哄得服服貼貼。

買完髮箍後，蘇有枝抱持著來都來了就一定要玩回本的心態，見紀念品店對面就是鬼屋，她側首看向何木舟，「我們玩這個？」

何木舟面無表情地看了一眼入口處化著驚悚妝的工作人員，有些嫌棄，問道：「妳不怕？」

「還好，反正知道都是假的，難得來一次，能玩一個是一個，而且這個已經是這附近最少人排隊的了。」

見狀，何木舟眼底閃過一絲微妙，拉著她進入隊伍，「行吧。」

排隊的人不多，很快就輪到他們了。與其說這裡是鬼屋，不如說它是驚悚版的密室逃脫。他們要根據裡頭的指示尋找線索，完成任務後才能出逃。

一進去便是撲天蓋地的黑暗襲來，唯一的光源只有牆壁上幾盞微弱的綠色燈飾，看起來十分陰森。

蘇有枝感覺何木舟抓著她的那隻手握得更緊了。

她正想跟他說她其實沒有很怕，下一秒眼前就竄出一個人影，披散的長髮和破爛的長裙，臉色是死屍一般的白，左眼是一個大窟窿，血從裡頭流出來，蔓延了大半張臉，十分猙獰。

女鬼遞來一張被揉皺的紙條，蘇有枝想這應該就是線索了，於是把紙條拿走，甚至有禮貌地道謝。

過於真摯地與女鬼交流的她，沒有發現身旁的少年往自己身後站了一點。

她攤開紙條。

實驗室有毒，博士是兇手……

血紅色的字跡歪七扭八，蘇有枝費了一番工夫才看出是什麼。她望向何木舟，「看來得去實驗室一趟了。」

何木舟點頭，肩膀有意無意貼著她的，牽著的手更是沒有放開。蘇有枝一心尋找實驗室，並沒有發現異狀。

進到實驗室後一片安靜，沒有預想的嚇人環節；可才剛想完，靜謐便被猝不及防地劃破，震耳欲聾的聲音從地板傳來。

蘇有枝覺得耳膜疼，何木舟直接跳了起來。

「操。」他蹲下來查看，「是地雷包。」

蹙眉掃了一圈，何木舟發現周圍還有好幾個地雷包，只要一踩到就會爆炸，「這什麼變態操作，放那麼多，吵死……」

豈料正準備起身時，他就瞥到旁邊的桌子下露出一雙閃亮的眼睛，寒毛猛地豎了起來，整個人被嚇得往後栽。

「砰！砰！砰！」

地上的地雷包因爲他的移動而炸得震天價響。

蘇有枝也被他嚇了一跳，彎身要去扶他時，就見桌子下爬出一個身影。

是一具行屍。

詭譎陰森的實驗室裡，臉皮腐爛的行屍顫顫巍巍地起身，一步一步逼近。蘇有枝隨著他的靠近，一點一點往後退，卻也不忘有禮貌地跟他請教，「行屍先生，請問您……」

話還沒說完，身後便響起少年崩潰的聲音，「操操操你不要再過來了，我警告你，你不要再過來，再過來我就——」

行屍先生越過少女，一把拍上何木舟的手。

「FUCK！」

那一聲落在昏暗的實驗室裡，響徹雲霄。

蘇有枝原先還有點害怕，可這會兒見何木舟拋開形象瘋狂大叫，她突然就覺得有點好笑。

行屍沒有說話，往少年手裡塞了一張紙。許是看出來他很害怕，像故意惹他厭似的，離開前還緩慢地摸了一把。

粗糙黏膩的觸感殘留在手背上，何木舟雞皮疙瘩都起來了。

行屍完成任務後，搖搖晃晃地走回原位，鑽進桌子底下不動了。

蘇有枝憋著笑，身後的人捏了捏她的腰，恐懼之餘還不忘威脅。

「不許笑。」

何木舟的形象崩得太快，尷尬歸尷尬，但仍是心有餘悸，抱著蘇有枝半晌才放手。

行屍遞過來的是一張空白的紙張。

兩人面面相覷。

「先放著吧，我們還有其他事要做。」蘇有枝繞了實驗室一圈，最後把目光鎖定在大桌子上的一排容器，「你說，女鬼的提示，會不會是希望我們找到毒藥？」

蘇有枝在五瓶容器前發現了一個線索，將提示念了出來：「兇手與救贖者混跡於此，最左與最右是和平護衛，若要得到救贖，就要往芬芳的方向走。高個子並非你的朋友，可矮胖子或許可以幫你一把，膾子手藏在舞臺中央，很榮幸成爲今晚焦點。」

「這個謎語不難，簡單的邏輯問題。」何木舟雖然受不了這裡駭人的氣氛，但聽完後也有了想法，「最左和最右和平就代表沒有毒，那毒藥的可能性就落在中間三個，這裡說劊子手在舞臺中央，應該就是正中間那瓶了。」

他緊接著吐槽：「不對，這也太低估人類智商了吧，根本稱不上是邏輯問題。」

「可能怕有些人解不開，畢竟這裡是主題樂園。」蘇有枝也覺得有點太簡單了，卻還是找了個理由給策劃這道題目的人臺階下。

「我們找到毒藥了，那救贖者又是什麼？中間的提示也沒用到，高個子和矮胖子？」何木舟迷惑。

蘇有枝沉吟，「救贖者會不會是解藥之類的東西，中毒的解藥？」

「有可能……但根據女鬼的提示，我們應該只要找到殺死她的毒藥，爲什麼又多出一個解藥？她都死了，解藥的功用是什麼？」

何木舟擰眉深思，幾分鐘後還是沒有頭緒，「要不然先把解藥找出來好了，線索這麼寫一定有它的道理。」

「若要找出救贖者，就要往芬芳的方向走……」蘇有枝仔細端詳桌上的容器，「高個子會不會是最左邊那個長瓶，矮胖子是最右邊的胖胖瓶？」

何木舟點頭，「而且最左和最右都沒有毒，它說矮胖子可以幫我們，那最右邊那個瓶子應該就是提示了。」

「往芬芳的方向走……」蘇有枝拿起胖胖瓶，打開後裡頭散發著淡淡的香精味，確實就是線索中所謂的幫手。接著她又拿起毒藥和胖胖瓶中間的瓶子，裡頭裝了淺藍色液體，「所以解藥應該就是這瓶了吧。」

「既然我們都找到了，接下來要往哪邊走？」何木舟視線停留在行屍給他們的破爛紙片上，沒想明白用意爲何。

講眞的，他現在只想快點離開這個鬼氣森森的地方。

「可以給我那張紙嗎？」蘇有枝忽然朝他伸出手。

剛剛只是看，現在摸了一下才發現紙張的觸感不太對勁。她猶豫了會兒，用食指沾取淺藍色液體，往紙片上抹。

神奇的是，抹上淺藍色液體後，紙張上居然慢慢浮現了三個數字。312。

「隱形墨水？眞會玩。」何木舟馬上就會意過來了，看向蘇有枝，「枝枝，妳怎麼想到的？」

「我也只是賭一把，畢竟行屍在這裡，給我們的線索就一定和實驗室有關，再加上突然冒出一個解藥，不可能什麼用途都沒有。剛剛摸了一下紙，覺得它有點奇怪，莫名想到小時候在科學營玩的隱形墨水，所以就塗塗看了……原來解藥的用途是這個。」

「既然上面寫著312，這是要去312教室？」

「應該是。」蘇有枝把紙張和毒藥收好，走到何木舟旁邊，牽起他的手。

何木舟眼底滑過一絲訝異，揚了揚兩人相疊的手，「今天這麼主動？」

「你不是會怕？」蘇有枝反問。

他嘴角的笑意一僵，「妳學壞了啊。」

「我這是要保護你。」她笑道。

離開實驗室後，那種對於未知的恐懼再次攀上何木舟心頭，他感受到她牽著自己的手握得更緊了，像在安撫他。

何木舟天不怕地不怕，偏偏就怕鬼。形象甚至還在蘇有枝面前崩掉，他感覺這輩子就沒有這麼丟臉過。

312教室很快就到了，當他們走到門口時，一顆頭倏地掉了下來，在半空中吊著，一晃一晃的。

理所當然，某人又崩潰地嚎了出來。

等何木舟問候完那顆頭的祖宗十八代後，蘇有枝才憋著笑把人領進了教室。

空間不大，每一處都透著長久失修的頹圮。課桌椅斷腳的斷腳，裂開的裂開，全堆在一邊，唯一完好的只有講桌和黑板。兩人上前查看，發現了一本日記本。日記並不全是按著日期寫的，更像是隨筆記錄。大致瀏覽後，蘇有枝翻到了有寫字的最後一頁，再往下翻，便全是空白的了。

估計是沒機會再記錄下去了。

我撞見了他走私毒藥，實驗室其實是個毒藥培養皿……

他可能會殺了我……

他可能會殺了我……

最後一頁的內容很少，只有短短三行字，字跡凌亂不堪，不如前面幾頁的工整，像是在精神不穩的狀態下寫出來的。

「這個『他』應該就是博士了吧。」

「枝枝，妳有沒有發現，前面的日期都在，可偏偏這頁的日期不見了。」何木舟盯著缺失的那一角，像是被人撕掉了。

「所以要找出這個女鬼死的日期嗎？」

「我也是這麼想的。」

兩人在教室內繞了一圈，最後在堆成山的課桌椅上發現了一疊文件。

這些文件中有各科目的考試卷，還有不明所以的亂碼和新聞，基本上沒有任何關聯。一張一張翻看後，蘇有枝在中間發現了一個似乎有用的訊息。

「是數獨。」何木舟拿起一旁的鉛筆，飛快地算了起來，「巧了，我小學參加過數獨比賽，冠軍。」

紙張上有四組數獨，解出來後，中心數字分別是1、2、2、4。

「這大概就是女鬼的忌日了。」蘇有枝蹙了蹙眉頭，「在平安夜被毒死，好可憐。」

何木舟心想，她這共情能力真不是普通的厲害，連在鬼屋的虛擬劇情裡都能產生憐憫心。可他又想，這才是蘇有枝，總是懷著善意去接近世界，凡事都先爲他人考慮，溫柔得讓人心疼。

既然解出了日期，那就可以離開了，何木舟一刻都不想多待，「這間教室估計沒有其他線索了，我們出去吧。」

兩人沿著幽暗的廊道走，發現前方掛了一個大牌子，紅色的「EXIT」在黑暗中散發銳利又詭譎的光芒。

「我們終於要出去了！」蘇有枝難得興奮，拉著何木舟往出口的方向跑。豈料跑到一半，一個身穿白大褂的人突然竄出來。蘇有枝推測，他應該就是女鬼口中的博士。

何木舟看著眼前這位戴著面具的男人，他臉上那中世紀瘟疫鳥嘴面具，在昏暗的燈光下格外詭奇。

博士露出一個怪異的微笑，將手中的紙板遞給他們。

是一份病歷表和死亡通知書，如同他們預料的，死亡日期那欄是空白的，蘇有枝拿起筆就填了十二月二十四日。

填完後出口沒打開，但博士卻已經抱著病歷表準備離開，蘇有枝感到疑惑的同時，看到一開始的女鬼猛然現身。

女鬼也不說話，就朝他倆伸出手。蘇有枝沒明白，她看到女鬼盯著逐漸離去的博士，似乎愈來愈慌，伸出的手甩了甩，充滿焦急。

「毒藥。」何木舟反應過來，抽出蘇有枝手中的瓶子，把毒藥遞給女鬼。

何木舟望著女鬼追過去的背影，心想這是要以同樣的手段報復吧。

五秒後，出口終於打開了，外頭的陽光闖進來，將詭譎陰森的空間照得發亮。何木舟吐了一口氣，迎向室外的日光時，才發現自己被嚇出了一身冷汗。

「太噁心了，這遊戲誰想出來的！」

蘇有枝在一旁笑，彎起的眉眼透著狡黠，幫他把歪掉的熊耳髮箍扶正，「解鎖了男朋友的新面向呢。」

少女笑得開懷，不知道盛夏的驕陽和她的笑容哪一個比較燦爛。

何木舟絕望地想，枝枝眞的學壞了，人類的悲歡果然並不相通。

但是她又笑得這麼開心……算了吧，誰讓他喜歡。

畢業旅行就像是一個轉捩點，截斷了高中最後一個暑假，把假期變成一條長長的跑道。旅遊結束之後，迎來的不只是八月越發蒸騰的暑氣，還有準備衝刺的一顆心。

這天蘇有枝和何木舟照常去了甜品店讀書，老闆也是個過來人，見兩人讀書讀得辛苦，尤其是女孩子，感覺憋了一股勁兒，埋頭就是做題，每每看著她都覺得心疼，可心裡又會佩服她的堅韌。

「枝枝，努力之餘也要記得休息啊，如果不好好紓壓，身體會出事的。」老闆送完餐經過他們那桌，忍不住道，「妳看妳家男朋友，看起來多放鬆，寫題目對他來說，彷彿是休閒娛樂。」

蘇有枝看了一眼漫不經心轉著筆的某人，他一臉從容悠哉，不說估計沒人知道他正在寫英文作文。她哭笑不得，「神和凡人的差距顯而易見。」

「盡力而爲就好，妳很棒了。」老闆溫聲道。

蘇有枝心想她才不棒，上次模擬考考了校排四十二，市排名兩百多，遠遠還沒到能上T大的程度。

倒是何木舟，校排第一，市排名第三，好像閉著眼睛就能上頂大似的，全國大學任君挑選。

等老闆走掉之後，何木舟道：「不要太焦慮，只是第一次模擬考而已，鑑別度太低，時間還很足夠。」

看到蘇有枝又用可憐兮兮的小鹿眼神望著自己，何木舟笑了，「妳是不是又在想，對我這種人來說時間當然足夠？」

被拆穿心思，蘇有枝也不惱，自知起點本來就不同，她點點頭，「但我還是想要再追上你一點。」

「妳可以的，沒有人比妳更努力了。」他的指尖很輕地滑過蘇有枝那柔和的下顎線，接著半開玩笑道：「我要吃醋了，妳每天都把時間分給書，我這個男友就像擺設。」

蘇有枝也笑了，「你不會發展一下別的興趣嗎？」

指尖遠離下顎，轉而抵上鎖骨中央。他的食指有意無意地點了一下，「那怎麼辦，我的興趣只有妳一個。」

蘇有枝耳根子一燙，抬手抓住他擱在頸間的手，「我能問一個問題嗎？」

「妳說。」

「爲什麼你堅持要維持好成績呢？」揪住那隻不安分的手後，她的拇指腹在他的指骨上摩娑了一下，「你說你打架、蹺課是爲了不如你媽媽的意，可是她同時也希望你名列前茅，你卻做到了。」

何木舟眉眼斂著，沒有想到她會問這個。他的手下意識地要抽出來，卻被少女緊緊地握住了。

「你如果不想說也沒關係，我只是覺得你明明也不愛讀書，爲什麼要這樣逼自己。」接著她又小小聲地補了一句：「雖然你很聰明就是了，不好好讀書確實有點可惜。」

聞言，何木舟笑了，不動聲色地掩去眸中情緒，抬頭看她，「是不是想說我如果不認眞讀書的話，妳就少一個競爭對手了？」

「我沒有！」蘇有枝反駁，「你不要搞陰謀論。」

「好好好。」何木舟舉手投降，「我錯了，我不該以小人之心，度君子之腹。」

他彎了彎唇，總覺得面對這樣的她，那些背負的期望與壓力好像也沒有那麼難以啟齒了。

「我只是想到了我外公。」他淡聲道，「我外公希望我好好讀書考上好大學，我不想讓他失望。」

沒想到和外公有關，蘇有枝愣了愣，她知道外公在少年心中的地位有多重要，也難怪剛剛何木舟會下意識地抗拒。

「雖然他已經走了，但我總覺得他一直在天上看著我。」何木舟聲音低沉。他很少會提起外公，可只要一說到這位重要的親人，他的眼眸便會漸趨柔和，柔和之餘還有著難以言說的情緒，似是難過又似是懷念，又或者兩個都有。眼神騙不了人。

「他是個很愛閱讀和吸收知識的人，年輕的時候也考上大學了，可惜因爲家裡經濟條件不好，負擔不起大學學費，高中畢業後只能放棄入學資格直接去工作。所以從小他就跟我說要好好讀書，考個好大學，成爲對社會有貢獻的人。一方面是希望我過得好，一方面也是把自己未了的願望寄託在我身上吧。」

何木舟眼睫顫了顫，蘇有枝知道，這是他脆弱的證明。

「他這一生很不容易，年輕時候辛辛苦苦打拚下來，晚年本該享清福，結果唯一的女兒跑了，還丟下我這個麻煩，肯定很累。雖然我不喜歡讀書，但外公是對我最好的人，我不想辜負他花在我身上的愛和時間，他教了我很多東西，我要把這些轉化成爲自身的優勢。我維持成績和陳露無關，是爲了我外公，可能……也多少爲了自己。」何木舟自嘲道：「沒有他的推動，我說不定會成爲一個眞正的不良少年。」

「他不會覺得你是麻煩，他很愛你。」蘇有枝把他的手從鎖骨處移開，轉而貼上自己的臉頰，接著主動蹭了蹭他的手心，「所以才會希望你過得好。」

少年低垂著頭，碎髮遮住眉眼，她看不清他的情緒。

「我想外公了，枝枝。」何木舟掙開她的手，在她微怔之際又轉而抱上去，腦袋擱在她的肩窩，語聲很輕，「妳要陪我去看他嗎？」

蘇有枝點點頭，抬手撫上他的後腦杓，指尖陷進柔軟的髮絲中，溫柔地拍了拍。

「一起去吧，我也想看看是什麼優秀的人，培養出現在這麼優秀的你。」

去看何木舟外公的那天，天空遼闊，野草連天。

兩人拾級而上，何木舟把帶來的百合花放在墓碑前，虔誠且溫柔。

「外公很喜歡百合，而且要野生的那種。」他看著方才在路邊摘的幾枝百合花，嘴角微微彎起，「他說野生的特別有生命力。」

聞言，蘇有枝忽然懂了，她剛剛還在納悶爲什麼何木舟不去花店買花，非要採集沿路開得正盛的花草。

「而且百合的其中一個花語是偉大的愛。」她蹲下來，用食指屈起的關節輕觸純白花瓣，溫聲開口：「他一定很愛你。」

何木舟沒有說話，目光落在灰白的石碑上。周圍青山連綿，萬里無雲。

天空很清澈，少年站在偌大的墓地，像是被群山擁抱著。

蘇有枝站起身，「你要單獨跟外公說說話嗎？我去旁邊等你。」說完也不等他回應，她便移步到不遠處，主動留給他一個屬於自己和外公的私人空間。

望著那個蹲坐在墓碑前的人，有那麼一剎那，她覺得他的背影看起來好單薄。看似無所不能的少年，肩上背負的都是孤獨。

一陣子過後，何木舟緩緩而來，拖著腳步漫不經心的樣子，好像又變回了平時那個游刃有餘的他。整理好情緒後，身上漂泊的灰雲似乎也散開了。

「走吧，回家。」何木舟牽起她的手。

豈料蘇有枝卻把手抽開，何木舟動作一僵，還在錯愕，就聽她說道：「別急著走，我也要跟你外公說說話。」

他愣了愣，看著少女施施走向墓碑前，半跪坐在那兒。

何木舟有一瞬間的怔忡，幾秒過後，唇邊扯出一個笑，很淺很淺，就像山間的清風，悄悄路過人間。

蘇有枝的視線停留在碑上，斑駁的刻字似是經歷了許多風吹雨打日曬，她遲疑了幾秒，然後啟唇：「外公您好，初次見面，我叫蘇有枝，是何木舟的女朋友。謝謝您將他扶養到大，他的童年有您的照顧，一定是個很幸福的小孩，也謝謝您沒有放棄他，我才能這麼幸運的，在這個世界上與他相遇。雖然您不得已離開了他，不過別擔心，我會幫您照顧他，好好陪在他身邊。您帶大的小孩，接下來就由我接手啦，您在天上可以安心，可以盡情地去做您想做的事，當個自由的靈魂，不用再為他操心。外公，我會對他很好的，儘管放心。」

等蘇有枝結束後，何木舟再次牽起她的手，彼此都沒有開口，就這麼安安靜靜地去搭車，然後回到市區。

直到兩人走出地鐵站，迎來外頭的人聲鼎沸，何木舟才問道：「妳剛才偷偷跟我外公說了什麼？」

蘇有枝指著對街的手搖店，示意要喝奶茶，一邊回：「我跟他說，如果你對我不好的話，他就要去你夢裡替我罵你。」

何木舟沒憋住，直接笑出聲，「妳膽子很肥啊，這是我外公還是妳外公啊。」

「可能現在還不是，但遲早會是的。」蘇有枝下意識脫口而出，講完才發現哪裡不太對。再次對上他的目光時，發現少年眼底透著意味深長。

「我……」

「蘇有枝小朋友，請問這是在跟我求婚嗎？」何木舟嘴邊的笑意溢到眼裡，如湖心漣漪越發散開，一波又一波。

「求、求什麼婚……我都還沒成年求什麼婚。」蘇有枝趕緊撇開眼，深怕再看下去會溺死在湖中的漩渦裡，「而且我才沒有要嫁給你，我的人生還這麼長，我可以……」

話沒來得及說完，蘇有枝感受到肩膀被扣住，接著被強迫性地側過身，唇上落下一個輕輕的吻。

「妳人生還很長，還想多找幾個男朋友是嗎？看不出來，妳野心還挺大的啊。」

眼前人瞇了瞇眼，線條裡蓄著絲絲危險。蘇有枝不在乎，然而回過神後，臉頰立刻燒了起來，「這是在路上！」

「路上就不能親了嗎？」

「這麼多人……」

「是啊，這麼多人見證我有多喜歡妳。」

蘇有枝自知贏不了他的詭辯，掙開他轉身就往手搖店走，途中還抬手往自己的臉龐搧了搧。

何木舟慢悠悠地跟在她身後，笑到不行。

兩人買完飲料便去公園散步，走累了，就坐在長椅上休息。蘇有枝邊喝奶茶邊看一旁的小孩玩飛盤，何木舟百無聊賴，拉起她的手有一下沒一下地捏著指頭，自得其樂。半晌，他冷不防地開口：「枝枝，妳別想再找別人。」

「嗯？」她觀察小孩子觀察得入神，一時間沒反應過來。

「我說，妳不能找別的男朋友。」他掩去眸中蟄伏的冷意，換了一個說法。

蘇有枝無語，這話題都已經過去多久了，而且她就開個玩笑，這人怎麼還緊抓著不放呢。

這時他也不捏她的手指了，轉而把指尖嵌入她的指縫，十指相扣。他側首看向她，眸色很深，「妳不能撩了我又撒手不管啊。」

蘇有枝一臉懵，「我什麼時候撩你了？」

何木舟沒回應她的問題，自顧自說了下去：「而且妳還答應我了，妳不准反悔。」

蘇有枝更懵了，「我又答應你什麼了？」

何木舟舔唇笑了聲，輕輕撥開她披散的髮，露出那瓣白皙的耳，他用指腹摩娑了下，接著湊到她耳邊。

「妳答應我……」他刻意壓低了嗓，「要上我啊。」

要、上、我、啊。

少年的聲息纏繞在耳畔，呼吸溫熱，一點一點噴灑在她的耳後。

蘇有枝的身子像石化了一般，動彈不得，直到聽聞少年又一聲的輕笑，她才從他身旁彈開，直接遠離了長椅。

她幾曾聽過這般直白的話語，暗示意味濃厚，讓人不得不往某些方向想。她看著他，千般思緒卡在喉頭，不知道該從何說起。

蘇有枝的耳根處鍍上的紅，逐漸燃燒至臉頰，宛若天邊那驟然大放的夕照。

「枝枝，妳是不是在想自己什麼時候說過這種話？或者是……妳怎麼可能說出這種話？」何木舟笑得很開心，她好像從未見過他笑得這麼放肆，眼底都是明晃晃的笑意，毫不吝惜展露自己的情緒，與平時面無表情的冰山判若兩人，「妳在畢旅的時候答應的，別賴帳啊。」

「畢旅？」蘇有枝腦內的煙花還沒消停，一道又一道的刺激撞上來，她已經快要聽不懂他在說什麼了。

「在太明湖的時候，我問妳要『上舟嗎』，妳答應了啊。」

聞言，蘇有枝懵了好一會兒，才終於反應過來，「你這個流氓！」

她抬手就要拍他。

何木舟眼疾手快，扣住她揚起的手，磨了磨她突起的腕骨，笑眼微瞇。

蘇有枝望著那難得的笑容，何木舟現在看著特別特別的乖，她突然有了眼前人是天使的錯覺。

但她知道他不是，他是總愛逗她的惡魔。

何木舟笑著把人拉了過來，蘇有枝跌坐在他的腿上。他喬好角度，讓她可以坐得安穩些。

「枝枝。」

「你別喊我。」

「我開玩笑的。」

蘇有枝沒有說話，耳梢的紅還沒完全退去。

「真的，我開玩笑的，妳還未成年，我可不想犯罪。」

「所以如果我成年了，你就要付諸實施了嗎？」

何木舟心道妳可真是個邏輯鬼才，但從某方面來說，這樣講好像也沒錯。

他低低笑了一聲，執起她的手端詳，然後在手背上印下很淺的一個吻，「枝枝，妳好可愛啊。」

蘇有枝覺得何木舟很神奇，平時清冷疏離、惜字如金的一個人，對她示愛時卻總是十分直白，毫不吝惜。她還沒能習慣這樣的示愛，每每聽到，心底都會掀起微小的浪，隱隱中有什麼在動盪著。

蘇有枝臉皮薄，有時候臉蛋會不小心發燙，最後乾脆低頭埋進何木舟的懷裡，像隻逃避現實的小鴕鳥。

可害羞歸害羞，她不討厭，甚至很喜歡。

「謝謝。」蘇有枝戳了戳他的胸膛，像是原諒他了，「我不會找別的男朋友，我也是開玩笑的。人生很長，至少現階段的我，只想跟你一起過。」

她很少會這麼直接地表達感情，何木舟暗自驚喜，卻仍是想逗逗她，「現階段？所以未來有可能不想跟我一起過嗎？」

「是你自己說永遠太遠的，未來會發生什麼事沒人知道。」蘇有枝在最後一抹暮光中與他對視，「在這個當下，我很喜歡你。」

何木舟只覺得心下有什麼流淌而過，很暖很暖，烘得他血肉發燙，骨骼也止不住地打顫。

「這世上沒有人比妳更會說情話了。」他把下巴抵在她腦袋上，「妳是與生俱來的浪漫主義者。」

「但我們還小，先不要去想那些有的沒的。」她很嚴肅地下了一個結論。

看著她語重心長的模樣，何木舟差點沒笑出來。他想，這年頭還眞找不到幾個這般純情的女孩了，像朵皎潔的小白花，每一寸花瓣都是純粹的結合，只要對她稍微有那麼一點邪念，罪惡感就會找上門。

可小白花不知道的是，在無人知曉的夜裡，他早已在幻想中把那潔白的花瓣揉碎，染上了說不清道不明的顏色，於星火殞落的夢境裡，拖著一起沉淪。

「沒錯。」儘管他的靈魂早已偏離她鋪設的軌道，但他還是撇開腦內的遐想，乖巧附和：「妳說得對，都聽妳的。」

縱然有些慾望遏制不住，但對於何木舟而言，蘇有枝永遠是第一位。只要她不想，他就不會去做，他會讓那些邪念永遠埋在不見天日的泥土裡，讓她永遠當一朵自由搖曳的小白花。

除非她主動讓它破土而出，否則他永遠不會傷害她。

日子一天一天地翻頁，在書冊和試題之間流轉。模擬考結束後就是段考，段考結束後又是下一個模擬考。備考期間就像是泰勒的工廠，每一個時間段都被標準化，日復一日地重複同樣的工作，讀書、讀書、讀書。

第二次模擬考的成績出來後，蘇有枝的校排名和市排名都進步了不少，她很開心，感覺自己這一個月的努力還是有成效的。

收到好消息，她第一個想要分享的人自然是何木舟。

可自家男朋友現在不在教室，估計是和孫明他們聚在一起了，她有些按捺不住，直接發了訊息過去。

山有木兮木有枝：這次模考我市排名進步了五十幾名！

上課鐘聲響了，何木舟還沒回來，蘇有枝覺得有些奇怪，但也沒有多大驚小怪，畢竟這人也不是第一次這樣了。就算大考將至，他該蹺的課還是照樣蹺，反正第一名的成績擺在那兒，老師們這兩年下來也習慣了，索性睜一隻眼閉一隻眼。

可一整節課過去了，何木舟卻還沒已讀她的訊息。

蘇有枝心下的疑惑越發擴大。何木舟本來就是個獨立自主的人，所以她從來不過問他的行蹤，也自知沒有立場干涉。只是不知道爲什麼，這回她沒來由地心慌了起來。

接下來的幾節課，直到放學，蘇有枝都沒有見到何木舟。

看到他的書包還落在座位上，她幫他把東西收拾好，又傳了幾則訊息給他，告訴他，書包她先拿回家了，之後再來找她拿。

蘇有枝回到家後，過了好一陣子才收到何木舟的訊息。

何木舟：好。

簡簡單單的一個字，卻讓她一直懸著的心稍微安放了。

知道對方沒事，蘇有枝安心入睡，卻在天光尚未大亮之際被一通電話叫醒了。

孫明激動的聲音透過話筒，狠狠地衝擊著耳膜，「枝枝，舟哥出事了！」

蘇有枝趕到醫院的時候，急診室一片慌亂。

「枝枝！」孫明從人群中跑出來，面色焦急，下巴有一塊不大不小的瘀血，還沒等她問話就直接交代了，「舟哥剛做完手術不久，目前已經沒事了，在病房裡躺著休息，現在應該睡著了。」

聽到「手術」兩個字，蘇有枝的大腦空白了一瞬，絲絲縷縷的恐慌爬上眼底，「怎麼會……」

「有兄弟在網咖被市二高的找碴，雙方起了衝突，接到他的電話後我們就過去幫他，後來談不攏，雖然他們人多，但反正幹就對了，畢竟我們經驗豐富，也算是打過不少架……」孫明一邊帶蘇有枝前往病房，一邊解釋，講到一半看到她蹙了蹙眉頭，自知這話不合時宜，於是趕緊把話頭拉回來，「市二高裡面有一個白癡之前跟舟哥結過梁子，誰知道他來陰的，竟然偷偷帶小刀，打到一半趁舟哥不注意的時候捅了他肩膀，所以……」

蘇有枝眉間的摺痕越發深刻，她跟著孫明來到病房門口，想到他應該睡了，便悄悄拉開一道門縫，想透過間隙看他。

這是間雙人病房，何木舟在裡側，外邊是一個中年婦女，正躺在床上看電視。裡面床位的布簾被拉上了，蘇有枝看不到他。猶豫幾秒，她還是進去了。

蘇有枝跟外側的中年婦女無聲打了招呼，輕手輕腳拉開布簾，見到他安穩地躺在床上，胸口隨著呼吸起伏，除了肩膀上纏繞的繃帶有些刺眼之外，基本上整個人看起來十分平靜。

蘇有枝懸著的心終於落下，可下一秒，一股怒氣卻燒了上來。

見女孩子沉了面色，孫明其實有些怵。都說脾氣好的人生起氣來才是最可怕的，平時蘇有枝總是溫溫和和的，他第一次看到她臉色這麼難看，壓抑不住的情緒在無形之間發散。

「其實舟哥讓我別告訴妳，可我覺得妳不能不知道……」孫明有點抱歉地垂下眼，聲量小了些許，「他媽媽現在還在加拿大出差，可能一時間也趕不回來，而且昨天衝突爆發前，我看到他還在回妳的訊息……」

蘇有枝想到那一個「好」字，過於簡短，簡短到像是在敷衍；可如今一想，他那時候已經在衝突現場，打架前還抽出時間回她訊息，或許是不想讓她擔心。

從未有過的煩躁感湧上來，蘇有枝一時間不知道該說什麼，感動、難過、生氣、心慌、如釋重負……所有情緒混雜在一起，結成了一張網，將她牢牢地困在裡頭。

看著這樣的蘇有枝，孫明不知怎麼有點愧疚，他撓了撓頭，小聲開口：「對不起枝枝，之前打架也沒有打到這種程度，說實話我們也嚇到了，是我們沒有保……」

「他不需要你們保護，是他沒有保護好自己。」蘇有枝打斷他，「自己受的傷自己負責。你們不用自責，我也不會責怪那位被找碴的同學。我能理解何木舟這麼做的原因，因爲如果是沈逸言或唐初弦出事的話，我一定也會二話不說去幫他們。」

蘇有枝的目光徘徊於病床上的少年，沿著他蒼白的面容，順著脖頸向下，最後到被纏起來的右肩。駐足了一陣子，她稍稍斂眸，復又開口：「既然選擇這麼做，就要承擔風險，他讓自己受傷了，那就只能咬牙吞下去。」蘇有枝面無表情，像是在陳述一件與自己無關的事件，哪怕現在躺在床上負傷的人是自己的男朋友。

孫明心下一顫，少女的聲音很輕，落到地上卻砸出了巨響。字裡行間是前所未有的冷，往常的溫煦半分也找不著。秋末冬初的寒氣捲颳到眸底，那雙常年含笑的鹿眼此時沉靜得可怕。蘇有枝從頭到尾都沒有譴責他們的行爲，但他內心的慚愧和自責，卻愈來愈重。

何木舟本來可以不受傷的。就算那一刀不是致命傷，可被捅了那麼一下，對於身體肯定會有負面影響。

「我只是很生氣，他爲什麼總是要讓自己去做危險的事？這次是運氣好，但如果不小心砍到要害……」蘇有枝緊咬下唇，毫無情緒的念白終於維持不下去了，這會兒聲音顫抖，一字一句都在顫籟，像是她在恐懼裡載沉載浮的一顆心。

她可以冷靜地說出「自己受的傷自己負責」，卻也能在僅僅是想像他肩膀被捅傷的那個畫面時，抑制不住自己近乎要崩解的淚腺。

她很怕，眞的很怕。

氣氛沉悶得幾欲窒息，她的視線死死定格在地板的影子上，沒有注意到床上的那個人微微動了下。

「哥，你醒了！」孫明眼尖，看見少年吃力地睜開眼睛後，欣喜若狂地叫了出來。

蘇有枝循聲望去，何木舟單手支著床榻，費力地將自己撐起來。

「去，跟他們說我沒事。」他朝孫明道。許久未說話，他發現自己的聲音啞得像是被粗糙的石子磨過。

身爲好友，多年的默契讓孫明立刻明白這是要支開他，因此說了幾句關心他的話後就離開了病房。

等到病房門再次闔上，蘇有枝的視線與何木舟的視線在半空交會，兩人都沒有說話。也不知道過了多久，何木舟扯開乾澀的嘴唇，喚了她一聲：「枝枝。」

「不要喊我。」蘇有枝脾氣上來時總是會這麼說，她走到床邊，盯著他唇邊那微彎的弧度，心裡的難過再次被怒意淹沒，「很好笑嗎？」

何木舟沒有出聲，她又問了一次，這回語氣不自覺地重了些，「你覺得打架被捅這件事很好笑嗎？」

何木舟擱在床沿的左手動了動，想要去牽她，卻被她躲開了。他怔了怔，而後嘆了一口氣，仰頭望向站著的她。

身後的窗透進了大把大把的晨光，她逆著光，神情冷淡，眼底卻像是被刀劃了一般，有很深很深的疼。

「枝枝，我死不了的。」他啞著嗓子說，「我還有妳，我怎麼能死。」

蘇有枝微愣，幾秒後立刻會意過來，他這是聽到了，她剛剛跟孫明說的那些話。一瞬間，難過又再次襲捲了四肢百骸。

何木舟第二次試探性地伸出手，見她沒躲，連忙把她的手緊緊握住，像是怕她會再度逃離。

「對不起。」

他的聲音落在早晨的陽光裡，很輕，卻是重重砸向她心口。

蘇有枝其實是個極其現實的人，她不會隨意幻想太遠的事，不會貪圖現在抓不住的東西，她所信奉的是腳踏實地，把每一個當下都活得認眞。好比說課業，她不會去想像未來上了T大會是什麼模樣，她只知道現在自己的能力不足以錄取理想學校，所以她要加倍努力精進自我。唯一的例外，也只有在何木舟生日那天，含蓄地用了「永遠」這個虛無飄渺的詞，包裝自己小心翼翼的少女心思。

然而，在她聽見何木舟所說的話時，那一瞬間，她還是不由自主地相信了。

——我還有妳，我怎麼能死。

「對不起有用嗎？」蘇有枝任由何木舟抓著自己的手，眉眼卻透著冷淡，出口的質問亦是。

「沒用。」何木舟很坦誠，「但我得認錯。」

「那認錯有用嗎？」蘇有枝目光停留在他受傷的臂膀，「認錯你就不會受傷了？」

「也沒用。」何木舟的拇指鑽進她手心，試探性地刮了刮，「但妳或許會因此消一點氣。」

蘇有枝覺得癢，佯裝不耐甩開他，豈料下一秒又被攥住了。

「你好壞啊何木舟。」她不躲了，轉而傾身，兩人越發靠近，最終停在一個適合接吻的距離，「你覺得這樣我會消氣嗎？」

少女的聲音很輕，宛如清晨將散未散的霧，何木舟好似被什麼蠱惑了一般，明明此時還像個犯人被審問中，卻仍是仰首去尋她的唇。

兩人在早晨的陽光中接了一個克制的吻。

「我不會再受傷了。」何木舟左手牽著她，想要用另一隻手去碰她的臉，可他忘了自己的右手帶著傷，稍稍一抬起便疼得齜牙，只好作罷，「讓妳擔心，是我不對。」

蘇有枝臉上依然沒有情緒，儘管有了親密的吻，但罪犯還是賄賂不了判官。何木舟低低嘆了口氣。

蘇有枝沒理他，這時護理師正好前來巡房關心，她鬆開他的手，向護理師請教照顧傷口的注意事項。結束之後她問道：「你會餓嗎？我下樓買早餐吧。」

何木舟點點頭，開始點餐：「我想吃火腿蛋吐司、薯餅和冰奶茶。」

十五分鐘後，蘇有枝拎著一碗清粥回來。床上那人一個勁兒地往她手上瞧，想要看她有沒有提著第二份早點。

「別看了，只有這個。」蘇有枝十分冷酷無情，與平時會餵食他好多點心的女孩判若兩人，「病人沒得挑，乖乖吃白粥。」

女朋友正在氣頭上，何木舟也不敢造次，乖乖地應了下來。

清粥的口感單調得很，也沒有調味，但何木舟硬是在裡面嚐出了一點甜。

他突然覺得白粥也沒有那麼難吃了。

在何木舟吃粥的期間，他們誰也沒有說話，冗長的沉默瀰漫在早晨的空氣裡。

漸漸的，一碗白粥也見了底，蘇有枝起身把垃圾收好，回來時深深看了他一眼，坐到了床邊，忽然啟唇：「你想違抗你媽，但你知不知道無形中可能會傷害到很多人，包括你自己。」

何木舟往床頭櫃拿手機的動作一滯。

「我知道你本性是溫柔的，很多時候你不想傷害到無關的人。但除了你母親和打架的對象，還有學校師長、朋友、路過的同學……也許這些人在許多時候都曾被你不經意地傷害，言語和態度也是傷人的利器。」不像語氣間的堅定，蘇有枝觸碰到他肌膚的指尖是顫巍巍的，停頓了一下，才眞正覆蓋上他的手，「而傷得最深的其實是你自己，你知道嗎？」

她感覺到何木舟的手瑟縮了一下，可他最終沒有抽開，也沒有開口。

「何木舟，這眞的是你想要的嗎？」她直勾勾地盯著他，想要在他的眼裡看到什麼，卻只進入一片深不見底的黑，「衝動的當下或許很爽快，但事後你眞的覺得開心嗎？這樣惡性循環的生活，你眞的樂在其中嗎？」

何木舟蹙了蹙眉，突然避開她的目光，斂眸垂首。

蘇有枝沒有因此而退縮，她溫柔地撫摸少年的手背。

「我能理解你想反抗母親的原因，也尊重你這樣生活的選擇，可我還是……」她不知怎麼地哽咽了，再次開口，嗓音裡透著細微的哭腔，「可我看見這樣的你，還是覺得好心疼。」

何木舟雖然避開了與她的對視，卻仍然能察覺她情緒的轉變。他一向捨不得她難過，他想安慰她，所有話語卡在喉頭，他突然沒有勇氣面對她。說不出這是什麼感覺，只覺得女孩子一字一句都砸在了心扉上，很疼。

「不要再這樣下去了好不好？」少女撫著他的動作變得緩慢，「就算不是爲了你自己，也當作是爲了外公……外公一定也不希望看到你這樣的。」

外公是他過去十五年的人生裡，最愛他的人。

何木舟眼睫顫了顫，鼻頭止不住地發酸。他始終都沒有回應，任由少女兀自說著，彷彿她是在一廂情願地對空氣吐露眞心。

他覺得蘇有枝像是一名執刀者，剖開他的軀體，沿著蜿蜒曲折的骨血，直抵體內最深處的核。他無從反抗，跟一名受難者一樣只能被釘在她眼底的十字架上，把赤裸裸的心臟呈現在她的面前。

對於她抛出的多個疑問，他沒有回答，也沒有承認。他知道蘇有枝不需要，她已經把他看得透澈。

蘇有枝不再繼續說下去，就這麼握著他的手，用那不大的手掌包覆著他。她明明很膽小，卻堅持用自己的方式去保護他。

不知道過了多久，何木舟終於開口了。

「好。我說過，都聽妳的。」他沉思了很久很久，抬眸時對上了蘇有枝的目光，「我不鬧了。」

他挺直身子，用左手擁抱她，「妳說得對，我並不快樂。看到陳露氣急敗壞的樣子，也沒有太大的成就感，甚至有點空虛。」他把頭靠在她的肩窩，蹭了蹭她的頸側，「自虐似的惡性循環，我也不知道圖的什麼。我不會再讓自己受傷了。」

他在她的脖頸處落下一個很淺的吻，終於把說不出口的安慰傳達出來。

「所以妳不要難過了，好不好？」

何木舟住院期間，蘇有枝大多時候都坐在病床旁那張躺椅上，就著窄小的床頭櫃寫題目。何木舟便靜靜地看著她讀書，時不時爲她講解沒明白的部分。

時光靜好，少女埋首的身影被窗外透進來的陽光溫柔包覆著，專注且平和。

何木舟不知道一輩子有多長，但他覺得他能這樣看上一輩子。

不讀書的時候，蘇有枝會跟他聊聊天，以及打點三餐。兩人面對面吃飯，何木舟喜歡看她吃東西時露出幸福的表情，不明顯，但眼底會跳躍著歡喜的光。

偶爾兩人會在床簾後面擁抱和接吻，悄無聲息的，瞞著全世界偷偷熱戀一場。

半夜獨自躺在床上睡不著時，何木舟就會想起蘇有枝。雖然他讓她不用太操勞，可女孩子替自己忙前忙後的身影又實在可愛，偶爾他會忍不住貪圖更多，自私地希望她再放更多心思在自己身上。他很享受這種被女朋友照顧的感覺，突然覺得被捅一刀似乎也不算虧。

這天放學後，蘇有枝帶了點心過來，是何木舟喜歡的三色豆花，「老闆聽說你受傷的事了，她說這兩天忙完來看看你。」

「讓她不用麻煩了，我好得很。」何木舟感激老闆的關心，卻也是真覺得她沒必要大費周章。

市二高金毛那一刀雖怵目驚心，可幸運的是沒有傷到要害。對方估計也是膽小，不敢真正往裡捅，只是想嚇唬嚇唬他，他還記得當時金毛恐慌的眼神，到底還是狗仗人勢，見血就怕了。

何木舟收起思緒，豆花只有一碗，他想和蘇有枝分著吃，便舀一口送到她嘴邊，「枝枝，妳是不是瘦了？」

蘇有枝接受他的餵食，不以爲意，「有嗎？」

何木舟放下調羹，扣著蘇有枝的手腕將她拉了過來，直接把人抱住。

少年的手在她的背脊上游移，撫過突起的蝴蝶骨，順著脊柱向下，最後落在纖細的腰間，輕輕一握，「眞的瘦了。」

他捧起女孩子的臉仔細端詳，捕捉到她眼底的疲憊，很輕地嘆了口氣。

「枝枝，在照顧我之前，要先照顧好自己。」

他其實也感受到蘇有枝這幾天精力的消瘦，畢竟家裡、學校、醫院三頭跑，備考已經夠累了，還要花時間照顧他，休息時間大幅下降，對於一個十幾歲的女孩子來說難免吃力。

看著這樣的她，何木舟心疼得很，「不用花太多時間在我身上，受傷不是什麼大事，發炎的情況也不嚴重，而且醫生說我應該很快就能出院了，不用擔心。」

何木舟確實說對了，這幾天蘇有枝花時間照顧他，回家就只能熬夜將沒讀完的進度補回來，再加上她一直在擔心他，所以晚上也睡不太好，眼下的黑眼圈愈來愈深。她也明顯地感受到自己身體逐漸累積的疲勞。

晚上八點多，蘇有枝照例跟何木舟道別，少年勾了勾她的小指，隱晦地挽留她。

蘇有枝也不想這麼快分開，可已經到了回家的時間，她有些掙扎，最終理智還是勝過了慾望，小指與他糾纏了一會兒，便毅然決然地放開。

離開前，她傾身於他的嘴角落下一個蜻蜓點水般的吻。

蘇有枝輕輕掩上房門，往電梯的方向走，卻在轉角撞見一個未曾想過的來客。

這個人她見過兩三次，每一次見到她，都是在激烈爭吵的情況下。蘇有枝多少有點怕她，可她終究是何木舟的母親，她知道自己遲早要面對。

而這場猝不及防的相遇，讓兩人都愣了一下。

陳露蹙了蹙眉。她在加拿大的事已經處理完了，於是提早了幾天飛回來，豈料一下飛機便被告知何木舟打架受傷住院的消息，氣得直接從機場奔來醫院。她清楚何木舟的性子，知道他是絕對不會主動跟她說的，若非這事鬧到連學校都知道了，或許何木舟就會這樣悄悄出院，而她一輩子都不會知道自家兒子被人捅了一刀。

誰知道心急火燎地趕來醫院，第一個看到的卻是每每跟在何木舟身邊的那個女孩。

年輕時的經歷讓她對早戀深惡痛絕，不希望自己的兒子也因爲一時的鬼迷心竅，不小心走上了同樣的道路。太過衝動的戀愛造就了她不完整的婚姻關係，未婚先孕已經是一場意外，而後丈夫猝死，她的生命在一夕之間偏離了計畫好的軌道。她還有要追求的事業，怎麼可以把時間都浪費在一個忽然出現的孩子身上？恐慌和單親的壓力讓她選擇了逃避，把辛苦懷胎十月的兒子丟在老家，自己一個人消失得無影無蹤。

儘管現在的陳露是真心地想要彌補，但她也明白，自己終究是自私的。偶爾她也會想，若是當初沒有生下何木舟，自己的事業生涯或許可以發展得更好。她甚至清楚地知道，何木舟對於自己來說，比起母愛，更多的是遲來的責任感。

她不強求缺失的感情基礎，也不會打著愛的名義合理化自己過去的錯誤。她只知道人生無法重來，她已經錯了一次，她不能讓自己的兒子也犯同樣的錯。

於是她只能把自己當作借鏡，要求何木舟在對的時間做出符合當下身分的事，例如認真讀書，例如當個好學生；並且不許做出不合時宜的事，例如早戀。

任何可能耽誤前途的因素都要事先排除，風險是用來規避的，而不是一味地去承擔。她不想在自己的骨血上看到第二個自己。

陳露看著眼前的女孩子，微妙的尷尬在兩人之間蔓延，最後陳露挑了挑眉，豔麗的紅唇襯得她氣場盛大。

「何木舟的女朋友？」

蘇有枝窘迫地點了點頭，「阿姨好……」她的手緊緊地攥著書包背帶，斂起眼眸，不想讓眼前人發現自己的慌張。

「這幾天都是妳在照顧他的吧。」陳露眸光銳利，毫不避諱地打量她，而比眼神更直接的是她的話語，「謝謝妳照顧我兒子，但我不同意你們在一起，分了吧。」

蘇有枝倉皇地抬起頭。

「緊張了？」陳露笑了一聲，「緊張也沒用，分了吧。」

「阿姨，我……」

「雖然我跟他關係不好，可我兒子有多優秀我也不是不知道。他的人生不能耽誤在這種小情小愛上，他有更遠大的未來要去征伐。」

陳露比較高，環胸睨著蘇有枝的時候，蘇有枝感受到一股居高臨下的壓迫感，伴隨著女人語調間的冷豔和強勢，她覺得自己像個僵硬的傀儡，只能被動地服從。

「妳能給他什麼？妳什麼都不能給他。」陳露往前走了幾步，高跟鞋與冰冷的地面碰撞，在晚間的醫院長廊泛著回音，像是一步一步踩在蘇有枝的心上，踩得她手足無措、潰不成軍。

可一想到何木舟，蘇有枝還是想要爲自己，爲這段感情爭取一下，「阿姨，我知道您對何木舟的期望。雖然我沒有他優秀，可我還是會努力成爲一個能與他並肩的人。也許在您眼裡，學生時期的戀愛都是鬧著玩的，可我是眞心喜歡他，也是眞心想跟他一起變好，我絕對不會拖垮他的。」

她知道自己不是一個好的談判者，說出口的話在女人眼裡或許跟玩笑一樣，可當下她只能這麼說，只能憑藉著對何木舟的感情這麼說。那是她的眞心。

成年人的世界是現在的她還無力抵抗的，可縱然手無縛雞之力，她也不願意只能被動地接受。

果不其然，陳露彷彿聽到了一個天大的笑話，彎起眉眼笑得很開心，嘴角的弧度透著嘲諷。

蘇有枝覺得自己很難堪，可她不想退縮。

「小妹妹，妳好天眞啊。」陳露笑完了，微微傾身，抬手捏住蘇有枝的下巴，尖利的美甲刺進蘇有枝細嫩的皮膚，可她一點也不在乎，「我有一百種方式能讓你們分手。」她望著少女微蹙的眉，和眼底堅定的光。陳露想到了曾經誤入歧途的自己，唇邊的笑意更加諷刺了，「我不是在跟妳討論，我是在告知妳。」

在蘇有枝離去沒多久後，病房的門再次被打開。何木舟以為她落了東西，要回來拿，抬眼時蓄著的都是笑意，豈料看到來人後，原本的好心情瞬間垮掉。

「怎麼？很失望嗎？」陳露「呵」了聲，露出惋惜的表情，語氣裡卻沒有半點遺憾，「可惜了，不是你那個小女朋友。」

「妳來幹什麼？」他盯著逐漸靠近的女人，聲嗓發冷。

陳露對他表現出來的敵意不以為然。

「這裡不歡迎妳，滾吧。」少年狹長的眼尾棲著秋末冬初的寒意，說出來的話毫不客氣。

「如果學校不通知我，你就準備把我蒙在鼓裡？」陳露自顧自地反問。她早已習慣他的尖酸刻薄。

「反正妳也不在乎。」何木舟冷笑，「日理萬機的陳女士關心的只有這期入帳多少，合約簽了沒，客戶滿不滿意……不是嗎？」

陳露感覺額角的血管跳了跳。她在加拿大談成了一樁合作，今天心情不錯，懶得跟他計較。她環胸睨著他，「你不打算跟我解釋這是怎麼回事？」

「我都不知道妳還這麼關心兒子啊。」何木舟彎了彎唇，字裡行間都是諷刺。

「可不是嗎，我不希望我從加拿大回來之後，接到的第一個消息是替你收屍。」

看著少年滿不在乎的冷漠，陳露也不惱，微笑地拋下震撼彈，「喔對，我剛才遇到你那小女朋友了。」

一聽到蘇有枝，何木舟斂著的眼皮立刻掀了起來，視線如同飛箭刺向她，「妳跟她說了什麼？」

「小女生挺可愛的啊，就是倔了點。」想到這個，陳露似乎心情很好，帶著看笑話的愉悅感，說道：「我讓她跟你分手。」

「妳敢？」何木舟眼底的戾氣翻騰著。

「我敢？我怎麼不敢？」陳露笑道，「就你們那幼稚的戀愛，年紀輕輕以為遇到了一輩子的眞愛，實際上過沒幾天就散了，還以爲在玩家家酒呢。」

「陳露，你他媽是不是有病？」

「我才想問你，距離升學考只剩兩個月，現在談戀愛有什麼毛病？」陳露把行李安置在一旁，來到他的病床邊，居高臨下望著他，「給我分了。」

她撤下先前裝出來的笑，氣勢騰地壓上來。

換作是別人可能就被這強勢的氣場給鎮住了，可何木舟一向不怕她。

「我不。」他毫不畏懼地迎向她的目光，「要我分就分，當我傻子嗎？還有，妳憑什麼管我？」

「憑我是你媽。」

何木舟像是聽到了天大的謬論，翻了個白眼後，又忽然覺得挺有趣的，接著逕自笑了起來。

「妳之前都不管我，現在好意思來管我？」他嘴角的弧度都是嘲諷，「裝什麼爲我著想，妳照照鏡子看看可不可笑，狗屁的母愛情深。」

陳露老神在在，從容地下了最後一道命令：「反正你現在不分，之後去加拿大也是要分的。」

「加拿大」三個字撞入耳裡，何木舟的心臟劇烈地跳了一下，聲音都拔高了不少，「什麼加拿大？」

「啊，忘了告訴你，我被調職到加拿大分部，我們不久後就要搬去加拿大了。」陳露的面皮帶著虛假的歉疚，嘴邊掛著笑，「這次出差去加拿大除了談合約，主要也是爲了打點那邊的搬家事宜。你放心，房子我都處理好了，轉學手續也辦好了，一到那邊就能入學。」

女人一字一句都衝擊著何木舟，像是有毒液體，隨著聲波注射進毛孔裡，在血液中奔騰、蔓延，讓他整個人漸漸感到麻痺。

他再淡定，一時間也沒能消化這個龐大的資訊量。

「誰跟妳我們，要去加拿大妳自己滾去。」半晌，何木舟嫌惡道。

少年的手指一下一下地敲著床沿，一臉不耐煩。

夜色逐漸擴大，慢悠悠地沾染整片窗檯。室內靜極了，兩人在這劍拔弩張的氛圍裡保持沉默，誰也不讓誰。

不知道過了多久，陳露終於沒了耐性。她彎下腰，像方才捏住蘇有枝那樣捏住他的下巴，「何木舟，你怎麼這麼天眞？你以爲我還會讓你打架蹺課，繼續渾渾噩噩下去？成績好有個屁用，主任跟我說了，這次大過根本跑不掉，你想要帶著這種骯髒的紀錄去申請國內頂大？你覺得他們會錄取一個不良學生？就算你是一個不可多得的人才，他們也不會讓你進去的。現在的教授多怕事啊，寧可錯失一個優秀的學生，也不希望自己牽扯上麻煩，何況是在他們自傲的學術殿堂。」

講著講著，陳露的脾氣正式被點燃，聲量在一時之間膨脹，衝著病床上的少年吼：「我之前再怎麼放養你，我也是你的監護人，你當然得聽我的。好，你說你滿十八了，在法律上你成年了，不需要我的管束，但你想想，你現在高中都還沒畢業，你要怎麼生活？所以我說你們這些小孩就是做事不考慮後果，以為自己多行啊。你有錢嗎？出國之後這裡的房子就不續約了，你要住在哪？你要怎麼活下去？就用你假日在便利商店打工的那幾個破錢？你連現在躺在這裡的治療費都是我出的！」

陳露冷笑，宛若一個勝利者那樣看著他，「現實點吧何木舟，你再討厭我，現在的你還是得依附我生存。」

何木舟沒能準時出院。

不知道是不是因為被氣到了，情緒低落使得食慾下降，他這兩天並沒有吃多少東西。再加上加拿大的事，他這幾天處在煩躁且混亂的情況下，閉上眼腦子裡都是陳露丟下的那些話。他的睡眠品質本就不算好，這樣一折騰，更是連了好幾天都失眠。

飲食不均衡再加上沒有得到充足的休息，何木舟的身體狀況愈來愈差，傷口也連帶著有些發炎。

於是原本可以早早出院的他，這會兒出院申請沒過，被醫生給攔了下來，按在了病床上。

「原本恢復得挺好，怎麼會這樣？」醫生也覺得奇怪，這孩子前期恢復能力不錯，豈料才兩天過去，傷口又莫名其妙發炎了。他看著面前陰沉的少年，忍不住叮囑：「你要好好吃飯休息，身體狀態穩定，傷口才會好得快。」

每天都會固定來替何木舟進行檢查的護理師，順口關心了句：「這幾天怎麼都沒見到你女朋友？」

不知道是不是錯覺，她總覺得少年的表情瞬間垮了下來，沉重的低氣壓頓時充盈整個空間。

護理師後知後覺地意識到自己可能問錯話了，以巡房爲藉口，趕緊離開。

「不會是吵架了吧……」

何木舟聽到她離去前的自言自語，自嘲地笑了聲。若是吵架也就算了，他甚至希望他們之間只是吵架，吵一吵和好後就沒事了。可偏偏不是吵架這麼簡單的事，他至今仍然不知道該怎麼跟蘇有枝開口。他還沒能好好面對突如其來的劇變，在面對心愛的女孩子時，更是組織不了語言，給出一個合理的解釋。

枝枝，我要去加拿大讀書了，我們分手吧。

分你媽。

他不想分手，他怎麼可能分手。他們約好了要一起上T大。蘇有枝這麼努力讀書就是爲了跟他上同一所學校，一起共享未來的大學生活。

可他也知道，這一趟去了加拿大，以陳露的性子，短期內是不會讓他回來的，更遑論回來讀大學。

既然如此，他又怎麼捨得讓蘇有枝一個人等。他再喜歡她，也不能綁架她的人生。

何木舟煩躁地抓了抓頭髮，眉頭緊鎖，胸口悶痛。上一次有這樣的感受，還是在外公的葬禮上，他好久沒有感受到這種窒息的感覺了。

他盯著空中發呆，任由夜色將自己包裹，執著的眼神像是要把那裡燒出一個洞。

他不知道要怎麼面對蘇有枝，哪怕是看到她傳過來的訊息，滿溢而出的都是深深的愧疚。

最可怕的是，他現在就如同陳露所說的，沒有任何能力反抗。陳露就是挑著他的弱點在打，對付這樣的他，她勝券在握。

就像搬去加拿大這種事，她知道事先提起並不會有任何正面效果，甚至可能引起他更大的反彈，所以她選擇在事情都已成定局的時候通知他——喲，我們過幾天就要去加拿大囉。

而他毫無準備，注定措手不及。

陳露本就沒有要聽取他的意見，更不用說溝通，她永遠都是那樣，拿她在職場上的那一套來對付他。雷厲風行地做完所有，而你只要負責接受，如果反抗，她那裡有的是手段能讓你屈服。

何木舟不想承認，可他不得不承認，先前有多麼不屑陳露的錢，現在就有多需要她。他頭一次痛恨自己的無能，原來在最現實的經濟壓力面前，他也只是一隻自不量力的螻蟻。

在遇到陳露之後，蘇有枝這幾天放學都沒有去醫院陪何木舟。她並非害怕再次遇到那位令人感到壓迫的女士，而是因爲學校這週是藝術週，她被抽中要留下來做美工，布置教室。

蘇有枝沒空去醫院，何木舟知道原因後也讓她不要來。她最近的狀態確實差，肩上都馱著顯而易見的疲憊，感覺一碰就碎，於是兩個人這幾天只靠手機來往。

可蘇有枝總覺得哪裡不對勁。

雖然只用通訊軟體互動，但她感覺對話過程跟平時比起來有細微的不同，可又說不出是哪裡不對。

教室布置大功告成的那一天，蘇有枝去了一趟醫院。

或許是因爲兩個人都懷有心事，原本以爲小別勝新婚的激動並沒有出現。蘇有枝進了病房後，也只是把三色豆花放在床頭櫃，叫了一聲他的名字後就安安靜靜地坐下來。

少年少女面對面坐著，相顧無言。

其實這樣的情況並不少見，畢竟兩人話都不算多，有時候待在一起就僅僅是挨著彼此放空或思考，但當時的氣氛很輕鬆，也沒有不說話的尷尬，這麼緊繃倒是第一次。

蘇有枝心想要怎麼把遇到陳露的事跟他說。

何木舟心想要怎麼把加拿大的事跟她說。

兩個人在心裡各自琢磨，最終卻都不知從何開口，好像只要一開口，就會有什麼在無形之間崩裂一樣。

蘇有枝猛地意識到，也許這幾天不來醫院，不僅僅是因爲教室布置的緣故。她確實不害怕遇到陳露，可她或許潛意識裡在逃避，逃避面對何木舟，逃避那些被陳露赤裸裸搬上談判桌的事。

她不想分手，可她也知道現階段的自己並不夠好。

不知道過了多久，何木舟率先打破寧靜：「枝枝。」

「嗯？」蘇有枝抬頭。

「抱一下吧。」他的聲音有點啞，「好久沒有抱抱妳了。」

蘇有枝心下酸澀，起身離開椅子，傾身抱住他。

很長很長的一個擁抱，與平常不太一樣。

何木舟單手將她整個人攬進懷裡，用自己的氣息圈繞住她。

少年的力道不大，可她卻覺得自己像是要被他揉進了骨子裡。

時間好似在剎那間停止了前行，在相擁的體溫間，在糾纏的呼吸裡。

「妳要好好吃飯，好好睡覺，身體第一，讀書第二……我怎麼覺得妳又瘦了？」何木舟的聲音很輕，毫無預兆地開始說起這些日常瑣事。

蘇有枝忽然沒來由地感到心慌。

「遇到不喜歡的事要懂得拒絕，不要因爲害怕對方不開心就全盤接收，那樣不開心的就會變成妳自己。妳也不要想太多，我知道妳心細，很容易鑽牛角尖，有時候別人的一句話，在妳心裡會被放得無限大，但其實他可能根本沒有那個意思——對了，不要輕易相信別人，妳很善良，但現在不懷好意的人很多……」

何木舟說了很多，乍聽之下無關緊要，像愛人之間的尋常叮嚀，可只有他自己知道，那是他在面對窮途末路的情況時，掏心掏肺後唯一能給她的東西。很單薄，但一字一句都是眞誠。

在複雜的現實面前，他突然意識到只有喜歡是沒有用的。如果僅僅只有喜歡，他沒有辦法守住自己的愛情，更沒有辦法保護他的女孩。

可他最後還是靠在她耳邊，低聲說道：「還有，我很喜歡妳。」

蘇有枝心下一抖，那種慌張感更急迫地湧了上來。

她自始至終都沒有回應他那些老媽子般的叮囑。她心理建設了許久，最終在他懷裡啟唇，「你媽媽讓我跟你分手……我不想分手。」

何木舟停在她背上的手發顫，半晌才緩過情緒。他想開口回應她，卻發現自己無話可說。

更確切地來說，是他沒辦法給她承諾。

他沒有跟蘇有枝說的是，其實自己就要出院了，然後再過一兩天，就要搭上前往加拿大的班機，離開K市。

他知道自己是個徹頭徹尾的膽小鬼，可他還沒想好措辭，他捨不得看她難過。

蘇有枝沒注意到他的反常，有些沮喪地繼續說：「我知道我不夠好，但我會努力考上T大，證明給你媽媽看。」

「不，妳已經夠好了，妳不需要證明給誰看。」何木舟抱著她的力道更用力了些，眼眶發紅，「沒有人比妳更好了。」

好到我捨不得耽誤妳。好到我明明不想分手，卻好像不得不分手。

第六章　三色豆花

蘇有枝被鬧鐘叫醒的時候，發現自己頭疼得厲害。

整個人暈乎乎的，連走路都走不好，跌跌撞撞到了浴室門口，忽然「砰」一聲跪了下去。

蘇母一打開房門看到的就是這個畫面。

「枝枝，妳怎麼了？」她連忙去拉寶貝女兒起來。

蘇有枝垂著頭，伸出手握住母親，也就是這一碰，蘇母發現蘇有枝的體溫高得反常。她驚覺不對，連忙抬手去探她的額頭，那裡的溫度也十分燙人，「怎麼突然發燒了？」

蘇有枝覺得腦子很沉，抬個頭都像是費盡了力氣。她蹙著眉，臉蛋蒼白得可怕。

「妳先去床上躺著，今天就別上學了。」蘇母找來溫度計，替她量體溫。

三十九點八度。

「我天，怎麼燒得這麼嚴重？」她原本想讓蘇有枝吞一片退燒藥應急，結果才過了幾秒，蘇有枝已經歪著頭睡著了。

蘇有枝眉間的皺褶並未因此而撫平，反倒愈皺愈深。她偶爾還會溢出細細的呻吟，含糊著不知道在說些什麼，整個人像是陷在了一場夢魘裡面，靈魂被困在泥淖裡逃不出來，呈現的都是大汗淋漓的掙扎。

蘇母快心疼死了。

蘇有枝再次醒來時，已經是十二點多了。

眼皮好似有千斤重，沉甸甸的，她費了好一番力氣才睜開眼睛。

窗外陽光刺眼，儼然已經過了中午。

蘇有枝心下一驚，第一個反應是自己怎麼睡過頭了，掙扎著想要起來的時候，腦殼又一股劇痛奔騰而來，硬生生地把她壓回床上。

下一秒，房間的門被打開，蘇母端著一碗粥走進來。

「醒了？太好了，快來吃點東西墊胃，等會兒才能吃藥。」

「媽咪妳怎麼沒去上班……」蘇有枝有氣無力地問。

「傻孩子，妳都病成這樣了，我怎麼敢把妳一個人丟在家？」蘇母失笑，把白粥放在床頭櫃上，伸手探她的額溫，然後蹙眉，「怎麼還是這麼燙？」

「唔……」

「可以自己吃嗎？」

蘇有枝點點頭，拿起了碗，小口小口地吃著。

她看著冒著煙的清粥，恍惚間想到了何木舟。他出事的隔天，也是吃著淡然無味的白粥，嘴上和面上嫌棄著，卻還是安安分分地吃完整碗粥。

她忽然很想他。

可她不想讓他擔心，因此沒有把發燒的消息告訴他。反正明天肯定就恢復了，只是請假一天而已。

雖然頭還在疼，但多少也清醒了一些，蘇有枝大概知道自己爲什麼會這麼猝然地病倒。最近忙於讀書和照顧何木舟，再加上前幾天因為教室布置而趕工，身體累積了一陣子的疲勞終於爆發出來，這會兒防禦機制啟動，提醒她該好好休息了。

也有可能……還跟陳露有關。

蘇有枝這幾天本就因爲何木舟受傷的事不太心安，睡眠品質一向穩定的她，最近卻有些輾轉難眠，後來遇到了陳露，她說的那些話又一直卡在心頭，時不時提醒她有個檻沒過。

她不想跟何木舟分手。

被認爲是絆腳石的感覺並不好受，她也有在努力生活，只是現階段的她還不夠有能力成爲一個特別優秀的人。

陳露甚至沒有問她的名字，因爲她根本沒有把她放在眼裡。

蘇有枝有時甚至會夢到那天在醫院遇到陳露的畫面，女人高高在上的刻薄模樣刺激著她的尊嚴，反覆幾天下來，精神都凋零了大半。

在生理和心理的雙重折磨之下，蘇有枝最後病了。

她安安靜靜吃完了清粥，接著再將母親帶來的退燒片吞了下去，沒多久又昏昏沉沉進入夢鄉。

由於發燒期間都在昏沉的狀態下度過，蘇有枝無暇顧及手機，隔天早上睡醒才看到有一通未接來電，是何木舟打來的，時間是昨天早晨，她燒得最嚴重的時候。

蘇有枝回撥過去，卻被轉接到語音信箱。她想著等等去學校就能見到面，便沒特別放在心上。

燒退了大半，身體狀況比昨天好一些了，她收拾好東西便直接出了門。

進了校門後第一個看到的同學是鄭洋，奇怪的是，他並沒有如往常般熱情地大聲打招呼，而是呆了一下才恍然回神，「枝枝早安。」

鄭洋丟下這句話後便匆忙離去。兩人分開前，蘇有枝看到他臉上的表情有些古怪。

當蘇有枝一踏進教室，班上吵鬧的氛圍驟然停擺。大家望著大病初癒的她，眼神有些微妙。她懵了半晌，正思考著自己在請假期間錯過了什麼的時候，唐初弦便迎了上來，敞開雙手擁抱她。

「寶貝我太想妳了！感冒好點沒？」

這句話落下的瞬間，班上的同學們彷彿被按下重啟鍵，恢復了先前的動態，聊天的聊天，打鬧的打鬧，複習的複習，抄作業的抄作業。

蘇有枝的疑問還沒有出口，便先在經過何木舟的座位時，猛地發覺哪裡不太對。

雖說少年平時座位上就沒什麼東西，也只有人在的時候桌上才會多個鉛筆盒什麼的，可現在不一樣，他的整個座位被收拾得乾乾淨淨，抽屜空無一物，連掛在桌子側邊的雨傘都消失了，就像一個嶄新、無主的座位一般。

「這是……」

唐初弦僵立在原地。

見自家閨密神情不對，蘇有枝心下突然莫名的慌，她匆匆跑到教室後方的置物櫃，拉開何木舟的那一格。

也是空的。

一陣強烈的暈眩感襲擊了她。

蘇有枝的手在抖，花了比平常多兩倍的時間才解鎖手機，撥出電話，可回應她的卻是毫無靈魂的機械女聲。

一通、兩通、三通……

一直到第十通，徘徊在耳畔的始終只有冰冷的「您撥打的電話已關機」。

蘇有枝握著手機的手無力垂下，看著眼前空蕩蕩的置物櫃，心底壓抑的不安終於衝破樊籠，後知後覺地通知她——

何木舟不見了。

蘇有枝像瘋了一樣地跑出教室。

唐初弦連忙跟著跑出去拉住她，「等等，這都要早自習了，妳要去哪裡？」

蘇有枝沒回，死命掙開她的手，往走廊盡頭奔去。

唐初弦胡亂罵了一句什麼，趕緊跟上，直接擋在蘇有枝面前，「枝枝，妳要去哪裡？」

「找何木舟。」蘇有枝眼眶發紅。話畢，她又開始掙扎，「弦弦，妳放開我，我要去找他……」

說著說著，眼瞳便溼了，一顆顆淚珠接連滾落，不過幾秒，臉頰上早已滿是淚水。

唐初弦第一次見到這樣的她。一向溫和冷靜、沒有太大的情緒起伏的蘇有枝，這會兒像是脫去了社會化的殼，瘋狂、哭泣、不管不顧，眼裡早已沒了時刻遵守的校園規範，所有理智被淹沒在一通又一通未接的電話中。

唐初弦也忍不住鼻酸，壓下直衝眼眶的淚意，不顧蘇有枝的奮力掙脫，把人牢牢地固定住，「枝枝，別找了，妳找不到他的。」

聞言，蘇有枝停下掙扎，愣了半晌，「什麼意思……」

唐初弦嘆了口氣，「舟哥轉學了。」

蘇有枝身子一僵。

少女的臉上一時間閃過了無數情緒，震驚、複雜、不敢置信、難過、生氣……最終化成了一灘空茫。

她不頑抗了，也不哭了，就這麼狠狠呆在了原地，沒能消化這個巨大的衝擊。

「怎麼會……」從唇齒間溢出的都是破碎的不解，「怎麼可能……」

初冬的K市不會下雪，可唐初弦卻在她眼裡看到了滿城的大雪。

見蘇有枝彷彿被奪去了魂，眼神空洞，自顧自地喃喃，唐初弦於心不忍，撇開頭冷靜了一會兒，最終一把抱住她。

「枝枝，我在這裡。」唐初弦溫柔地撫著她，像在安撫一隻受傷的小鹿，「想哭就哭，我在這裡。」

唐初弦不知道蘇有枝埋在她懷裡哭了多久，只知道冷風肆意穿廊而過，吹得人心底止不住瑟縮。

在上課鈴聲響起前，她半推半拉地把蘇有枝往教室帶。

蘇有枝走得很慢，唐初弦也不催，聽著她的啜泣聲，在心裡嘆了不知第幾口氣。

蘇有枝始終都是柔和自持的，唐初弦從來沒有見過她哭，誰知道一哭就是傾倒的大雨，將自己淋得滿身落魄。

走到六班門口時，蘇有枝還沒有完全平復情緒，唐初弦也沒急著帶她進去，反而把她拉到走廊邊角，安安靜靜等待她發洩完。

蘇有枝忽然想到上次去醫院的時候，何木舟緊緊抱著她，說了好多老媽子般的叮嚀，一點也不像平常的他。

她沒有想到那是他們的最後一次見面。現在想來，那些話倒像是分別前放不下心的囑咐。

嗚咽聲在路過的冷風中漸漸消停，良久，她冷不防地啟唇。

「弦弦，他什麼時候走的？」字裡行間猶有未褪的哽咽。

「昨天。」唐初弦說。

昨天。

昨天她臥病在床，而他正好離開，他們連最後的告別都沒有。

蘇有枝垂著眼簾，睫毛還沾著溼意，在眼瞼下方掃出一片淡淡的影，藏著誰也看不清的心思。

她想到了昨日早晨那通未接電話。他是要說什麼呢？他原本想說什麼呢？

又一陣風穿廊而過，她第一次發現原來初冬的風也可以這麼冷，冷得她骨髓發顫，胸口處一片虛無，心臟好像被風捲走了。

蘇有枝盯著地上與唐初弦交疊的影，想到之前和何木舟放學走回家，黃昏的夕光照過來，兩人的影子也是這樣錯落地糾纏著。

兀自發了一會兒呆，上課的鐘聲響徹校園，蘇有枝像是沒有聽到一樣，唐初弦也不打擾她，直到她重新抬起頭。

「進去吧。」蘇有枝說，「上課了。」

時間不知過去了多久，老劉在講臺上口沫橫飛地講解試卷，他瞥了一眼現在才進來的兩人，也沒多說什麼，逕自講了下去。

蘇有枝眼神空洞地坐下，總是認眞聽講的她，這會兒卻隨便抽出一張考卷，攤在桌面上，然後開始出神。

而唐初弦整節課也都不在狀態上，一直掛念著蘇有枝。

對於何木舟的離開，六班的同學們都只知道他轉學了，至於轉到哪裡，爲什麼轉學，沒有人清楚。

唐初弦不敢問蘇有枝，畢竟現在這個情況，她估計是最後一個知道何木舟轉學的人。至於爲什麼作爲女朋友的她現在才知道，她就更不敢問了。

昨天早自習，全班看著有人進來教室，把何木舟的東西都收拾帶走。到了安靜的午休，何木舟本人驟然闖入六班教室，著急地問蘇有枝在哪裡。

得知蘇有枝請病假的消息後，六班的同學們就看到疏離冷淡、漫不經心的年級大老愣在門口，回神後又跌跌撞撞地跑了出去。

再也沒有回來。

蘇有枝花了半個月才接受何木舟離開的事實。

她像是被掏空了一般，仔細看便會發現那眼底沒有靈魂，全是荒蕪的空洞。

本就文靜的她，這會兒更是閉口不言，在學校不說話，回到家也不說話。唐初弦在一旁看得難受，蘇母雖然摸不清自家女兒發生了什麼事，但見她那麻木的模樣，在一旁同樣也看得難受。

最後蘇母按捺不住了，終於開口問了蘇有枝，可蘇有枝也只是搖搖頭，說自己很好，以讀書壓力大爲藉口，搪塞過去。

女兒不願意說，她也就不再逼迫，只留下了一句：「媽媽永遠是妳的後盾，我會一直陪著妳。」

那天晚上，蘇有枝回到房間後，悶在被窩裡哭了好久好久。

她以為她的眼淚在得知何木舟轉學的那一天就已經流盡了，可在聽到母親那句話後，她就想到了何木舟在十八歲生日那天，替她抹去眼角的淚珠，然後抱著她說「我會一直陪著妳」。

說會一直陪著她的那個少年，現在卻一聲不吭地走了。

後來，蘇有枝不知道是受了什麼刺激，漸漸地看開了。她不再像個徒有空殼的行屍，可那雙明亮的鹿眼卻始終沉寂，好似被鎖在無形的黑暗裡，透不出光。

偶爾一個人待著的時候，她會突然發呆，眼神呆滯，找不到焦點。

而蘇有枝最大的變化是，她更投入學習了。雖說她本就認眞，但之前還是會適度地休息，有時得空了也會和朋友一起出門吃甜點，聊天更不會少。

可何木舟走了之後，唐初弦發現蘇有枝簡直是用生命在學習，自虐似的那種。

她比之前更沉默了不說，這會兒除了上廁所、洗澡和睡覺，基本上每時每刻都埋沒在書堆和考卷中，就連吃飯也要配英文單字本，睡覺時間更是不放過自己，常常熬夜到兩三點，六點又爬起來上學。

唐初弦見她不要命地讀書，也曾勸過她好好對待自己的身體，不要像之前那樣過勞生病了。

蘇有枝嘴上應好，卻完全沒有要改的意思，唐初弦見識過她骨子裡的倔強，知道只要她下定了決心，便不會輕易改變，即使說到她耳朵爛了，她也不妥協。

事實證明，一定的犧牲是有效的，唐初弦就這麼看著蘇有枝的校排名從四十幾名，慢慢地躍到二、三十名，再穩定停駐在十幾名。大考前的最後一次模擬考，她甚至破天荒地考了校排第九。

此時唐初弦便知道蘇有枝更不可能回頭了，也就漸漸放棄勸她，有時候看到她又寫題目寫到忘記吃飯，就會順便從福利社買一份午餐給她。

有些事她注定幫不了，只能靠蘇有枝自己克服。

蘇有枝也知道自己讀書讀得太瘋了，不過她不在乎，她清楚自己的身體極限在哪裡，於是每每都壓著邊界線，讓自己不要垮掉，卻也不給自己任何不必要的休憩。這種自虐似的學習方式，從某方面來說可以使她忘記一些痛苦，只要夠忙碌，就不會讓回憶有見縫插針的機會。

可比起逃避，支撐她的更多是一個信念。她和何木舟約定好了要一起上T大。不管何木舟現在轉去哪所學校，上了大學，他們就能在T大重新相遇。

何木舟那麼聰明，上T大輕而易舉，可她得用盡全身的力氣學習，才有機會搆到T大的錄取線。

唐初弦捨不得念蘇有枝，可沈逸言就不一樣了，他知道何木舟在蘇有枝的心裡占著多大的分量。他希望她能幸福，可這得建立在她健康快樂的前提上。

有一回他終於看不下去她這麼糟蹋自己，便直接問她：「妳這麼堅持要考上T大，可如果何木舟根本沒有把這個約定當成一回事呢？他都可以一聲不響地離開妳，妳甚至還是全班最後一個知道他轉學的人，可見他沒有妳想像中那麼在乎妳，那約定也是隨時都能反悔的。」

聞言，蘇有枝的手開始顫抖，差點把手中的水瓶給摔了。

昨晚做的夢倏地重現眼前，夢中她和何木舟被關在一個密閉的木箱裡，裡頭很黑，外頭是奔騰的海浪聲，像是在一艘船上。何木舟努力想要破箱而出，費盡心思後終於做到了，他順利地爬出箱子。蘇有枝見狀後也想跟著出去，可他卻沒有拉她一把，反而把箱子重新密封起來。

蘇有枝在深夜裡被這場夢嚇醒了，可過一陣子，當她睡著後，又回到了那艘船上，這回她和何木舟沒有被關在密封的木箱裡，而是站在甲板上。少年身後是翻騰的浪，他看著她，一副欲說還休的模樣。

就在他終於開口說了一句「枝枝」後，風雨倏地掀起了巨大的浪濤，翻江倒海朝他們襲來。蘇有枝眼睜睜地看著少年被長浪吞沒，湮滅在暴雨肆虐的沉黑海域。

下一波浪潮撲面而來，蘇有枝在翻船的前一刻驚醒，抬手一摸，才發現自己已是滿臉淚痕。

沈逸言的話與那個夢重疊相交，好像都在預示著何木舟對她的拋棄。

那天她跟沈逸言吵了一架，吵了認識這麼多年來的第一個架。

她知道沈逸言是爲了她好，可她就是見不得有人懷著惡意揣測何木舟。

而儘管後來蘇有枝又嘗試著聯絡何木舟，可都沒有等到他的回應，電話也從語音信箱變成了空號。她找過孫明，但他說舟哥也和他們斷聯了，不知道是換手機還是換帳號了，沒有半點消息，等哪天再次見面，一定要好好揍他一頓。

曾經意氣風發的少年，徹底消失在大家的世界裡；可蘇有枝還惦記著他給她的最後一通電話。

她想要考上T大，想要聽聽看那通電話沒傳達到的訊息是什麼，想要跟他一起度過大學生活。

她還想聽他再叫她一聲「枝枝」。

大考前一天，蘇有枝照例留在學校晚自習，放學後就近去甜品店解決晚餐，反正她食量小，一碗甜湯也夠吃了。

蘇有枝到的時候，老闆依然倚在店門口抽著女士菸，朝她招了招手，「放學了呀，今天吃什麼？」

「一碗紅豆湯圓和一碗三色豆花。」

老闆把紅豆湯撈進碗裡，還給她多加了幾顆湯圓和芋圓，「今天很餓嗎？怎麼點了兩碗？」

聞言，蘇有枝屏息，眼神有片刻的失焦，過了幾秒才改口：「三色豆花……改成外帶好了，怕、怕等一下讀書讀到一半又餓了。」

老闆沒注意到她語氣的怪異，只是關心道：「明天就考試了吧？不要緊張，穩穩來就好。」

紅豆湯是剛煮出來的，這會兒還冒著熱騰騰的煙。蘇有枝吹了吹，入口還是熟悉的味道，甜味在舌尖散開，帶著暖意滾入心房，「好好吃……不過以後可能就沒辦法常吃了。」

「怎麼說？」老闆饒有興致。

「想考T大，如果沒意外的話以後要去T市生活了，我會想妳的。」

「多好啊，要的就是妳這種自信。」老闆笑，在她疑惑的目光中解釋：「妳之前說到T大的時候都很沒信心，可現在妳講到T大，不再是『不知道能不能考上』，而是『以後就要去T市生活了』，無形中已經認定自己會上T大了。人有時候要多相信自己一些，看起來很遠的目標也就沒那麼遙不可及了。」

之後蘇有枝慢悠悠地走回學校，冬季的天暗得快，快要消失的夕曛勾在行道樹的枝葉上，和遠方的雲一樣，都透著稀薄。

與一對小情侶擦肩而過的時候，蘇有枝腳步一頓，差點沒被自己給絆倒。

她鬼使神差地往後看去，是同校的高二學生，男孩子替女孩子把被風吹散的髮絲勾到耳後，女孩子笑了笑，在男孩子頰邊印上一個吻。

蘇有枝有一瞬間的怔忡，曾經也有個少年牽著她走過這條路，在晚風拂過時，替她將被吹亂的頭髮整理好。

她收回目光，淺淺摸了一下鼻尖，把湧上來的酸澀給壓下去。

回到教室後，她看著手上那碗三色豆花，心口滯悶。剛才習慣性點了兩碗，可如今喜歡吃三色豆花的那個人，卻不在了。

人的習慣眞是可怕。

蘇有枝又摸了摸鼻子，發現這次多摸幾下也沒能逼退酸意。她不想在班上失態，於是拎著豆花倉促地走出教室，在走廊交叉處迷失了一會兒，不知道自己要往哪裡去，最後跑到學校一樓的中庭。

她打開三色豆花，很慢很慢地吃著，慢到她可以清楚感受到那股酸澀從鼻腔轉移到眼眶，然後化成了水氣，透過地心引力的作用，一點一點從眼尾落了下來。

她不明白自己爲什麼又哭了，她明明不愛哭的。母親總稱讚小時候的她乖巧懂事，哭鬧的次數極少。

她吸了吸鼻子，把原因歸結於明天要大考了，精神太緊繃導致了生理性的淚液，繼續悶頭吃三色豆花。

天色徹底暗了下來，黑沉沉地壓著校園，幾綹夜色滑進了碗裡，沾染的都是涼意。

她很飽，可她還是努力把它吃完了，就像她過去無數個努力讀書的夜晚一樣。

蘇有枝先前想過大考那一天會是什麼模樣，但眞正來臨時，容易焦慮的她反而沒有絲毫的緊張，面色如常踏入考場。

預備鈴一響，監考老師把學生放了進去，進行一些既定流程之後，蘇有枝望著眼前發下來的題本，有了應考的實感。

過去努力的兩年半，全都交代在這一張又一張的答案卡裡了。

她穩定心態，在監考老師宣讀應試規則時，想到了替她應援的那些人。

昨天蕭盛傳了訊息過來，讓她好好加油，得失心不用太重，正常發揮就好；高三六班的群組更是熱鬧，同學們在裡頭瘋狂精神洗腦，祝大家會的都寫對，不會的都猜對；最後是今天早上，父母親分別和她擁抱，蘇有枝一向讓人省心，有些打氣的話不必多說，全藏在了交織的體溫和溫柔眼神中。

每個人都在祝福她，她是被溫暖簇擁著長大的小孩。

唯獨約定好一起上T大的何木舟，杳無音訊。

考完最後一科的那一刻，整個考場都在放聲歡呼。

有人在尖叫，有人把帶來複習的資料全都扔了，還有人抱著朋友大哭，全是解放的信號。

蘇有枝穿過熙熙攘攘的人群，出校門口時瞥見了熟悉的背影。她愣了一下，在反應過來前步伐已經邁出去了，跑到一半那道身影轉了過來，她才緊急剎住腳步。

蘇有枝搖搖頭，扯著唇自嘲一笑。

只是一抹相像的背影而已，竟讓她方寸大亂。

大考後的時間過得飛快，徹底解脫的人一邊耍廢，一邊又在各自的道路上努力。成績出來之後，蘇有枝自虐似的學習成效沒有讓她失望，分數超過了去年錄取線的一大截，申請T大社會學系那是綽綽有餘。

光陰不斷推移，在同學的嘻笑打鬧之間，又是一年盛夏。回過神時校門口的兩棵鳳凰木早已滿樹花飛，夏蟬轟鳴，畢業典禮也不知不覺來臨了。

畢業當天，蘇有枝穿上平常穿過無數次的白襯衫和黑色百褶裙，看著鏡子裡收拾妥當的自己，微微恍了神。

估計是最後一次穿上這套制服了。

到了學校後，她還沒進教室就被衝出來的唐初弦給嚇了一跳，她往後方看去，就見鄭洋又嚷嚷著追上來，嘴裡大喊著：「唐初弦你他媽再偷走我的巧克力奶茶試試！」

唐初弦沒料到會有人突然冒出來，在撞上之前先道了歉，定睛一看是自家閨密，又馬上抱住了她。

「枝枝！」她熱情地在蘇有枝臉上親了一口，「寶貝妳終於來了。」

跟在後頭的鄭洋也三步併作兩步地從講臺上跳下來，「枝枝早安！」

蘇有枝覺得這個場景似曾相識，她想到了升上高二第一次踏進這個班級時，也是這兩個人打打鬧鬧往自己眼前衝，沒想到兩年就這樣過去了，某些畫面依稀還在昨日。思及此，她有些懷念地笑了笑。

縱然時光遷移，總有人在記憶中的模樣依然不滅，那麼閃閃發亮。

「對了，我昨天做了布朗尼，打算分給大家。」蘇有枝從書包裡拿出一盒蛋糕。

唐初弦眼睛一亮，知道她性格內向，立即把人給拉上了講臺，扯著大嗓門喊：「各位朋友——這裡有小天使做了布朗尼給大家當作畢業禮物，一人一塊，趕緊來領！」
全班歡呼了起來，一群人鼓掌著來到講桌前，自動自發排好隊。
「謝謝枝枝，我眞的好喜歡妳做的小甜點。」
「天使媽咪好人一生平安！」
「想到畢業後就吃不到枝枝的點心了，我要怎麼活嗚嗚嗚。」
蘇有枝又被誇得不好意思了，她笑著給同學一人發一塊布朗尼，發完之後，盒子裡還剩下兩塊。
她輕輕皺眉，「除了我的一塊，有人沒拿到嗎？」
唐初弦在旁邊咬了一口布朗尼，眼神往臺下掃，「沒吧，看起來都拿了，妳看他們吃得正爽。」
「那怎麼會多一塊……」自言自語到一半，蘇有枝突然頓住了。
也是這個時候，唐初弦隨口問道：「枝枝妳總共做了幾塊啊？」
蘇有枝臉上有一瞬間的僵硬，「四十四塊。」
唐初弦沒有注意到什麼，笑著道：「我們班含妳也只有四十三個人，妳多做一塊當然會剩下了。」
蘇有枝低低「嗯」了一聲，看著那塊多出來的布朗尼，眼底的情緒意味不明。
她又不自覺地把何木舟的份算進去了。
她有些無奈，怎麼都半年過去了，潛意識還是沒放過他……
後來到了典禮會場時，蘇有枝才眞正有了畢業的感受，她看著沈逸言作爲畢業生代表站在禮堂舞臺上致詞，忽然意識到，高中三年就這麼過去了。
那些琅琅笑語、尖叫瘋狂，繡出的都是無限風光。

最後，三年歲月被收束在一紙證書中，象徵著美好青春的落幕。

小學和國中畢業時哭得太慘，蘇有枝這次本來不打算哭的，她憋得剛剛好，眼眶也只有微微發紅而已；豈料到了畢業歌環節，在唱到「牽起我的手」時，站在身旁的唐初弦一把攥住了她的手，面色自然地繼續跟唱，卻在人群底下偷偷捏了捏她的指頭。

蘇有枝一時間沒忍住，眼淚立刻掉了下來。

她更用力地回握唐初弦的手。

熱熱鬧鬧的畢業典禮結束後，高三六班拱著老師去參加謝師宴。掛上畢業的名號後，每個人都徹底放開了，怎麼瘋怎麼來，連高媛都被他們逗得大笑，管也管不了。

最後，在鄭洋一句高亢的「敬高三六班，永遠年輕，永遠快樂」中，伴隨著全體碰杯的聲響，替高中生涯完美點上了句讀。

畢業典禮和謝師宴都是高耗能的社交活動，蘇有枝回到家時早已累得不行，洗完澡後站在陽臺吹了一會兒風，看著遠方低懸的月亮，鬼使神差地又點進了那個置頂的對話框。

山有木兮木有枝：畢業快樂。

儘管知道無人回應，但她還是想說。

何木舟的離開，對六班的大多數人來說，也許只是失去了一個同學。

對學校來說，也許失去的是一個市榜首候選。

對教官來說，也許失去的是一個調皮的少年。

但對她來說，失去的卻是一個春天。

晚風清爽，蘇有枝垂眼，視線停留在庭院那棵杏樹上，此時已經過了花期，樹上綴的都是黃澄澄的杏子，飽滿的果實浸在夜色中，月光如浪。

她任性地留給了他最後一枝春，可是她卻忘了，夏季來臨之時，春天還是會走的。

後來當蘇有枝意識到何木舟或許沒有考上T大時，已經是大學開學後的事了。

蘇有枝如願錄取T大社會學系，沈逸言則是考上T大牙醫系，而鄭洋也到了T市，就讀T大附近的一所科大，除了唐初弦留在K市外，幾個人又在T市相遇了。

唯獨那個和她約好一起上同一所大學的少年，依然沒有任何消息。

起先蘇有枝猜他是要給自己驚喜，兩人到時候就能直接在T大重逢，可新生營都過去了，她仍舊沒有收到任何關於何木舟的消息。

蘇有枝突然害怕了。

開學一週後，她的殷殷期盼便被現實粉碎，校園中根本沒有何木舟的身影。她心下恐慌愈甚，下課後去查了這屆T大的錄取榜，才發現每個科系都沒有那個熟悉的名字。

那天她待在宿舍，從皓月初升看到晨光熹微，睜眼直到天明。

大一升大二的暑假，高三六班以鄭洋爲首，舉辦了一場同學會。酒酣耳熱之際，鄭洋感嘆了一聲「可惜只差舟哥，六班就全員到齊了」。

曾經驚豔多少人年少時光的年級大老就這麼人間蒸發了。

蘇有枝也是在那時候才知道，原來何木舟所謂的轉學，是轉去了加拿大。

難怪查榜查不到他。

當時有人順勢分享了關於他的消息，說是去加拿大旅遊時，在某所大學附近巧遇何木舟，但因爲少年的表情太冷，旁邊還跟著一個漂亮女生，再加上趕行程，因此沒有上前相認。

講完後，那位同學才忽然意識到了什麼，尷尬地覷了蘇有枝一眼，而她則佯裝毫不在意。

蘇有枝拿起酒杯，有些恍惚。

女生。他果然有新對象了。

她曾經斬釘截鐵地想，何木舟絕對不可能是旁人所說的渣男。最後見面的那天是在醫院，他還抱著她，在她耳邊低喃「我好喜歡妳」，事後回想起來，那句告白裡的絕望大於了甜蜜，她自認了解他，何木舟不像是在敷衍。

他明明那麼愛她，絕對不可能是說走就走的渣男。

可現在她看著酒杯裡的琥珀色液體，愣神地想，果然還是她太天眞了。

其實從頭到尾她都在自欺欺人，告訴自己他有話沒有說完，告訴自己他會遵守一起上大學的約定，告訴自己也許他是想給她久別重逢的驚喜；可事實上，她只是下意識地在說服自己，爲何木舟找藉口的同時，她也在逃避。

她緊緊牽著那條線，努力搜刮能維繫這條線的理由，只要等理由收齊了，她就會如願看到這條線的盡頭是他。

她害怕這條線斷掉，可她忘了，這條線只是她一廂情願捏造出來的，線的另一端，也許根本沒有人握住。

她不想承認，自己年少時期認眞愛過的那個少年，就這樣丟下她，跑到了另一個地方。她也不想承認，他們或許就是分手了。

同學會結束後，蘇有枝也喝醉了，在唐初弦一句「枝枝平時滴酒不沾，今天怎麼喝得這麼猛」之下，被架出了餐廳。

那天晚上她抱著唐初弦大哭一番。

現代通訊這麼發達，爲什麼人還是可以說散就散？

後來她半夜迷迷糊糊地醒來，在月光的見證下把何木舟的聯絡方式都刪了。

接著蘇有枝像是變了一個人，加入忙碌的系學會。她其實從不曾考慮過要待在這樣的組織，因爲她知道自己性格內向，大概勝任不來這種需要對外溝通的工作，對她來說是很大的挑戰。可現在的她需要挑戰，她需要用龐大的工作量來塡滿自己生活中的每一個縫隙，她每天認眞讀書、籌辦活動，後來嫌自己不夠忙，還在網路上開設了一間甜點工作室，照顧自己興趣的同時，還能多少賺一點生活費。

高三的她還有個信念支撐下去，大學的她只是單純地追求忙碌。只要夠忙，只要忙到一躺下去就能睡著，那她就不會有閒暇思考死去的回憶。

大學的時間過得很快，明明感覺才剛入學不久，可一轉眼就成了別人的學長姐。

蘇有枝大三的時候接了系學會藝文部的部長，在活動策畫和編製系刊之間奔波，忙得分身乏術。她變得不那麼內向了，不那麼容易緊張了，在面對很多人的場合時，可以流暢地發表，甚至可以獨自主持一場會議或是講座。

可當一次會議結束後，被剛入部不久的大一學弟堵在會辦門口表白時，她忽然間感受到了前所未有的恐慌。

她已經讓自己忙到沒時間去觸碰感情問題了，但還是無法避免別人主動遞出的邀請。明明已經三年過去了，可她幾乎是在頃刻間想起了一些死灰復燃的記憶，想起了那個意氣風發的少年。

蘇有枝覺得自己的感情似乎是被綁死在那個人身上了。

學弟是個很陽光的男孩子，待人謙和，又會帶動氣氛，入部的幾個大一新生裡也屬他能力最好。蘇有枝之前還跟其他幹部誇過他辦事效率高，卻沒想到自己會被他告白。

她溫柔地彎了彎唇，說道：「謝謝你，但我沒有談戀愛的打算。」

「爲什麼呢？是我不夠好嗎？」小學弟不屈不撓，「學姐喜歡什麼類型的男生？」

蘇有枝搖搖頭，發出一張萬用好人卡，「你很好，是我不配。」

回租屋處的路上，蘇有枝看著那條熟悉的街景，小學弟的問題再一次躍上腦海。

她喜歡什麼類型的男生？

蘇有枝不想承認，明明她都已經把關於他的過往封存在心底最深處了，深到她都以爲自己看開了，可事到如今被重新翻起，她才意識到自己並沒有完全放下。

她覺得自己太沒骨氣了，年少時期的愛情大多只是玩玩而已，怎麼就只有她一個人出不去，或許人家在加拿大都換了好幾個女友呢！

別人只是隨口提了一句，她甚至還記得他去的是加拿大，而不是美國。她總是能把關於他的事記得清清楚楚。

她也明白，當那些封藏的記憶滲透出來時，答案或許只有一個。

儘管再也沒有聯繫，儘管自己被他拋棄。

她還是喜歡何木舟那種類型的。

或者確切來說，無關類型……她只喜歡何木舟。

第七章　經久不息的春天

何木舟回國的那一天，雖是冬末，天空卻藍得清澈。

下了飛機，他本想攔下一輛計程車，誰知手才剛抬起，一輛賓士就駛入視野，在他眼前停下。

何木舟瞇了瞇眼，見副駕駛座的車窗降了下來，坐在駕駛座的是一個年輕女人，她有著一頭微微自然捲的烏黑長髮，五官妍麗，妝容精緻漂亮。

何木舟挑眉，沒急著上車，只是走到車窗前，彎身問：「妳怎麼來了？」

「我媽讓我來的。」尹璇聳了聳肩，提起這個就無奈。

「也是，若非受人逼迫，大小姐怎麼可能紆尊降貴來接機。」何木舟輕笑一聲。

尹璇看著他身後的行李，標緻的臉垮了下來，「你到底上不上車？」

「上。」何木舟把行李搬上後車廂，坐進副駕，端出一個毫無靈魂的笑，「大小姐的車怎麼不上。」

「再一句大小姐小心我把你踢下車。」尹璇握著方向盤，臉更垮了。

車子離開機場，飛快駛入高速，這會兒不是高峰時段，因此路況順遂，很快就下了交流道進入T市。

到了T市之後，何木舟不再閉目養神，他掀起眼皮懶洋洋地望向窗外的街景，畫面一幀又一幀地掠過。

六年多沒回來了，儘管他以前沒在T市生活過，但國內的城市大同小異，對他而言既熟悉又陌生。

「怎麼突然就回來了？」尹璇問道。

「早就想回來了。」何木舟把目光從窗外風景移開，垂著眼簾，遮掩眸中淺淺浮出的情緒，「妳不也是？」

這時剛好綠燈了，尹璇踩上油門，笑了，「待在加拿大整天被安排一些莫名其妙的聯誼活動，換誰誰不急著回來，說起來我還是比你幸運些，早了半年脫離魔爪。」

何木舟睨了她一眼，沒說話。

尹璇是何木舟在加拿大讀書時的大學同學，剛好兩家在生意上有所往來，雙方母親還都看上了彼此的孩子，所以兩人時不時就被扔去飯局上交流，這來來回回的也熟了。

何木舟不喜歡跟異性有太多互動，一開始兩人也互相看不起對方，但相處一陣子後，他發現這大小姐的價值觀跟他挺合的，再加上後來和她因小組專題而湊在一起，發覺尹璇的能力確實沒話說，何木舟也就服氣了。

久而久之，尹璇反而成了何木舟在加拿大少數會固定聯絡的朋友。

「不過兩個媽媽現在知道我們待在同一座城市，肯定又要樂了。」進入T市之後車流量明顯變大了，又遇到一個紅燈，尹璇偏頭似笑非笑，「去哪都跟我綁在一起，這是你的榮幸。」

「滾吧。」何木舟翻了個白眼，語聲薄涼，「陳露那瘋女人恨不得我入贅你們家，眞不知道腦子有什麼毛病。」

相識好幾年，尹璇對他和他母親的關係也多少有些了解，見他說話這般毫不客氣，倒也見怪不怪。

「我媽才盼著我嫁入你們家吧，她可喜歡死你了。」尹璇頂了頂腮幫子，眸光閃了一下，語氣有些遺憾地道：「只可惜……你心裡有人了。」

何木舟瞅著她唇邊那抹促狹的笑，「講得好像妳不喜歡女人一樣。」

尹璇嘴角繃不住，徹底笑開了，食指敲了敲方向盤，「欸，我女朋友超漂亮，你要不要看？」

「沒興趣。」何木舟冷冷道，「留著給妳家母后看吧。」

「啊，我都忘了某些人連女朋友能不能追回來都不知道呢。」

何木舟無語。

「說起來我們還住得挺近，前面那個路口左轉再往前一點就是我家了。」尹璇在大樓門口停了下來，朝他擺手，不知道是在趕人下車還是在說再見，「有空聚一聚啊。」

「沒空。」何木舟涼涼道，連敷衍都懶得敷衍。

「去你的。」收到這種答覆早在她的意料之中，尹璇笑罵一句，真情實意地趕他下車了。

何木舟望著賓士揚長而去，對車尾氣淡淡道了謝。

他拽著行李上樓。當初人在加拿大不方便看房，這套房子是托孫明幫忙找的，如今一看，是真的不錯。

大學畢業不久，孫明第一次收到何木舟的訊息時，氣得發了一條語音過去，然後直接把人給刪了。

何木舟任由他罵，耐著性子重新加了他的通訊帳號。他在大洋彼端接受了一頓激烈控訴，被譴責到一半，孫明還哭了，邊哽咽邊罵髒話，最後用一句「你他媽再跑給我試試」做爲結尾。

研究所畢業後，何木舟打算搬回來，需要在國內找一套房子，正好孫明現在的工作和房地產有關，便請他幫忙了。

孫明是個機靈的人，請他辦事完全不用擔心，這套房已經事先請人打掃過，基本的生活用品也都備好了，幾乎可以直接住下。

何木舟簡單整理了行李，接著洗了個澡，由於舟車勞頓和時差的關係，他也沒再折騰，打理完便滾上床補眠了。

再次醒來時已經是隔天中午。

領完碩士學位後他立刻安排回國，巴不得遠離那裡，愈遠愈好。陳露想讓他繼續留在加拿大，可他再也不是當初那個只能依附她生存的少年了，他還沒畢業就收到幾家知名企業遞來的橄欖枝，國內外都有。最後他挑了一家在T市的外商公司，上市雖不久，但勢頭正猛。

下週才入職，何木舟決定先在住家附近和公司周圍晃一晃，熟悉一下環境。

現在手邊沒有代步工具，他便在周遭轉了一圈，大致摸清地理位置，接著搭上地鐵，往公司的方向去。

他的公司在T大附近，位於熱鬧非凡的市中心。何木舟在經過T大時停下腳步，反應過來時自己已經踏了進去。

他知道她後來上了T大，只是他沒能陪著她。

他想看看她過去待過的地方是什麼模樣，她是不是也曾經在那片人工湖畔休憩，或者騎著單車經過這條林蔭大道？

走到一半才忽然意識到，她已經畢業了。

何木舟自嘲地笑了笑，腳步拐了個彎，默默地往回走。

走一走肚子也有些餓了，學校附近的生活機能自然是豐富的，各式各樣的餐飲都有，最後他走進了一家咖啡廳。

店面雖不大，但日式風格的裝潢透著濃厚的復古味，門口放了幾個小盆栽，整體走文青風，十分有質感。

「歡迎光臨！」站在櫃檯的女孩子眉眼彎彎，「請問外帶還是內用呢？」

「內用。」何木舟走到櫃檯前，掃了一眼陳列出來的甜點，在看到法式生巧克力塔時目光一滯，最後卻不知怎的，鬼使神差地點了肉桂捲。

店員不多時便端著一杯西西里咖啡、煙燻牛肉三明治，以及一顆剛出爐的肉桂捲過來，「您好，請慢用。」

他緩緩地把三明治吞下肚，然後輪到香氣四溢的肉桂捲。

鹹食挺好吃的，希望甜點不會讓他失望。思及此，他切下一小塊肉桂捲，將它送入口中。

麵包體不會乾澀，但也不過分溼潤，肉桂香氣和楓糖搭得十分和諧，彷彿天生就該融為一體。最重要的是，那香料與奶油揉雜的氣息，和外邊販賣的肉桂捲又有些許的不同，在舌尖上化開一股熟悉感，讓他微微出了神。

這是外公的味道。

而在外公離開後，他唯一一次吃到類似的味道，是在高中的時候，蘇有枝做的。

何木舟腦子空白，不知道自己是怎麼把這顆肉桂捲吃完的。兩種熟悉的味道交融在一起，有些記憶順勢被勾出來，在心尖處重新生根發芽。

心底隱隱有個猜想，但他不敢細思，生怕會落空。

準備離開時已經接近傍晚了，何木舟在夕光中起身，猶豫幾秒後，最終還是走到了櫃檯。

「您好，請問還需要什麼嗎？」店員依然笑容滿面。

「我想請問……這裡的甜點都是妳做的嗎？」他先抛出一個保守的問題。

店員愣了一下，隨即搖頭，「不是，這些都是老闆做的，我只負責外場而已。」

「那請問，我可以見你們老闆一面嗎？」原先的猜想在腦中擴大，興奮感於心頭縱身躍起，他卻連說話都變得遲疑。

忽然有些緊張，久違的。

然而店員卻說：「但老闆剛剛有事就先離開了，請問您找她有什麼事嗎？」

何木舟意識到自己這樣有些唐突，於是隨便扯了一個藉口：「其實我也是甜點愛好者，我覺得你們老闆做的肉桂捲特別好吃，跟外面賣的有些不同，想跟她交流一下。」

話說完，連他自己都覺得有些牽強，豈料店員信了。

「好啊，那我再跟老闆說一聲，她對甜點是真愛，估計很樂意和您聊聊。她剛才說要回老家一趟，應該過兩天才會回來，您下禮拜來店裡大概就能見到她了。如果到時候我有值班，會立刻幫您傳達。」

何木舟嘴角扯出一抹淺淡的弧度，沉冷的眼瞳都鍍上些許碎光，像是春雪化水、萬物復甦，整個人都活了過來。

「你們肉桂捲還有嗎？」

「還有四顆，請問需要外帶嗎？」

「嗯，四顆都給我吧。」他瞥見櫃檯旁還擺著幾塊單包裝的常溫布朗尼，又道：「還有這幾塊布朗尼，謝謝妳。」

「好的，請問要幾塊呢？」

「全部。」他指尖輕輕蹭了下包裝袋，聲音裡藏著不易察覺的溫柔，「全部吧。」

蘇有枝回K市待了幾天後又匆匆趕回來。

她大學時在網路上創設了甜點工作室，漸漸打出了知名度。畢業後，她既沒有繼續升學，也沒有往大學專業的方向發展，因爲她雖然熱衷於社會科學，但似乎更癡迷於甜點一些。

於是她便拿之前的一點積蓄，在T大附近開了一家咖啡廳，取名爲「木兮」，源於和她名字同樣由來的「山有木兮木有枝」。爲了應和店名，店內裝潢也大多使用了木頭，是很日系復古的文青感。

她在裡頭販售自己用心製作的蛋糕，販售自己的熱愛，也算是圓了一個年少時期閃閃發亮的夢想，而木兮也逐漸成爲T大學生喜歡光顧的不限時咖啡廳。

「老闆，前幾天來了個很帥的客人，對妳的肉桂捲很有興趣的樣子，說自己也是甜點愛好者，想要跟妳交流。」店員的英文名是Daisy，蘇有枝便稱她爲小黛。

「但因爲那時候妳不在，所以我就讓他之後再來了。」小黛說，「如果他還有來，我到時候再叫妳？」

「嗯。」蘇有枝應下，她也好奇會是什麼樣的人想要與她進行甜點上的交流，尤其肉桂捲其實不算她最拿手的項目。

她一邊把剛出爐的軟餅乾放上玻璃櫃，一邊想著，心裡意外的有些期待。

傍晚，夕曛吻在玻璃窗上，將殘陽餘暉送進來，室內被暖調的暮光包覆著，連銳利的桌角都被軟化。

店門就是在這時被打開的。

晚風滲入，風鈴與玻璃門的碰撞時輕時重，伴隨著年輕老闆柔和的招呼聲。

「歡迎光……」蘇有枝看著眼前人，喊出的話像是被硬生生地截斷了，過了好幾秒才補上最後一個字：「臨。」

男人進門時正垂首整理手腕處被吹皺的袖子，修長的指撥了撥，強迫症似地把翻折的痕跡捋平，然後抬頭，正好與她對上了視線。

空氣有一瞬間的凝滯。

曾在夜闌人靜之時出現過的身影，連同夢醒時分的湮滅，現在完完整整地站在自己的面前。

熟悉的臉孔，熟悉的清冷疏離，熟悉的漫不經心。

比起六年前的少年，好像又有哪裡不太一樣了，五官長開了點，眉眼凌厲了點，下顎線更分明了點。過去那股張揚似乎收斂了不少，整個人的氣質更沉穩了，可不說話時，那種冷感又更加深刻。

有點陌生。

見自家老闆喊完歡迎光臨就沒了動作，一旁的小黛笑著問道：「您好，請問是外帶還是內用呢？」

「內用。」何木舟聲音清朗，氣定神閒地走向櫃檯。

「老闆，這就是我剛剛跟妳說的那個，想跟妳交流肉桂捲的帥哥！」小黛戳了戳蘇有枝的小臂，壓低聲音道，語氣中有隱隱的興奮。

何木舟目光淡然地掃過兩個女孩子，彷彿她們只是再普通不過的陌生人，最終定格在櫥櫃中的蛋糕。

蘇有枝的身子僵了半晌，見他從容的模樣，一股無名火竄上心頭。

「抱歉，我們要打烊了。」她忽然道。

小黛一臉困惑。

「門口的營業時間寫平日到晚上七點，今天禮拜二，所以……」何木舟不像小黛，眼裡沒有錯愕，反倒像是早早預料到了。

「所以今天營業時間到這裡。」蘇有枝沉了面色，咬牙切齒地道：「抱歉，今天店裡臨時有狀況，現在不開放內用，若是需要外帶，這邊可以為您服務。」

小黛不曉得老闆為什麼突然說要打烊，但自從她來到這家店工作後，蘇有枝始終溫和可親，就連她第一天工作時，因為太緊張摔破了一個杯子，蘇有枝都只是笑著陪她一起把碎玻璃收拾好，沒有半句責備。她從沒見過老闆嚴肅的樣子，這會兒驚得不輕。

「我知道了。」被下了逐客令，何木舟也不惱，淺淺勾了勾唇，「那我外帶肉桂捲吧。」

「好的，請問要幾顆呢？」小黛感受到蘇有枝的不對勁，卻也不好直接問她，只得繼續招呼客人。

「剩下的都給我吧。」

「這樣五百元。」小黛把櫃上剩餘的五顆肉桂捲包好，貼上店裡的訂製貼紙後遞給他，忍不住問：「您很喜歡吃肉桂捲嗎？」

何木舟拋給她一個疑惑的眼神。

「啊，因為您前幾天也是點肉桂捲，來了兩次都把肉桂捲全包了，想說您是不是特別喜歡肉桂捲。」

「倒也不是。」

何木舟凝視著包裝袋上那枚圓圓的「木兮」，綠底搭上褐色的印刷字體，標準字設計得很漂亮，尤其是那個「木」字，刻意拉長的筆畫和勾起的尾巴，彷彿有意延伸到誰的心裡去。

「只是生命中最重要的兩個人，都給我做過肉桂捲。」

分開以後，蘇有枝想過很多次，再次見面會是什麼模樣。也許是體面地互相點頭示意，也可能是她懲不住跟他大吵一架，又或者是最糟糕的……像個陌生人一樣對彼此視而不見。

豈料事情發生的時候，她除了震驚之外，第一個反應竟然是想逃。

排山倒海的慌張奔騰而來，猝不及防的相遇截斷了理智，大腦一片空白，冬末午後碰撞出的全是窒息般的回憶。

她想逃，逃到一個沒有人的地方，沒有小黛，沒有何木舟。

她花了好幾年維持住的堡壘，只差一點就要支離破碎。她不想要讓任何人看見這樣的她。

恐懼感將她吞沒，蘇有枝彷彿回到了當年的夢境之中，滾滾洪濤襲捲而來，她在那艘破船上只有被風雨吞噬的命。

爲了逃避，於是她搬出了「打烊」這個理由，用殘存的理性支撐幾近崩解的皮相，看似冷靜地下了一道逐客令。

只有她知道，強裝的平靜隨時面臨坍塌的命運，回到家就現了原形。

她已經很久沒有這麼無措了，逃命般地回到家後，她站在玄關發了好久的愣，最後沿著門板癱下，宛如失了魂。

那些被她壓制在心底最深處的碎片於頃刻間噴發而出，這六年來她不斷地掩飾、忽略，最終因爲忙碌而被新生活覆蓋的時候，她自己都信了，相信那些年少時光已經過去了，相信她已經不在乎了。

豈料潘朵拉的盒子被打開只是一瞬間的事，只要找到了那把鑰匙，那些回憶就可以枯木逢春。

她依然是被困在過去裡的那個人。她依然是那個受盡折磨後仍抱持著虛假的希望，以至於願意在人世間苟延殘喘的人。

她知道自己在害怕什麼，她只是害怕承認，承認自己的一敗塗地。

她害怕久別重逢後，他有了新對象，他有了新生活，他眼裡再也沒有她。

六年了，她欺騙自己六年了。

就是因爲還喜歡，所以才封藏，所以才丟不掉；就是因爲還喜歡，所以才氣惱。

春天來來去去，每年的春天都有著不同的瑰麗，她又爲什麼非得要抓住十七歲那年的春天？

爲了一枝春葬送了整個四季，但那一枝春天又在哪裡？

她不知道，她怕知道了就再也留不住。

「枝枝。」顧念之屈指敲了敲她的額頭，「在想什麼？」

蘇有枝出走的神思被拽了回來，訕訕道：「沒什麼。」

顧念之是蘇有枝店裡的常客，也是一名作家。她時不時會抱著筆電來這裡寫作，點一杯咖啡和一份甜點，經常就這麼坐了一個下午，久而久之便與蘇有枝相熟了。兩人雖然性格天差地遠，但意外的聊得來。

顧念之深諳她凡事往肚子裡吞的脾性，直接道：「說吧，有什麼心事？我一般不會關心他人的精神狀態，但蘇有枝小朋友，妳今天也太心神不寧了，平均每五分鐘發呆一次，請問妳的靈魂還在嗎？」

「心神不寧？念之，妳看錯了吧。」

聞言，顧念之嘆了口氣。今天客人不多，只有兩三組，小黛一個人應付得過來，所以她才能這樣拉著老闆偷閒，豈料老闆本人神思都不知飄哪兒去了。

與此同時，一道頎長的人影走了進來，蘇有枝的座位正好是面向門口的，見到來人後她渾身一僵，下意識就想起身。

顧念之捕捉到她的異狀，連忙壓住她的手，強迫她繼續坐著。隨後循著她的視線，看到了站在門口處的男人。

男人進門後就在店內掃了一圈，肆無忌憚的，在看到她們的時候目光頓了幾秒，而後若無其事地移開，提步去櫃檯點餐。

然後蘇有枝肉眼可見的更緊張了。

儘管兩人並沒有對視，但顧念之仍是從中嗅出了一點微妙來。她挑了挑眉，直截了當地問：「就是他？」

「啊？」

「我說，他就是讓妳魂不守舍的原因？」顧念之往那道身影瞥了眼，男人容貌端正，身姿雋朗，渾身透著一股孤傲，「舊友不可能這麼不自然，肯定是直接上去打招呼了；曖昧對象也不會這麼尷尬，沒有人遇見有好感的對象，第一個反應是想逃；若說是仇人，妳也不像是會跟誰結下梁子的人。既然如此，那就只能是……前男友？」

蘇有枝臉上出現了短暫的錯愕。

「猜中了？」顧念之笑，「枝枝，妳是眞的不會藏表情。」

蘇有枝心虛。

「說吧，他對妳做了什麼？」顧念之抿了一口檸檬水，洗耳恭聽。

「他……什麼也沒做。」蘇有枝垂著眼，小聲道。

重逢之後他的確什麼也沒做，但僅僅是這樣，就把她的心踏得兵荒馬亂，四起的都是復燃的死灰。

「什麼都沒做妳能這樣？」顧念之明顯不信，「求和沒有？騷擾沒有？」

蘇有枝搖搖頭。

見狀，顧念之下了一個結論：「那就只能是妳對人家舊情未了了。」

蘇有枝擺出生無可戀的表情，「妳是通靈大師吧。」

顧念之並不常笑，可這會兒倒是被她逗樂了，「我就說妳這麼好的女孩子怎麼至今仍是單身，原來是心裡藏著人啊。還喜歡就去告白，久別重逢也是緣分，錯過了後悔都來不及。」

蘇有枝埋在臂彎裡的眼睫顫了一下，語聲很輕，卻透著沉重，「那……不一樣。」

「怎麼不一樣了？」

「我們當初分手的時候……」

「嗯？」

「不對。」蘇有枝驀地意識到什麼，「我們根本沒有確切地分手。他當初不告而別，我連他去加拿大都是從別人口中得知的。」蘇有枝抬起頭，一向明澈的眼底茫然了半晌，而後閃過隱隱的怨懟。她知道何木舟就在這裡的某個角落，店內空間不大，甚至可能是坐在她們附近，她不敢去看他。

顧念之猛地放下手中的玻璃杯，像是聽到了天大的謬論，「什麼？」

「念之，妳小聲點……」

「妳說那個狗男人一句話都沒說就直接跑去國外，連分手都沒提，就這麼不明不白地到了現在？」

「呃，嗯……」面對顧念之凌厲的視線，蘇有枝莫名有些心虛。

「這種等級的渣男也是不容易啊，別人不愛了至少還會提分手，這倒好，直接搞消失。」

「不是，也沒有那麼嚴重……」蘇有枝一時之間也不知道該怎麼解釋，低聲問：「那妳覺得，我現在應該要……」

「應該要怎樣？復合？」顧念之冷笑一聲，「想都別想，讓他滾。」

或許是因爲沒有參與她的高中生活，蘇有枝發現，在面對顧念之時，她可以沒有負擔地把煩惱宣之於口。儘管問題沒有解決，而她依然困在剪不斷理還亂的複雜情緒當中，但多少有抒解一些。

顧念之走了之後，蘇有枝便躲在內場不敢出去，可又按捺不住自己的心思，三番兩次往外偷看，最後決定直接到櫃檯裝忙，如此一來，就可以正大光明地觀察何木舟了。

何木舟不知是特別閒還是怎樣，竟然已經在店裡待了一整個下午。

雖說他們是一家不限時咖啡廳，但一杯西西里咖啡和一塊巴斯克乳酪能吃好幾個小時也是不容易。

蘇有枝覺得他就是故意的。

在這段時間裡，何木舟起身過一回，蘇有枝以爲他終於要走了，豈料心下那口氣還沒鬆完，就見他大步流星地朝櫃檯走來，說要加點一塊布朗尼。

蘇有枝背過身假意整理東西，直到何木舟回到位子上了，才重新轉回去。眼角餘光時不時擦過那道身影，一旦觸及了，又會像燙著似地收回。

她不太清楚這是什麼感覺。她既想看見他，又不想看見他。

何木舟這一待，便直接待到了打烊。

窗外夜色濃重，華燈三千，男人依然坐在位子上，慢條斯理地看著筆電螢幕，彷彿失去了對時間的感知，打算就這麼坐到天荒地老。

蘇有枝倚著甜點櫃盯了半晌，最終深吸一口氣，直接朝他走過去。

「先生，不好意思，我們要打烊了。」她溫和有禮，字裡行間卻藏著寒意。

聞聲，何木舟打字的手一滯，摘下耳機，「抱歉，請問妳說什麼？」

蘇有枝怎麼看都覺得這人是故意找碴的，那副耳機裡根本沒有半點音樂。

「我說，我們準備要打烊了，請您收拾一下……」

「不是，我想問的是，妳剛剛叫我什麼？」何木舟微微仰首，這個角度能看清她精緻的下顎線，比起高中時期，似乎又更瘦了，下頷的線條少了點圓潤感，「枝枝，妳忘了我的名字？」

蘇有枝笑容一僵。

她曾經奢望能聽到他再叫她一聲「枝枝」，午夜夢迴之際，催生出的都是刻骨相思，可如今眞聽到了，比起悸動，更多的卻是無措。

氣氛有一瞬間的凝滯。

她偏頭，避開與他的對視，碎髮隔絕他探詢的視線，也遮擋住她眼底驟然翻騰的情緒。幾秒之後，她揣著商業微笑，說：「先生，不好意思——」

「枝枝，我們談談吧。」何木舟倏地起身，打斷她疏離的營業模式，直截了當。

蘇有枝這回沒能再繼續裝下去了，下意識地後退一步，蹙了蹙眉，聲音很冷淡，「我們沒有什麼好談的。」

「沒有嗎？」何木舟直勾勾地看進她眼睛深處，像個專注的獵手，想要在她眼底捕捉什麼，「我以為我們錯過的這六年，應該有很多可以談的。」

這話戳到了點，她平靜的面容突然泛起漣漪，卻不是清風拂水的溫和，而是漩渦般的下墜。

「錯過？」她垂著眼複誦一遍，而後又抬起頭迎向他的目光，「你怎麼不想想這錯過的六年是因為什麼？」

何木舟沒有說話。

「或者不應該說錯過，好像我們之間多平等，只是被命運玩弄了一番。別偷換概念了啊，何木舟。」她自嘲似地笑了笑，「事實難道不是我單方面被你拋棄嗎？」

語聲落下，何木舟只覺得心臟被什麼狠狠剜了一刀，每個神經末梢都是刺骨的疼。她這一生少有的尖銳，現下全部刺向了他。

何木舟站在她抗拒的目光中，一時間有些失神。他想，這也是他活該。

杯盤撞擊的聲響劃破靜謐空氣，蘇有枝循聲望去，只見小黛正在收拾桌子，玻璃杯擱在陶瓷盤上，搖搖晃晃。

小黛尷尬地扯了扯唇。

蘇有枝見她窘迫的模樣，估摸著方才的對話應該都被她聽到了。雖然她和小黛的關係不錯，可她不喜歡私事被不相關的人知道，何況還是員工。她看著眼前臉色不怎麼好的男人，淡聲道：「我們出去吧。」

兩人一前一後出了店門，並肩站在門口，誰也沒有說話。

這是個再平凡不過的夜晚，夜幕清澈，星子零碎，不遠處商店街的喧囂隨風而至，偶有行人路過，談天說笑。

良久，何木舟凝視著天邊那抹月色，冷不防地開口：「枝枝，我能重新追妳嗎？」他的聲音像在水上漂浮的碎冰，載沉載浮，不知道要漂向何處。

蘇有枝心下一顫，忽然想到她曾聽過的一句話。

心若沒有棲息的地方，到哪裡都是在流浪。

她在何木舟那簡短的問句中，聽出了深刻的孤寂，她不知道這六年來他是怎麼過的，以至於那種天生的冷感變得更加強烈。

蘇有枝心口酸澀，卻強裝鎮定，「不行。」

大抵是早已猜到了答案，何木舟也沒失態，他把目光從天上的月亮移開，轉向人間的月亮，「爲什麼？」

「我不喜歡你了。」蘇有枝回道，「你憑什麼覺得六年過去了，我對你還會有感情？」

「是嗎？可我剛剛聽到的不是這樣。妳朋友說妳舊情未了，妳並沒有反駁。」

「你聽錯了。」蘇有枝咬牙重複一遍：「你聽錯了。」

何木舟沉默了半晌，嘴角一勾，「行吧，我聽錯了。」

有風拂過面頰，將她的髮絲挑起，何木舟瞅著那絡微亂的髮，抬手將它別至耳後，「既然這樣，我重新追妳好不好？」

蘇有枝不可置信地瞪著他，不知道何木舟是怎麼把話題又繞回原點的。

接著她後知後覺地意識到兩人的舉止過於親暱了。她側開身，讓他原本停留在她耳邊的手指落入空中，心跳的頻率卻是越發快了。

「我都說我不喜歡你了，你追也沒有用。」

「還沒追，妳怎麼知道妳不會再次喜歡上我？」何木舟的聲音很沉，好似融入了夜色當中，帶著別樣的蠱惑。

「你是不是覺得我很單純好騙，可以無條件再次接納你？」蘇有枝承認自己有片刻的動搖，可她並不想再被他牽著鼻子走，於是冷著神色，一字一句道：「何木舟，你太看得起自己了，我已經不是當初那個傻女孩，有些傷受過一次就夠了。你知道嗎？現在的你是最沒有立場追求我的人，你欠我的不只是一句對不起，你還欠我遲到六年的解釋。」蘇有枝突然有些氣惱，她看不慣他總是泰然自若的模樣，像是他們之間什麼也沒發生過，「但我現在也不想聽了，都過去這麼久，有些解釋也沒有意義了。」

她望著他，眸色發冷，「你以後別來了，我不想再看到你。」

何木舟晚上夢到了蘇有枝。她在夢裡挽著其他男人的手，隔著一段距離望向他，那眼神毫無感情，甚至有些厭惡，像在看仇人似的。

她身旁那個男人的臉，時而是沈逸言，時而是蕭盛，後來甚至出現了幾張沒見過的面孔，不知道是不是夢裡自行塑造出來的。

可不論蘇有枝挽著的人怎麼更替，就是沒有出現他。

何木舟心下慌亂，彷彿被宣判了徒刑，撻伐他不告而別的傷害，藉此懲罰他一輩子都不能重新回到她身邊。

他跌跌撞撞地跑到她面前，卻被她棄若敝屣地留在原地。蘇有枝甩頭就走，不給他半點表達的機會。

他被路間的石塊給絆倒了，腦袋磕在地上，額角破皮流血，就這麼目送著蘇有枝愈走愈遠，絲毫沒有要回頭關心他的意思。

他聽到自己在夢中大喊她的名。

蘇有枝在撕心裂肺的吶喊中停下腳步，轉過身，盯著他浮起一絲期帶的眼瞳，輕蔑地彎了彎唇，而後緩緩開口——我不想再看到你了。

何木舟被嚇醒了。

清晨時分，天光尚未大亮，窒息感如影隨形，好似有一隻手牢牢地掐住了咽喉。他在迷濛的晨霧中劇烈喘息，大汗淋漓。

這六年來他無數次地想要在夢裡遇見她，可眞正夢到的次數卻屈指可數。沒想到這回難得如願以償，也不過是再次把他的心臟挖出來，削成碎片，散落一地的都是日復一日的想念，以及愛而不得的痛苦。

他迷迷糊糊地下了床，等到回過神後，才發現自己不知不覺走到了木兮的門前。這會兒才早上六點多，木兮自然尙未營業，何木舟也不知道自己該何去何從，站在門口發了一下呆，最後乾脆席地而坐。

夢中的情境支配著感官，他掏出手機，找到蘇有枝的聊天頁面，在心裡反覆斟酌，最終傳了一句「妳是不是不要我了」。他連指尖都在顫抖。

孰料心理建設多時的訊息沒被發出去，系統跳出了一行紅字，燙著他的眼。

——您無法傳送訊息給這個帳號。

何木舟恍然間才想起了自己早已被她封鎖。

城市在緩慢地甦醒，冷風呼嘯而過，鳥語順入耳畔，行道樹的枝葉晃動作響。經過的大嬸對他投以奇怪的目光，何木舟也不在意，就這麼坐在冬日的早晨中，等待一個人，或是一段懸而未決的感情。

直到一道陰影落下，伴隨一聲詫異的驚呼，他掀起眼睫，才看見蘇有枝手上拿著店裡的鑰匙，滿目訝然。

「你來做什麼？」

她今天比平時早了一點來木兮，爲的是嘗試做一個新的甜點，卻沒料到會在這裡撞見何木舟。

「我……」他一時之間也不知道該怎麼說，最後只憋出一句：「我想看看妳。」

「別看了，沒什麼好看的，你走吧。」蘇有枝握著鑰匙的手抓得更緊了些，佯裝自若地開門。

他想起了她那句決絕的「我不想再看到你」，在這裡，也在夢裡。

稀釋掉的恐慌又逐漸攀上他的脖頸，狠狠一勒，溢出的都是恐懼。他怕她再次說出那句話，他怕她眞的不要他了。

「枝枝……」

「我要工作了。」蘇有枝聲嗓冷冽，對他話音裡極力掩藏卻仍不愼洩漏的挽留視若無睹，「希望你不要打擾我。」

她頓了頓，終於把目光施捨予他，「不只是工作，也包含未來的每一天。」

有一瞬間，何木舟甚至覺得自己的靈魂被抽乾了。他想說，枝枝我夢見妳了，夢見妳丟掉我，夢見妳對我的嫌惡，如野草瘋長。

如果是從前，蘇有枝肯定會笑著給他一個擁抱，然後說「那都是假的，我才不會拋棄你」，但現在的他沒有資格撒嬌，沒有資格求取她的安慰，因爲是他先拋棄了她，他是傷害過她的罪人。

他還想問她是不是有新對象了，是不是像夢裡一樣遇見了可以彼此扶持的戀人，是不是眞的不愛他了，可他最終還是把所有情緒和疑問吞回去。

所有話語都被扼殺在喉頭，何木舟深知多說無益，被埋怨也是應該，再死纏爛打估計只會被更加嫌棄。道理他都知道，可心臟爲什麼還是急劇抽痛了起來？

他怔怔地站在原地，沉默地望著她進入店裡，如同在夢裡毫無留戀的背影，都是一樣的殘忍。

蘇有枝沒有把那兩天的插曲放在心上，一段時間沒見到何木舟，她也漸漸地將這件事拋在腦後。她習慣性地把關於他的一切壓縮在心臟邊角，如同六年來的每分每秒。

唐初弦要來T市，說是難得連休，要從K市來找她玩。

蘇有枝見她傳訊息說快到了，便簡單收拾一下，出門去車站接她。

豈料才走沒多久，就看到熟悉的身影從人群間穿過。一男一女並肩的背影撞入眼底的當下，蘇有枝心下一震。

假日的T市熙熙攘攘，繁華街城熱鬧非凡，到處都是人流湧動，蘇有枝藉著人潮的遮掩，不由自主地跟上去。

跟到一半，她才恍然回神，不明白自己爲什麼要像個跟蹤狂一樣偷窺人家。

她站在路口，望著隔了一條馬路的何木舟，身著簡約白T恤和直筒丹寧褲，是全然休閒放鬆的模式。而他身旁的女人眉眼清麗，披肩的長髮烏黑柔順，一樣是白色上衣和丹寧褲，不過都是短版的，兩條筆直的長腿暴露在空氣中，比例卓然。

任誰一看，都是情侶裝的架勢。

眼前的行人來來去去，蘇有枝站在路邊，看見何木舟和女人自然地說笑，一時間有些失神。

原來他也不是一直都那麼冷的。

是啊，她是知道的，高中時候的他，面對她也是這副模樣。脫去了疏離和桀驁，他也可以笑得很陽光，像被驕陽穿透的浪花，閃閃發亮。

可隔了六年的光陰，這副模樣，他終究還是給了別人。

蘇有枝目送他們愈走愈遠，直到兩人的身影淹沒在人海中，她才斂眸凝神，自嘲地笑了笑。說不想再看到他的是她，可現在不甘心的也是她。

周遭明明很熱鬧，孤寂感卻從遠方翻山越嶺而來，蘇有枝佇立在熙來攘往的市中心，像個格格不入的外來者。直到手機鈴聲響起，她才從沉湎的思緒中清醒。

「枝枝，我下火車啦，妳在哪裡？」唐初弦的聲音隔著話筒傳過來。

「我快到了，妳到車站門口等我啊。」蘇有枝一邊收拾情緒，一邊鎮定道。

唐初弦覺得她的聲音隱隱不對，可見到她本人時，蘇有枝又跟往常沒有兩樣，直直往她懷裡鑽，黏糊糊地說：「弦弦，我好想妳。」

見狀，唐初弦便把呼之欲出的疑惑給壓回去了，只當是話筒中電流傳導的錯覺。

高中畢業後的蘇有枝總是這樣，一起上學時不見多黏人，獨立得很，很少尋求他人協助。可自從上大學分隔兩地後，久違的相見都會觸發她的撒嬌，每每見面，第一個動作就是跑上去和唐初弦抱抱，像隻與主人分開很久後忍不住撒嬌的布偶貓。

等短暫的擁抱結束後，她又會變回那個溫和自持的女孩子，直到下一次的相見。

唐初弦覺得可愛，卻也感覺她是藉此在釋放什麼。比如獨居在外的寂寞，比如不欲訴說的壓抑，比如某些在心中囤積許久，卻沒有出口的感情。

擁抱很神奇，那些掩藏在骨子裡沉悶的負面因子，只需要一個體溫相貼的擁抱，就能消融乾淨。再不濟，也能給彼此一點溫暖的療癒。

兩人在商店街逛了一會，而後來到一家老宅咖啡廳。

「枝枝，妳說妳什麼時候要交個男朋友？雖然說妳很能幹，但一個人在T市，有人互相照應也好。」唐初弦捏著長長的銀色攪拌匙，有一下沒一下地在熱帶水果氣泡飲中畫著圈，帶出連綿的小小泡泡。「我也比較放心。」

「互相照應？有沈逸言啊，我們兩個可以互相照應。」蘇有枝笑。

唐初弦看著她四兩撥千斤的笑容，在心裡嘆了口氣。也不是說人一定要談戀愛，畢竟單身有單身的好，只是她總擔心蘇有枝表面看起來好好的，實際上卻困在六年前的那個冬天，那個明明沒有下雪卻好像淋了一場大雪的冬天。

不怪唐初弦這麼想，蘇有枝心思細，所以她怕她鑽牛角尖，一鑽就是六年。

若是有了新對象，那多少可以證明她走出來了，可自從高中畢業後，蘇有枝便再也沒有和他人發展出任何一段親密關係，所有來告白的人，都被她端著和煦可人的微笑給拒絕了，面對那溫柔有禮的姿態，讓人想撒氣都不知道要往哪兒撒。

「妳說，妳最近這麼關心我的感情是為了什麼？」蘇有枝切了一小塊舒芙蕾送到她嘴邊，「案情不單純啊。」

唐初弦哪能把自己的顧慮直接說出來，她笑了笑，然後吞下她投餵的舒芙蕾，「好吧，我實話實說，我跟鄭洋在打賭妳跟沈逸言這兩個單身多年的人類什麼時候會脫單，贏了要請對方吃高級buffet，我賭妳，他賭沈逸言。枝枝，妳可不要讓我失望啊。」

聞言，蘇有枝失笑，「你們打的賭，關我什麼事。」

其實剛剛有一瞬間，她幾乎要把何木舟回國的事說出來了，可話到了嘴邊，又想到方才在路上撞見他和新對象的畫面，那些難以言喻的情緒又被壓回了心底。

算了。

和唐初弦喝完下午茶、逛完街後，在回到租屋處之前，蘇有枝帶著她到木兮看看。

「好久沒來，這裡感覺被妳打理得愈來愈好了。」唐初弦莫名欣慰。

蘇有枝跟小黛打了聲招呼，走到甜點櫃前，問唐初弦：「妳有沒有想吃的？我們打包帶回去。」

「沒，今天下午已經吃過甜點了，再吃下去我會胖死。」唐初弦說，「不過我明天回K市前可以來帶走幾片蛋糕。嘿嘿，好久沒吃妳做的點心了。」

蘇有枝笑著應好，讓她也多帶一塊給鄭洋，接著回過頭詢問小黛今天的營運狀況，確認一切如常穩當。

「今天接到一個大單，是一家公司的下午茶訂單，說是要準備二十份甜點餐盒，內容隨意，每盒三樣小點心。如果可以的話，能幫他們送過去最好，當然，會另外支付車馬費。」小黛說。

蘇有枝表示知道了，她以前也接過幾次這種訂單，有些公司福利甚好，下午茶都肯花不少錢準備。

「對了老闆，剛剛有人給妳送了東西過來。」小黛拿出一個悶燒罐。

蘇有枝一臉疑惑地接過，「誰？」

「就……」小黛想起那人說不要公開他的身分，可她到底還是跟蘇有枝親，她覺得有義務讓接收的人知道，「就之前常常來店裡的那個帥哥，買很多肉桂捲的那個。」

蘇有枝微愣，又聽見小黛說：「他說以前到了冬天，妳的身體就會有點虛。最近天冷，就帶了妳喜歡的燉雞湯來……但妳應該不想見到他，所以讓我拿給妳。」

蘇有枝還沒反應過來，一旁的唐初弦眼睛一亮，問道：「誰？枝枝妳的追求者？」

蘇有枝一時之間也不知道該如何解釋，若說是何木舟，唐初弦肯定要發火，因此最後決定假裝默認，含糊帶過，任憑自家閨密怎麼問也不再多說。

她望著手裡那盅燉雞湯，嘆了口氣。煩躁的同時又覺得心臟發暖，很矛盾。

明明有新對象了，爲什麼又要做這種事？

回到租屋處後，蘇有枝跟唐初弦一起把湯喝完了。湯頭鮮美，很好喝，卻惹得她眼角有些發酸。

幾個月沒見了，兩人洗漱好便一股腦兒地鑽進被窩裡，一聊就聊個沒完。最後唐初弦先睡去了，蘇有枝罕見地睡不太著，不知道是因爲今天巧遇了何木舟，還是因爲久違地跟閨密待在一起，太興奮的關係。

她看著唐初弦寧靜的睡顏，月光從窗外透進來，拂了她一身朦朧。蘇有枝心下莫名安定了些，緩緩地閉上眼。

今夜平平無奇，但對她來說，在這個行色匆匆的繁忙城市之中，她短暫地有了一隅歸處。

下午茶訂單的面交地點是一間外商公司。

這次的餐盒裡有日式焙茶瑪德蓮、海鹽焦糖費南雪和檸檬達克瓦茲。蘇有枝最近都在烤蛋糕，很久沒有製作這類小點心，所以她這次做得很開心。

她提著甜點下了車，一進到大廳裡，就和坐在沙發上的男人對上目光。

蘇有枝怎麼也想不到，她居然會在這裡遇到何木舟。

她一時間忘了表情管理，僵硬地望著那道身影站起身，朝自己走來。

穿上西裝的他給人一種溫文爾雅的錯覺，沒了以前的散漫隨意，那些張揚和傲氣被收斂了不少，此時的何木舟就像個在職場上清冷從容的成熟男人。

當他來到她面前時，蘇有枝下意識後退了一步。

何木舟擱在腿邊的手指蜷了蜷，最終卻沒有任何動作，稍稍斂眸，眼底閃過一絲不易察覺的落寞。

「謝謝妳幫忙送過來。」何木舟面不改色地開口，視線投向她腳邊的兩大袋甜點餐盒，「這些很重吧，辛苦妳了。」

「你怎麼……會在這裡？」蘇有枝怔怔地道，還沒有反應過來。

何木舟算到她會震驚，震驚完還會裝作不認識，擺出對待客人時的態度，可他沒料到她會主動詢問。

說不上是什麼感覺，只是一瞬間眼底的晦暗又被流光取代。或許對於現在的何木舟來說，她能和他多說一句話，都是求而不得的施捨。

「我在這裡上班。」何木舟的聲音不自覺地放輕了，尋了個由頭搪塞過去，也不管她信不信，「這個月部門的下午茶由我負責。」

「所以你是故意的嗎？」蘇有枝恍然回神，此時也不拐彎抹角了，「故意訂我們店裡的甜點，然後讓我給你送來？」

「也可以這麼說。」他確實就是故意的，他想見到她，可那天蘇有枝的表情過於決絕，因此他便打消了短期內再去木兮見她的念頭，只能以退為進。

蘇有枝笑了，笑意卻未達眼底。她凝視著他，半晌蹦出了一句話：「你心機好重啊何木舟。」

何木舟唇邊扯出一抹弧度，自嘲：「是啊，心機不重怎麼能再見到妳？」

「你……」蘇有枝啞然，頃刻間心臟驟縮，可下一秒又想到了上週末在市中心撞見的那兩道身影，那種怦然的震盪逐漸發涼，「何木舟，能不能別這樣了？也別再給我送湯，悶燒罐你改天去店裡找小黛拿吧。」

何木舟望著眼前人抗拒的模樣，伸手想去拉她，某些沉積多年的恐懼在心底發酵，開始支配他的神經。他深怕她會逃。

蘇有枝自然是避開了他的靠近，可在側開身之際，有那麼一剎那，她似乎看到了傾壓而來的悵然，不由分說地蠶食他。

他以前不是這樣的，他以前幾乎不怎麼展露情緒，總是那樣游刃有餘，可重逢後，她卻總能輕易感受到他的情緒變化，表面上雖然還是一如往常的冷，可整身的狀態騙不了人，都是消極的。

她一方面忍不住擔憂，一方面又覺得可笑。他明明都有新對象了，為什麼還要在她面前露出這種表情？當初在店門口的時候，又為什麼要問什麼能不能重新追她？

但最可笑的是什麼？最可笑的是她還念念不忘。

蘇有枝感覺心口被什麼扎了一下，刺痛感不重，卻格外有存在感，並留下了微麻的後韻。她撇開眼，告訴自己不能再次淪陷。

「你都有新對象了，怎麼還能跟我糾纏不清呢？」蘇有枝面色凝重，難得動怒，「你女朋友要是知道你這麼對我，她會怎麼想？你已經傷害過我了，我不希望還有下一個受害者。」

何木舟看不清她眼裡的洪流，速度快得讓人抓不住，悲傷、憤怒、埋怨、想念、渴望、退縮……各種情緒混雜在一起，像一個足以吞沒所有的漩渦，扯著靈魂下墜。

在聽到「新對象」和「女朋友」的時候，他猛地回神，直接抓住她的手腕，「妳說什麼？新對象？」

蘇有枝被他的過激反應嚇了一跳，甩手想要掙開，卻發現他力道大得很，怎麼抽也抽不掉，「你先放開我，你已經有了女朋友，這樣跟我拉拉扯扯的很不好看……」

「我沒有女朋友。」何木舟的面色是肉眼可見的難看，拽著她的手握得更緊了，「我沒有。」

「你別想糊弄我，我假日的時候明明看到你和她在市中心逛街。」蘇有枝也蹙了眉，音量大了些，眼眶發紅，「還穿著情侶裝，白上衣牛仔褲。不要以爲能瞞著我，我一點都不想成爲插足別人感情的第三者。」

聞言，何木舟怔了怔，而後似是想到了什麼，突然笑了，喃喃道：「那不是我女朋友……」

蘇有枝瞪著他，明顯不信。

「那眞不是我女朋友，我沒有新對象，眞的。」他扯了扯她的手腕，把人帶到自己面前，克制住想要抱她的衝動，「枝枝，妳相信我，我這些年來心裡都只有——」

「何木舟！」忽然一道聲音從後方傳來，硬生生將兩人之間的拉扯給截斷。一個男人朝他們走了過來，「我想說你怎麼主動說要下樓拿下午茶，這平常不都助理妹妹負責的嗎？還這麼久都沒上來，大家都等你開會呢，我就下來看看了。」

男人的目光在一男一女之間逡巡，最後定格於何木舟拽著蘇有枝的手腕上，表情微妙。接著他「喔」了一聲，短短一個音節被拉得很長，在大廳中迴響。

對於同事看好戲的態度，何木舟感到無語。他放開蘇有枝，揉了揉太陽穴，對男人說：「我結個帳就上去。」

男人幫忙提著一大袋甜點盒往電梯的方向走，途中還不忘回頭觀察兩人。

何木舟覺得頭更疼了。

他低低說了一句「抱歉」，旋即從口袋掏出皮夾，「三千五對吧？妳等我一下。」

剛剛經歷了那一齣後，氣氛莫名有些焦灼，不知是緊張還是怎樣，一向氣定神閒的何木舟意外有點兒手抖，一時間沒拿穩皮夾，不小心掉了下去。

黑色的短夾躺在地上，大大敞開著，右面的邊角印著某輕奢品牌的標誌，再稍稍往上一看，就會發現透明夾層裡放了一張照片。

蘇有枝盯著那個皮夾，照片上的少年少女衝她笑得燦爛，而她呆在了原地。

那是高中畢業旅行時，兩人在L市的遊樂園拍的拍貼機照片。

蘇有枝記得那張照片，當時他們在買霜淇淋，攤販旁邊是一臺韓式拍貼機，照片模板的裝飾素材是主題樂園的吉祥物。在等霜淇淋的期間，正好一對情侶從裡頭走了出來，女生手上拿著拍好的照片，滿臉喜悅。

蘇有枝眨了眨眼，轉向何木舟，「我們也去拍吧？」

何木舟內心其實是有些抗拒的，他覺得自己跟這種少女感的可愛東西實在格格不入，尤其現在頭上還被迫戴著十分羞恥的小熊髮箍——

「好。」見女孩子淌著期待的眼瞳，他的拒絕卡在喉頭。

那時候他們拍了兩組，剛好一人一份帶回去收藏。蘇有枝把照片貼在書桌前，讀書讀累了，抬頭就能看到。

後來跟何木舟分開了，那張照片在某一年大掃除的時候被她拆了下來，收進最高位的置物櫃中，被層層疊疊的舊物壓在最底下，從此不見天日。

豈料再次見到這張照片，竟然是在何木舟的皮夾裡。

看見照片後兩人都懵了一陣，某些舊夢好似逆著時光而來，眨眼間便撐滿視界。最後是何木舟彎身打破微妙的氛圍，匆匆撿起皮夾並把鈔票塞進她手中，然後上樓。

蘇有枝望著他離去的背影，久久沒能回神。

那大抵是她第一次在他身上見到了倉皇。她不禁想，被困在回憶中的人，或許不是只有她……

下午茶面交之後，何木舟好一陣子都沒能見上蘇有枝，其一是因爲工作太忙，其二是怕她又排斥。

可這天他實在按捺不住，下班後想去木兮一趟，看看能不能遇到蘇有枝。儘管他清楚地知道這個時間點木兮已經打烊了，可他還是想去碰碰運氣。

沒辦法，他太想她了。就一眼，就看一眼就好。

豈料還沒走到木兮門口，他遠遠地就見蘇有枝鎖上店門，而後一個男人走到她身邊，兩人相視一笑，蘇有枝便跟著他走了。

何木舟望著他倆的背影，冷風倏地浸入血液，全身發涼。明明周遭滿是喧囂，可他站在人群裡，卻覺得整個世界都是闃靜無聲的。

唯一能聽見的，只有自己心臟慌亂的悲鳴。

那個男人是誰？爲什麼兩個人看起來這麼熟？蘇有枝有新對象了嗎？是不是因爲有男友了，所以才不斷抗拒他？

她果眞如她所說的，對他沒有感情了嗎？

無數個問題在腦海裡瘋狂閃過，伴隨著她那晚在木兮門口說的「我不想再看到你」，壓迫他的腦神經，傳導到胸口的只剩一陣難以平息的痛。

何木舟走到木兮門口，望著那扇緊閉的大門，久久沒能回神。

像是爲了嘲笑他一般，此時天空竟下起了雨。

這雨來得突然，他手邊沒有傘，附近也沒有遮雨棚或能躲雨的屋簷。雨勢漸漸大了，雨水揉雜著冬末冰冷的風，毫不留情砸在他身上，可他卻不在乎，他只是那樣平靜的、毫無知覺地佇立在木兮的門口，像個被大雨吞噬的流浪者，找不到能去的地方。

玻璃門倒映出自己的身影，他凝視著那道被雨水模糊的影，只覺得落魄又可笑。

是啊，這一切都是他自作自受，又能怪得了誰呢？

是他當初沒有能力反抗陳露，是他當初不告而別，是他沒能給她一個肯定的結局。

若他再堅決一點，再相信自己一點，會不會現在的情況就不一樣了？

他們的故事不會在六年前就被打上一個冰冷的句號，從此截斷後續的所有可能性。

他眞的要失去她了嗎？

他眞的要徹底地失去她了嗎？

他眞的……

「你在這裡做什麼？」

身後忽然傳來一道女聲，熟悉的聲音讓何木舟身子一僵，轉身便看到蘇有枝撐著一把傘，距離他不過幾步之遙。

「枝枝……」出口的話都打著顫。

「你爲什麼會在這裡？」雨水在傘緣打轉，蘇有枝皺眉，「現在已經打烊了。」

她和房東分開後才想到有東西落在店裡沒拿，折返回來想要取，卻沒料到會碰上何木舟。

雨下得這麼大，他卻沒有任何遮蔽，就這麼隻身暴露在滂沱大雨之下，渾身被淋得透澈。

蘇有枝見他那失魂落魄的樣子，眉間褶皺更深。手上這把傘太小不夠兩人撐，她打開店門後直接把人給拉了進去。

「你瘋了嗎？」

「剛剛那個人是誰？」

「什麼？」

何木舟溼淋淋地站在門邊，髮絲都在滴水，低垂著頭眼神黯淡，像隻被主人拋棄的大型犬，看著特別可憐。

蘇有枝別開眼，有些於心不忍。

「剛剛跟妳一起走的男人是誰？」最終他仍是抬起頭，執拗地望向她。

蘇有枝拿東西的手猛地一滯，「你跟蹤我？」

見她豎起了刺，何木舟又慌了，他好像總是在爲了她慌亂，或者說，只有她能讓他慌亂。

「沒有，只是來的時候剛好看到你們站在店門口，然後一起走掉……」何木舟緊張地試探：「那是妳的男朋友嗎？」

那一刻，蘇有枝起了壞心思。如果她說是的話，何木舟會有什麼反應呢？

但她最終還是嘆了口氣，如實答道：「那只是房東。」

何木舟沒完全相信她說的話，應該說現在的他沒有理智去相信。失去蘇有枝的恐懼和缺失的安全感在此刻襲捲了他，這回他沒能壓制住體內的迫切與不安，著急地扣住她的手腕，用那沾滿雨水的手心。

「枝枝，別交新男友好不好？妳看看我好不好？」那張總是漫不經心的面容爬滿了心慌，他像個急於證明自己的小孩，幼稚地拽住她，強迫她眼裡要有他，「我不會再不告而別了，我會對妳好，妳不喜歡的我都會改，我眞的都會改……妳能不能重新看看我？」

「何木舟，我說了那只是房東，他來找我談這間店的房租和續約。」蘇有枝打斷他的話，想要掙脫，卻發現抽不開。她覺得他瘋了，以他現在這個狀態，估計說什麼都聽不進去。

儘管那張拍貼機照片讓她動搖萬分，可橫跨了六年的傷疤又如何能在一夕之間癒合？雖然她餘情未了，可她也是人，還是會生氣，會怨懟。

如今見到何木舟這副模樣，難過的同時也覺得埋怨，埋怨他總是那麼隨心所欲，想走就走，想回來就回來。最終她有些賭氣地回：「還有，你又不是我的誰，憑什麼管我？我要不要交男朋友關你什麼事？」

聞言，肉眼可見的倉皇淹沒了何木舟，他眼眶發紅，握著她的手抓得更緊了，直接將人一把拉進懷裡。

「我只是害怕，害怕妳不會回到我身邊，我只剩下妳了枝枝，妳能不能再給我一次機會。」他太渴望她的溫度了，尤其在被寒冷的風雨肆虐之後，「外公走了，我眞的只剩下妳了。」

他貪婪地汲取她的體溫，將她牢牢扣在懷中，他甚至希望時間凝結在這一刻，沒有過去，沒有未來，就這樣抱著她直至世界盡頭。

蘇有枝貼著他溼透的胸膛，鼻尖發酸，然後聽見他說——

「枝枝，這六年來的每一天，我都很想妳。」

午夜時分，蘇有枝躺在床上，看向窗外的月光，腦中縈繞著何木舟被大雨淹沒的身影，以及那句「我很想妳」。

這個男人總是能輕易牽動起她的情緒。

蘇有枝閉眼，睜眼，閉眼，再睜眼，發現自己始終無法進入夢鄉。

她索性起身，打開手機後卻不知道要做什麼，最後鬼使神差地點進了顧念之的小說專欄，選了一本剛完結的新書，藉此打發這漫漫長夜。

她平時沒有看小說的習慣，雖然跟顧念之是朋友，但這回也是第一次看她的書。誰知這隨便挑的一本，內容就是男女主角因爲誤會而錯過彼此五年，再次重逢時卻因爲局勢而不得不站在對立面。明明互相愛著對方，卻爲大局所迫拉扯許久，而後經歷了一場劫難，兩人才好不容易看清彼此的心意，最終互訴衷腸在一起。

儘管最後終成眷屬，但中間的虐點特別多，相愛的兩人錯過多年，久別重逢後卻只能靠著過去的回憶獨自舔拭傷口。明明近在咫尺，卻無法觸及。

就像有些人明明回來了，可她還被困在六年前的冬天裡，那道身影似遠非遠，似近又非近。她跟文裡的女主角一樣，在那個當下，並沒有勇氣再次跨出那一步。

不知道是不是夜晚容易使人脆弱，蘇有枝被虐得五臟俱疼。看完後，她一邊抹眼淚一邊給顧念之發訊息。

山有木兮木有枝：妳這個狠心的女人嗚嗚嗚嗚嗚嗚！

不久後，蘇有枝收到了自家好友的回覆。

顧念之：再狠心也沒有妳那個前男友狠心。

蘇有枝：……

與此同時，門鈴應聲響起，蘇有枝頂著一雙哭腫的熊貓眼去開門，就見到那個「狠心的前男友」站在自己面前。

「早安，枝枝。」何木舟提著一袋早餐，眉眼間藏著不易察覺的侷促。

蘇有枝迷迷糊糊地想，自己應該是一夜沒睡產生幻覺了，要不然怎麼會一大早就見到何木舟，於是下一秒大門便「砰」的一聲在何木舟眼前關上了。

他無奈，再次敲了敲門，裡面沒有反應。他嘆了口氣，把那袋小籠包和豆漿掛在門把上，溫聲說：「早餐我放門口，記得吃。」

聞言，蘇有枝才稍微清醒過來，等過了十分鐘，她悄悄打開門，門外空無一人卻有一袋早餐。看來不是幻覺。

後來接連著好幾天，蘇有枝早上都會看到自家門口掛著一袋早餐，每一天都不一樣，卻都是她愛吃的。

不用想也知道是誰。

蘇有枝有些頭疼，心想下雨那天就不該心軟讓他送她回家，這下好了，他知道了她的住址，隨時都能來找她。這些早餐不吃浪費，吃了又有說不上來的微妙，好像是在對他逐漸妥協。

一個禮拜後，她終於受不了，特地起了個大早站在門口，果不其然等到了何木舟。

男人走出電梯時腳步一僵，「枝枝，妳怎麼……」

「別再給我送早餐了。」蘇有枝說。

聞聲，何木舟垂眼，自嘲一笑，「我就是想說上班順路……造成妳的困擾了嗎？對不起。」

看到他眼底的落寞，她心下有些苦澀，嘴上卻仍道：「別自我感動了，何木舟。」

何木舟提著早餐袋的手握得更緊了，那張總是冷淡疏離的臉此時笑得有些勉強，「好，妳不喜歡我就不會做。」

何木舟斂眸，去按電梯按鈕，在電梯門打開的前一刻，他回頭問道：「那我能傳訊息給妳嗎？偶爾也會很想跟妳……說說話。」

話一出口，他才想起自己被她封鎖了。

蘇有枝沒有回應，只是別開眼。

何木舟盯著她漠然的模樣，胸口悶痛，知道她目前沒有要把他解除封鎖的意思。

原來刮骨不用刀，只需要愛而不得的冷漠，就能使人魄散魂消。

他沉默了半晌，最終只留下一句：「知道了。」

電梯門敞開，蘇有枝直到最後都沒有看他，眼角餘光瞥到男人走進去，地上的影子也徹底消失。

讓人家滾的是她，現在心疼的也是她。蘇有枝挫敗地蹲下，望著那扇已經闔上的電梯門，唾棄自己的心軟和不堅定。

簡單吃過早飯後，蘇有枝便到了木兮準備開店。

在差點把肉桂粉當成可可粉倒入麵糰裡，不小心打破一個玻璃杯，把咖啡濾紙放進冰箱後，小黛終於忍不住問：「老闆，妳今天身體不舒服嗎？」

「沒有，怎麼了？」

「妳今天狀況不太好。」小黛說，「這邊我來收拾就好，妳要不要先到外面？」

蘇有枝也自知分神的次數太過頻繁了，她在心裡嘆了口氣。

「那我去顧櫃檯，謝謝妳。」

一到外場，店門便伴隨風鈴聲打開，一道身影帶著外頭的日光走了進來。

「歡迎光——」抬眼的瞬間，女人清麗的面容撞進蘇有枝的眼底，出口的話被硬生生截斷了後尾，好半晌才補上最後一個字，「臨。」

蘇有枝認得她，是上回跟何木舟穿著情侶裝在市中心逛街的人。

「妳……」

「枝、枝枝？」

對上日光的那一刻，兩人同時開口。

蘇有枝愣了愣，「妳怎麼知道我的名字……」

尹璇也有些驚訝，「妳眞的是枝枝？」

十分鐘後，蘇有枝帶著烤好的肉桂捲和司康來到了尹璇的位子。

尹璇眨了眨眼，「謝謝妳，不過我沒有點司康——」

「沒事，請妳的。」蘇有枝又拿了兩杯鍋煮奶茶，「不要有負擔，一起吃吧。」

尹璇也不是什麼彆扭的性子，既然對方都這麼說了，自然是樂意。她揀起一顆抹了藍莓優格的司康，讚道：「好吃。」

蘇有枝彎唇，「謝謝。」

「我朋友推薦我這裡的肉桂捲，沒想到司康也很不錯。」尹璇把剩下的半顆送入口中，滿足地頂了頂腮幫子，「說起來我會認得妳，就是因爲我朋友。」

聞言，蘇有枝心下一顫，她不自覺地把衣角攥入手中，有些遲疑地問：「或許是……何木舟嗎？」

尹璇切肉桂捲的手頓了一下，銀色刀子沒入麵包體，卡在一個不上不下的位置。她漂亮的瞳孔閃過一絲了然，「我果然沒認錯。」

蘇有枝看到尹璇用一種微妙的表情盯著自己，她端坐在那道意味深長的目光中，手更用力地攥著衣角，莫名有些心虛，心裡的侷促近乎要迸發而出。

日光清朗而張揚，透過玻璃窗淹進室內，兩人在這種明媚中緘默不語，一個諱莫如深，一個心亂如麻。

不知道過了多久，尹璇終於開口。她收起那種玄妙的眼神，取而代之的是燦然笑意，「我剛剛說的那個朋友，就是何木舟。」

儘管有了預設，可眞正聽到的時候，蘇有枝依然是不可置信。

以至於她沒注意到，尹璇口中的何木舟，是「朋友」而非「男朋友」。

蘇有枝的情緒全寫在臉上，尹璇覺得有趣，月牙似的笑眼更彎了，「妳跟何木舟是什麼關係啊？」

尹璇見過那張拍貼機照片，怎麼可能不知道她和何木舟的關係，她就是想逗逗她。果然，蘇有枝強裝的鎮定崩如散沙，在對方直白的進攻下，用虛弱的聲音回答：「前……前女友。」

蘇有枝心虛地說：「抱歉，我不知道何木舟原來還會跟妳說起我。我也不是特別要跟妳打聽什麼，我只是想說……雖然何木舟最近找我的次數有點頻繁，但畢竟我們都分手這麼久了，我並沒有想要介入你們之間，我也有跟他明確地表達我的立場——」

她明確地表達了，不要再過來找她，不要有了新對象還與她糾纏不清，不要再說什麼想要追她的渾話。她並不想成爲破壞他人關係的第三者。

她很明確地說了，只是心臟很疼。

蘇有枝垂眼，因爲面對的是前男友的現任女友，而不敢直接和對方對視。豈料尹璇聽完卻笑了出來。

蘇有枝猛地抬首，就見眼前人再也端不住從容得體的微笑，此時笑得肩膀都在顫抖，眼底是滿溢的樂趣。

「妳……」

「枝枝，妳怎麼這麼可愛啊，難怪他這麼喜歡妳。」

「什麼？」蘇有枝錯愕。

「我跟何木舟不是戀人，我們只是在加拿大讀書認識的同學。」尹璇笑著幫她釐清頭緒，「我會知道妳，是因爲有一回聚會何木舟不小心喝醉了，我看到他皮夾裡的照片，在逼供之下他才坦白的。」

當時大夥兒玩得盡興，只有他一人窩在角落的沙發，涼薄的眼神褪去了銳利，全是迷離的酒意。大廳邊角的光線偏暗，打在他身上還摻著一絲說不清道不明的頹喪。尹璇打牌打累了，打算過去找他聊聊天，豈料男人壓根不理她，手中捏著一張照片，就這麼死死地盯著，彷彿要把它盯出一個洞。

狹長的眼眶泛著紅，不知是酒精使然，還是別的什麼。

何木舟是他們朋友之中酒量數一數二好的，尹璇從沒見過這樣的他，她納悶他今天怎麼這麼快就醉了。

後來她才知道，原來那張照片是他和前女友的合照，而那天，是他前女友的生日。

「何木舟推薦我這家店，讓我有空來嚐嚐，現在才知道原來是因爲妳啊。」尹璇抿了口奶茶，毫不留情扒了自家好友的皮，並且樂在其中，「我就說他不像是會特別去找美食的人，他哪有那麼勤勞啊，以前在加拿大都只在學校附近隨便吃。」

尹璇說的那些事，和她認知裡的大相逕庭，蘇有枝形容不了此刻的感覺，血管裡的氧氣彷彿被陽光蒸發掉了，心臟因爲短暫缺氧而急促跳動，明明應該是難受的生理狀況，可她整個人卻是飄飄然的。好像有什麼穿過身體，在肋骨上繫了一條線，輕輕一扯，便安坐在雲端之上，看天光乍起，在晨霧迷散後開出漂亮的花。

她甚至懷疑這是不是夢，只是個爲了滿足自己空虛心靈而做的夢。

「總之，我不是何木舟的女朋友。妳別誤會啦，他一點都不想跟我扯上關係。」尹璇下了個結論，精緻的五官裡流露出隱隱的嫌棄，「當然，我也不想，我都有女朋友了，誰稀罕他。」

蘇有枝還沉浸在衝擊中，懵了好一會兒，才小心翼翼地試探：「那……我可以問一下，在加拿大的時候，他是怎麼說起我的嗎？」

「他說……」

尹璇想起那個醉酒的夜晚，大堂的暖光傾落而下，和空氣裡的酒精分子糾纏著，溶出難以言喻的迷幻。何木舟置身在那場迷幻中，指腹輕輕摩娑照片上少女的臉蛋，微微瞇起眼。神情是渙散的，眸光卻直拗且堅定，像是要把那張面孔鐫刻在骨子裡。

男人最終反手抹了把發紅的眼角，低低說了句什麼。

「那是他年少時期的一場美夢。」當時的畫面如在眼前，尹璇一字一句複誦道：「以及這一生……永遠忘不了的春天。」

第八章　失而復得的寶藏

天色逐漸暗了下來，木分打烊後，蘇有枝買了酸辣粉當晚餐。隔壁是一間藥局，等待酸辣粉的期間，她看到一名男子從藥局裡出來，兩人正好對上了眼。

蘇有枝覺得他有點眼熟，還沒從腦內搜刮出相關記憶，就見對方拍了下手，有些驚喜，「妳是那天來送下午茶的吧，你們家的甜點很好吃，我還想說過幾天下班要去光顧呢。」

聞言，蘇有枝才想起這人是上回去何木舟公司面交時，那個突然跑過來的員工。

「謝謝。」她回以禮貌的微笑，「過獎了。」

他伸出手，「妳太客氣啦，啊忘了自我介紹，妳好妳好，我是Allen。」

蘇有枝回握他的手，對於這人自來熟的性格感到有些無措，卻也不算討厭。

「說起來，妳跟何木舟是什麼關係啊？」Allen也是直接，想到那天他倆之間的微妙氛圍，仗著自己跟他關係還行，八卦魂便按捺不住，「我那天看到你們……」

「啊，我們是……」蘇有枝頓了一下，一時之間說不出任何話。

是啊，他們現在是什麼關係啊，她也不知道。自從拒絕早餐後就沒見過面了，明明只是幾天前的事，恍恍惚惚，卻彷彿隔了一世紀那樣久。

「高中同學吧。」她說。

那個「吧」字很微妙，Allen從中嗅出了什麼。

他回憶了一下當天的狀況，再看看她回答時的遲疑，兩人之間似乎不只是高中同學這麼簡單，何況何木舟可不是會隨便動手動腳的人，平時對異性那是冷淡似霜雪，宛如行走的冰箱。因此他腦子一熱，便說：「既然妳跟他認識，我看你們關係還不錯，那能不能請妳幫個忙？」

蘇有枝心想，你哪隻眼睛看到我們關係不錯？但出於教養她仍是接了話：「怎麼了嗎？」

「他讓我買盒退燒藥送去他家，但我還有一些工作沒有做完，明天就要跟客戶談，偏偏方案臨時需要修改，我得趕緊回公司處理。」他有些不好意思地撓撓頭，接著雙手合十，懇切請求，「抱歉，我們也不算認識，才第二次見面就麻煩妳……」

「退燒藥？」蘇有枝下意識蹙了蹙眉，打斷他，「爲什麼要買退燒藥？」

Allen愣了一下，許是沒想到溫和的她會突然變得嚴肅，便解釋道：「其實今天早上我就覺得他身體不太舒服的樣子，果然中午就請假回家休息了，結果剛剛打電話來讓我給他捎盒退燒藥，說是睡了一下午燒沒退，但家裡沒有藥箱，現在又沒什麼力氣出門……」

蘇有枝眉頭蹙得更深了，想到之前他暴露在大雨中的模樣，不知道淋雨淋了多久。現在雖是冬末，可寒風依舊，這不受涼才怪。

眞是個瘋子。

「給我吧。」蘇有枝斂眸，眼底的情緒恰好被長睫遮掩，幾秒後再次抬首，像是確信了什麼，「他家的地址。」

何木舟接到管理室打來的電話時，正躺在床上放空，腦子發熱。

警衛說有人找他，他心想估計是Allen，便請警衛直接放對方上來。沒多久家裡的門鈴便響了，何木舟掀了掀眼皮，拖著千斤重的步伐去應門，豈料打開門見到的不是Allen，而是蘇有枝。

何木舟瞇了瞇眼，心想不會是燒出幻覺了吧，蘇有枝怎麼可能會在這裡？就不說她不知道他家地址了，光是那不待見他的模樣，她就不可能會在這時候出現在自己面前。

畢竟現在兩人要見面，都只能靠他蓄謀製造出的「巧遇」。

蘇有枝望著眼前動也不動的男人，面色故作冷靜地問：「不請我進去嗎？」可她心下其實鬆了一口氣，還能來開門，說明沒燒到不醒人事。

語聲落下的那一刻，何木舟驟然意識到這不是幻覺，更不是所謂的夢，心心念念的女孩子此時眞的站在自己面前。由於過分衝擊且不可置信，再加上發燒讓人反應延宕，他在發現這個事實的那一刻，整個人劇烈搖晃了一下，像一根風雨中搖搖欲墜的樹枝。

蘇有枝嚇了一跳，連忙扶住他的小臂，而何木舟另一隻手及時撐住門框，這才避免了跌倒。

「枝枝，妳怎麼來了？」他看了眼她擱在自己胳膊上的手。

「先進去。」蘇有枝不動聲色地放開了手。

進到客廳後，蘇有枝環視一圈，何木舟的家整體空間不算小，裝潢風格是簡約內斂的現代風，雖然顏色大多是白灰色，但人氣倒是足，體現於沙發上那掛著的幾件衣服，以及桌子上沒收拾掉的杯盤。

何木舟顯然也看到了自己平常懶散的生活習慣，面上閃過一絲難得的尷尬。

蘇有枝不以爲意，把手中的東西放在桌子上，逕自走進廚房倒了一杯水，又從塑膠袋裡翻出退燒藥，撥出一粒藥片，連同溫開水一起遞給他。

「枝枝……」何木舟沒接，有些恍神，不知道是發燒的緣故，還是被嚇的。

「愣著幹麼？吃啊。」蘇有枝把水和藥塞進他手裡，神情依然平淡，可字裡行間不小心加重的語氣卻出賣了她的心緒。

何木舟沉浸在「世上怎麼會有這等好事」的震驚中，吃完藥也沒有動作，就這麼怔怔地站在原地。

蘇有枝從他手中抽回空杯，「你吃晚餐了嗎？」

何木舟搖頭，病氣肆意攀緣，眉眼間都是明晃晃的憔悴，哪還有以往的意氣風發，再加上對於蘇有枝的出現尚未反應過來，因此整個人顯得遲鈍而僵硬。

蘇有枝嘆了口氣，此時也顧不得其他，把他摁回沙發上坐好，「你家有什麼食材嗎？我煮點東西給你吃，空腹吃藥對胃不太好。」

男人癱在沙發上，耷拉著腦袋，像隻沮喪的大型犬。

這樣居高臨下地看著他，她忽然有一種他其實很乖的錯覺。

「有……」何木舟語氣懨懨，「有泡麵。」

蘇有枝無語。

「你平常都吃什麼？」

「叫外賣。」

蘇有枝不死心，進了廚房把他的冰箱翻一遍，發現果真除了幾瓶飲料和酒，其他什麼都沒有，甚至連醬油或鹽之類的調味料都沒有，更別說一把青菜或一顆蛋了。

她一臉生無可戀地走出來，瞅了一眼躺在沙發上昏昏欲睡卻又死撐著眼皮的某人，突然洩了氣，說道：「你先睡吧。」

她拿起手機準備幫他叫個清粥小菜之類的，想說等外賣送來了再叫醒他。

豈料何木舟再次搖頭，碎髮淩亂，他支著下頷看她，眸中是很深的疲倦。

「你發燒還不睡？你以爲你是什麼超人，不休息就能立刻康復嗎？」蘇有枝平和的僞裝瞬間崩解，眉心摺成了川字，連聲音都拔高了些。

見著這樣的她，何木舟卻笑了，嘴角因爲力氣缺失而弧度淺淡，可眼底有著漫生的笑意。

他好久沒有看見這麼生動的她了。

重逢之後，蘇有枝不是端著冷冷的神色，就是毫無靈魂的商業性微笑，就連之前在木兮門口談崩了，她也只是回以他一記心死的麻木，所有情緒都被壓在她漂亮的鹿眼深處，而以往綴著光的眼瞳卻是一片漆黑。

上一回目睹她這麼生氣，還是以前被人捅了一刀住院的時候。

「何木舟，你笑什麼？」蘇有枝擰眉走到他面前，手機的頁面還停留在外賣平臺的首頁。

「睡了妳是不是就會走了，妳能不能別走？」何木舟沒看她，卻牽起她垂落在腿邊的手，嗓音很沉，「就算是一場夢，也可憐我這麼一次，好不好？」

聞言，蘇有枝想到了尹璇跟她說的那句話。

——那是他年少時期的一場美夢，以及這一生永遠忘不了的春天。

心下瞬間軟得一塌糊塗。

她看著他因低頭而露出的髮旋，又看了看自己被他握住的手腕，半晌，在逐漸交換的體溫中開口：「我不走，你睡吧。」

何木舟一愣，仰首望向她，眼底有顯而易見的驚愕。

「眞的，我不會走，你先睡，等外賣到了我再叫醒你。」蘇有枝嘆了口氣，爲了讓他相信，她還舉起手機的頁面給他看。

何木舟深深地凝視她一陣，最後還是沒能抵抗倦意，頭一歪，在沙發上睡去。牽著蘇有枝的那隻手，直到睡著了也沒有放開，他怕她眞的跑了。

大約半小時後外賣來了，蘇有枝起身想要去取，豈料站起來的那一刻，手上一股拉力往後，把她拽得險些重心不穩。

她低首一看，只見何木舟不知道什麼時候醒了，正半睜著眼迷迷糊糊地看著她，眼底是混沌的睡意，手上扣著她的力道卻是更大了。

「妳要去哪？」

「拿外賣。」蘇有枝抽了抽手，「你先放開我。」

何木舟沒放，有些吃力地站起身，拉著她走到門前。

蘇有枝眨了眨眼，望向男人的背影，他明明全身無力、腳步虛浮，卻硬要跟上來。生病的小狗缺乏安全感，特別黏人。

拿完外賣回到沙發，蘇有枝見何木舟依然沒有要放開手的意思，有些哭笑不得，「你確定這樣能吃飯？」

何木舟手指蜷曲了一下，每一寸指關節都透著猶豫，最後才依依不捨地鬆開她。

「妳吃了嗎？」他見她顧著幫他張羅食物，於是問道。

經過這聲提醒，蘇有枝才想起了自己的酸辣粉，打開後果然已經冷掉了。

「借一下微波爐？」也不等主人應允，她便逕自走到廚房拿出一個碗公，把酸辣粉倒進去，然後加熱。

何木舟心想這人也太自然了，簡直把這裡當成自己家似的，翻東西都沒半點遲疑。

不過他喜歡。

事實上，他不介意把這裡變成她家。

兩人並肩坐在沙發上吃晚餐，起先何木舟還得寸進尺地裝作毫無力氣想要騙人餵他，蘇有枝一記眼刀輕飄飄送過去，某人便安分地自立自強了。

流淌在小室裡的時光安寧，氣氛閒適，何木舟忽地生出了歲月靜好的錯覺。

「枝枝，我現在是單身。」吃到一半，他冷不防地開口，「上次妳見到的那個不是我女友，她只是我在加拿大認識的朋友，而且她有對象了，她對我完全沒興趣。」

他不希望這種讓人心醉的氛圍消失，他還想跟她一起吃好多頓晚餐，一起坐在這張沙發上消磨人生，一起度過很多時光。有些誤會勢必要解釋清楚。

雖說跟尹璇聊完後，蘇有枝有意與何木舟談談，不過她還沒做好心理準備，也沒料到他會在這時突然提起。

她夾酸辣粉的動作一滯，然後含糊地「嗯」了一聲。

何木舟以爲她不相信，語氣摻了著急：「我說的是眞的，她有女朋友了，她叫尹璇，改天我可以介紹妳們認識。」

「不用。」蘇有枝側首與他對視，「我見過她了。」

何木舟一怔。

「她之前來我們店裡，稍微跟她聊了一下。」蘇有枝面色平淡，拿走他手中的空碗，「吃完了就去睡覺，這個時間已經沒有醫生了，明天記得去看。」

何木舟沒應好，反倒是問：「枝枝，尹璇跟妳說了什麼？」

「她說……」見他又跟著起身，她把他摁回沙發上，讓他坐好，「她說什麼跟你有什麼關係？」

何木舟一臉無語。小白兔也會教訓人了。

他就這麼看著她把餐具收拾好，整套動作一氣呵成，最後俯視自己，用那溫煦的嗓音下了一道命令：「去房間休息。」

「妳要走了嗎？」

「我也不可能在你這邊留宿吧？」

「可以，我有客房。」

蘇有枝忽視他那可憐巴巴的小狗眼神，無奈道：「我明天會再來，畢竟有些人也不一定會乖乖去看醫生……」

「有些人」被拆穿心思，抿了抿唇，沒說話。

兩人都是倔脾氣，大眼瞪小眼一陣子後，蘇有枝把他拽了起來，半推半拉地將人帶往臥室。見何木舟還想掙扎，她沉聲道：「你再不休息我明天就不來了。」

這招威脅十分有效，何木舟立刻滾上床蓋好棉被，深怕她明天就眞的不來了。

「枝枝。」他握住她的兩根手指，聲音含糊：「我能不能……」

「不能。」蘇有枝把他的手塞回棉被裡，「有什麼話明天再說。」

關上房門，蘇有枝走回廚房，她打開櫥櫃，果然在裡頭找到了一罐透明藥瓶。

方才她找水杯要倒水給何木舟時，眼角餘光瞥到了這瓶東西，那時便留心了下。

這會兒拿起藥瓶查看，瓶身什麼標籤都沒有。

她感到困惑，藥品不好好放在醫藥箱，爲何要藏在這裡？而且這看起來也不像是一般備用的成藥，這人連發燒都臨時找不到退燒藥，一看就是平時沒有在備藥的人。

蘇有枝疑惑地打開藥瓶，在看到裡頭裝的藥時，心下一驚，意識空白了一瞬，回神後發現自己的手都在抖。

她對藥瓶裡所裝的藥，是再熟悉不過，之前因爲失眠而被唐初弦抓去看身心科的時候，醫生也開過同樣的藥品給她。

爲什麼何木舟需要吃安眠藥？他出了什麼事嗎？

心頭一片慌，蘇有枝很想現在就去探究眞相，可眞相本人正臥病在床，她只得強行壓下惶然，想著明天等他清醒了一定要問清楚。

豈料正要把藥瓶放回去之際，身後卻傳來了一道沉啞的男聲。

蘇有枝嚇了一跳，只見那個剛才已經躺好的男人，此時又出現在自己面前。

「枝枝，剛才忘了拿鑰匙給妳……」何木舟見到她手裡的藥瓶，停頓了一下，有些失神，「那個怎麼……」

「何木舟，你有睡眠障礙嗎？」

一時間，何木舟彷彿被釘於地板上，在她靜水流深的視線裡，動彈不得。

「我……沒事，我就是在加拿大的時候睡不好，可能水土不服吧，回國後怕舊疾復發，就先去找醫生開了一些備用。」

蘇有枝心道見鬼的水土不服，第一年就算了，在加拿大已經待了五、六年，還能水土不服？

「眞的，我現在好很多了，失眠的情況也沒那麼嚴重了，只偶爾吞一下，這個月才吃不到三次。」何木舟繼續努力爲自己辯駁，深怕她往壞的方向想，「何況我從高中就不太容易入睡，失眠什麼的也習慣了，只是後來太忙，覺得睡眠品質再這樣下去也不是辦法，才會去找醫生拿藥。」

小小的廚房一陣靜默。

何木舟知道蘇有枝沒信，兩人大眼瞪小眼了片刻，最後他在高燒所造成的迷糊下坦白：「好吧，我承認，我睡不著，跟妳分開之後我就沒有一天是能好好睡覺的。」

生病使人脆弱，他垂首，額髮遮蓋住大半情緒，渾身卻都透著狼狽，「我很想妳，枝枝，想得要死，可我卻連想在夢裡見到妳都是奢望，因爲我根本睡不著。」

酸澀從心尖淹到鼻頭，再渡到眼角，蘇有枝眼眶發紅，心疼得厲害。那種擔憂和無力感在胸腔裡招來一場大雨，然後氾濫、滅頂。

她又對他心軟了，她也只會對他心軟。

原來分開的兩千多個夜裡，誰也沒能睡好。

蘇有枝不喜歡哭，她盡力壓著蠢蠢欲動的淚腺，不敢想像何木舟在加拿大的日子是什麼樣的。或許表面依然是意氣風發的高材生，可背地裡馱著空虛的靈魂，在無數個不眠的夜裡喘不過氣。

「何……」

「抱歉，我本來不想跟妳說這些的，我只是沒能控制住，妳不要有負擔……」

「何木舟……」

「枝枝，我沒有想要博取同情，當年我一聲不響地離開，妳肯定比我更難受，對不……」

「何木舟！」蘇有枝打斷他的話，一把抓起他的手，「先去睡覺，明天再說。」

他再次被她帶回臥房，蘇有枝替他掖好被角，「睡吧。」

「枝枝……」男人還掙扎著不肯閉上眼。

「睡吧。」蘇有枝輕聲道，「明天睡醒就能看到我了。」

回去之後，蘇有枝一夜無眠。

現在的她不需要藉由安眠藥才能入睡了，作息早已正常，睡眠狀況也健康，可在離開何木舟家後，內心的沉悶卻越發擴大。

她親身經歷過，自然知道長期的睡眠障礙究竟有多痛苦，因此她更不敢想像何木舟獨自在異國他鄉是怎麼過的。

他說他想她，而在過去那些無法入睡的日子裡，她又何嘗不是？

蘇有枝將掌心貼上胸口，感受到自己鮮明的心跳，腦中浮現出重逢後的種種，最後定格在方才男人蒼白著臉說很想她的畫面上，良久後嘆了口氣。

她比任何人都還要清楚，只要開始心軟，那就再也回不去了。

蘇有枝擔心何木舟的狀況，隔天一大清早便到了他家，順便捎上早餐。

昨天何木舟給了她鑰匙，進到屋裡時他還沒有起床，蘇有枝躊躇了一陣，還是決定進去臥房看看，不知道退燒了沒。

她輕手輕腳地打開門，男人躺在被褥裡，面色平靜，額上有凝出的汗。

她想要找耳溫槍卻沒看到，最後只得依靠最原始的方法，徒手測溫。

然而就在她把手掌貼上他的額頭時，何木舟倏地睜開眼。蘇有枝嚇了一跳，兩人就這麼互相瞅了幾秒，她才結結巴巴地解釋：「我只是想看你有沒有退燒……」

何木舟還沒完全清醒，模糊地「嗯」了一聲，抓著她的手往自己額上壓，「有嗎？有退燒嗎？」

男人碎髮凌亂，面上依然欠缺血色，睜著迷濛的雙眼，嗓音很啞。

熱燙透過肌膚渡過來，蘇有枝有些不自在，撇開眼然後道：「好像還沒完全退。」

「枝枝……」何木舟一開口便咳了幾聲，有氣無力，也不知道是要說什麼。

「你先起床洗漱一下，吃完早餐我帶你去看醫生。」

早餐是溫豆漿和水煎包。何木舟十分乖巧，讓吃就吃，讓看醫生就看醫生。蘇有枝原先還做好了某人抗拒去診所的準備，豈料他竟然十分配合。

此時她站在門口，遞給他藥袋和收據，囑咐了幾句醫生交代的事項，然後就要走。

然而「再見」兩個字還沒說出來，何木舟便拽了她一把，直接將她拉進屋內，反手一側身，她就被抵在了玄關。

「你幹什麼？」蘇有枝蹙眉。

男人因爲還沒完全退燒，眼神依然有些混沌，望向她時眉眼彷彿覆上了一層霧氣，而他正透過那層大霧努力想要看清她。

「枝枝，我喜歡妳。」

蘇有枝不知道他又發什麼神經，重逢後每次見面總是要丟好幾個直球過來。

何木舟頓了一下，又慌亂改口：「不對，我愛妳。」

蘇有枝微怔。

「你……」她的手掌貼上他的額心，「你燒壞腦子了嗎？」

何木舟無語，抬手覆蓋她擱在自己額間的手，唇線繃成一條僵直的線，深深盯了她一陣，復又開口：「枝枝，我很認眞。」

蘇有枝想避開他的目光，但她發現自己辦不到。何木舟一旦認眞看向一個人的時候，就是勢在必得的姿態，他一直都是一個高超的獵手。

蘇有枝自知敵不過他，只得軟下來，溫聲道：「好，我知道你有很多事想跟我說，但你現在還沒退燒，先去休息，好嗎？」

何木舟哪裡不知道這是在藉著哄他避開話題，昨晚的退燒藥藥效早就退了，今天醫生開的新藥又還沒吃，這會兒腦子發燙，潮熱依然未退，牽扯他的每根神經。

發燒讓人失去自控力，人虛弱的時候總會依賴本能行事，何木舟知道自己處在理智瀕臨瓦解的邊緣，或許會衝動，或許會狼狽，可他不想管了。

他等不及了。

十八歲的生日等不了，現在又怎麼等得了？

他放下拽著蘇有枝的手，情不自禁抱住她，像困在冰雪中那樣依賴熱源，「枝枝，我不是故意騙妳的。」

蘇有枝的心臟被拉扯著，思緒驟然回到高中的那個冬天，說出口的話卻意外的冷靜，「那你爲什麼要拋棄我呢？」

輕若柳絮的一句話，砸在何木舟耳裡卻宛如千鈞之重。

「我沒有……我沒有想拋棄妳，從來沒有。」

事實上，他到登機前一天都還在跟陳露對峙，他不想放棄任何挽回的機會，哪怕微乎其微。

最後他不得不拉下臉求陳露，讓他留在國內，他以後會還她錢。

陳露當時只是冷笑一聲，說道：「留你在國內繼續打架、早戀？我有的是一百種辦法把你弄出國，信不信我直接把你打暈送上飛機？」

他是在登機前幾個小時出的院，許是陳露怕他跑了，所以特地這麼安排的。確定陳露不願妥協後，他滿心想著要跟蘇有枝道別，於是趁陳露不在時跑去學校，卻被告知蘇有枝請假。

他沒見到她，打算打電話給她，可才剛拿出手機，突然一輛腳踏車從身邊疾馳而過，因爲重心不穩而撞到他，手機便順勢飛了出去，裂了。更倒楣的是，就在他要撿的前一刻，一輛機車正好經過，輪胎好死不死輾了過去，手機徹底報廢。

然後陳露派人找到他，把他給送去機場。

他無力反抗。

到了加拿大，他意識到現階段的他還沒有能力改變現狀，也沒辦法給蘇有枝任何承諾，就算現在聯繫到了蘇有枝，也只是在耽誤她罷了。

他不知道什麼時候能回去，他並不想讓她空等一個遙遙無期的約定，她還有自己的人生要探索。

而他也清楚陳露的脾性，因此決定不再徒勞。唯有奮發向上成爲更強大的人，不受制於他人的時候，才能回去找蘇有枝。

他要成爲能掌握自己人生的人，成爲給得起承諾的人，成爲足以捍衛所愛的人。

爲了避免分心，再加上換手機後聯絡資訊全都不見，因此他一開始並沒有主動去找蘇有枝。直到上了大學，狀態逐漸步入穩定，比起高中更有獨立自主的能力時，他才試著重新聯繫她，豈料不聯繫還好，一聯繫就發現她早已封鎖他所有的社群帳號。

沒有料到會是這個局面，何木舟那天拿著手機站在車水馬龍的街道旁，眼神空洞，悵然若失。

枝枝不要他了。

是啊，男朋友不告而別，音訊全無，誰還會像個傻子一樣繼續等待？沒有由愛生恨，報復他就不錯了。

即使如此，何木舟仍按捺不住，曾偷偷回國去T大看她一眼，發現她過得很好，成爲了更獨立自主的女孩子，主持講座時臉上笑容明朗。

導致他回加拿大後，便想著要放棄。他不懂自己一直以來的堅持是爲了什麼，反正蘇有枝看起來過得順風順水，他或許只是她青春中的一名過客，過客駐留得再久，終究還是過客。

他也想過跟別人發展一段新的感情，但他發現他辦不到，因爲他再也沒能遇到讓他心動的對象。每當他以爲已經忘記蘇有枝的時候，那抹明澈的身影又會在某些時候出現在腦海裡，從此誰都入不了他的眼。

後來他總算明白了，這世上什麼都可以放棄，唯一放棄不了的只有蘇有枝。

白天燈未大開，玄關處燃著一盞昏黃，光影錯落地墜在兩人身上，蘇有枝能看見光線從何木舟挺直的肩線滾過，沒入布料的皺褶裡。

再一眨眼，又是一道新的曖光，連綿不絕。

她忽然覺得有點難過，不知道是因爲自己，還是因爲何木舟。

也或許兩者都有。

她深吸一口氣，以最鎮定的口吻撕開十七歲的傷疤，「那你爲什麼當初不跟我說呢？我們不是戀人嗎？戀人難道不應該一起解決問題嗎？」

一連三個問題砸得何木舟腦子發懵，本就昏沉的腦袋更混沌了。

「我怕妳難過，我只是……」他將頭埋在她的肩窩裡，聲音很沉，字裡行間滲進了挫敗，「我只是不想耽誤妳……」

「耽誤？」蘇有枝納悶地歪了歪頭，避開他的親近，也不知是有意還是無意的。她直視前方，目光聚焦在鞋櫃上方掛著的那幅迷你畫框，裡頭什麼都沒有，像是一方空洞的載體，「人生是我的，耽不耽誤也是我說了算，你憑什麼擅自裁決我的青春？」

說出口的話很淩厲，可她的語氣卻是溫和的，彷彿真的只是很疑惑。

何木舟啞口無言。

蘇有枝輕推他，何木舟便順勢抬起頭來。他與她四目相對，手卻仍微微環抱著她的腰，她沒有反對，他也就繼續賴著。

「何木舟，你知道我最煩你們這些聰明人什麼嗎？」蘇有枝說，「你們總是覺得事情可以在自己的掌握之中，自以為是地幫對方做決定。你的出發點當然是好的，誰也不希望在意的人受傷害，可也恰恰是這種好意，才是傷人最深的刀刃。」

蘇有枝停頓了一會，才接著說下去。

「我當時說過我不想分手，對吧？」她望著他，清澈的眼瞳裡有深沉的玫瑰，玫瑰卻是凋零的，「如果你早早跟我討論，就算你去了加拿大，我們也不會分手，至少不會走到現在這一步。」她又想到什麼，苦笑了下，「就連你去加拿大，我都是從別人那裡聽來的。」

蘇有枝感覺到他想說什麼，卻用拇指腹按住他的唇。男人的眼裡沉澱著痛苦的掙扎，有失落，有無力，有懸而未決的情感，還有對自己的悔恨。

「何木舟，其實所謂的耽誤是一個偽命題，你只是對你自己沒有信心罷了。」

何木舟身子一僵，狹長的眼眸瞪大，眼睫顫了顫。

她平淡的一句話鑿穿了他的血肉，在體內轟然。

很神奇，蘇有枝總是能一眼看穿他，當年在醫院像個執刀者剖析他的內核，今天又輕而易舉地揪出連他自己都不願面對的真實。

是，他的確是對自己沒信心。

他怕自己去了國外後，兩人一旦談起遠距離戀愛，彼此之間的隔閡會愈來愈大。都說愛可以戰勝一切，可他不是沒有看過，那麼多愛得深刻的情侶，最終也敗在遠距離的難題之下，敗在那些不同環境所造就的價値觀、生活習慣以及消失的共同話題下，甚至是敗在各處兩地難以排解的寂寞之下。

他害怕在兩人遠距離的日子裡，蘇有枝周遭一旦出現了更好更適合她的人，就會不再需要他。

所以他的一拖再拖，他的緘口不言，其實也象徵著他在逃避。

他最怕的是蘇有枝不再愛他，可他卻忘了，蘇有枝當時僅剩的勇氣，已經全都拿來愛他了。

「六年的耗損太大了。」她眼眶終於泛起了紅，「要是再來一個六年，我就眞的耗不起了。」

何木舟聽不了她哽咽的話音，就像當初在醫院時她望著他被刀捅的傷口，淚水蓄在眼眶，他卻無能爲力。因爲那是他先犯了錯，犯錯的人又怎麼能理直氣壯地給予安慰？

他明明不希望她哭的，可他卻總是在害她哭。

他像是終於被擊垮的城牆。

「枝枝、枝枝……對不起，對不起……」何木舟垂下頭，雙手按著她的肩，指尖都在顫抖。

想要擁抱她，又突然不敢了。

他胡亂地重複著對不起，像一個犯罪後的信徒，跌跌撞撞跑到神殿告解，祈求神赦免他的罪孽。

額際那因發燒而析出的汗水，浸溼了髮梢，一綹一綹地附著在肌膚上，他的眼神無助而慌亂，再加上未癒的病氣，平添一種脆弱的張力美。

蘇有枝失神地想，這種易碎的美感，居然也能在何木舟身上看到。

她沉默了好久，看著男人伏在自己身上懺悔，聽他說著當年的心路歷程。那些支離破碎的言語落在心上，撞出坑坑巴巴的痕跡，疼痛沿著神經末梢擴散、擴散、再擴散。好似有人拿著一把火在燒，燒她的心臟，燒她的骨血，燒出的全是毀天滅地的絕望。

她不知道爲什麼相愛的兩人要這樣折磨彼此。

這是她第一次看到何木舟哭，在她的記憶裡，他永遠是那個意氣風發的少年，無堅不摧、無所不能，彷彿永遠不會哭泣。

終於還是沒能抵擋住情緒，淚水濡溼了眼，她吸了吸鼻子，用盡全力抱住他。

不是沒有過埋怨和憤懣，只是當那些積壓多年的情緒赤裸裸地攤在面前時，她以爲她會生氣討伐，可事到如今，比起攻訐，她居然只想擁抱遍體鱗傷的他。

也彷彿是藉著擁抱他，與過去的自己和解。

她不是聖母，她也會委屈和不甘，可有些感情，似乎總能超越那些負面因子，讓人放下仇恨，重新擁抱彼此。

世人稱之爲愛。

「何木舟，以後出事不要自己扛，你有我，我們可以一起討論，我們是命運共同體。」蘇有枝聲音悶著，是洇開的淚意，「不要再爲了保護我而擅自做決定了，我沒有那麼脆弱，我可以保護自己，也可以保護你。戀人是並肩向前的，而不是一方拉著一方負重前行。」

她捧起他的雙頰，望進他枯朽與驚浪交織的眼底。

「何木舟，我們以後好好的，好嗎？」

何木舟怔怔地抬頭，眸子似深海，深海裡的流波是大片大片的迷茫。

「枝枝……」他遲疑地啟唇，不敢置信，「妳原諒我了？」

蘇有枝見他這番呆滯的模樣，有些好笑，屈指拭去他眼角將墜未墜的淚滴，然後道：「還沒啊，這就要看你表現了。」

何木舟懵了三秒，也笑了。

他抵著她的額，抬手抹去她臉上的淚痕，兩人就這麼互相幫對方擦淨淚水，依偎在這小小的玄關，彼此溫存。

良久，蘇有枝蹭了蹭他的肩，示意他起來，「你體溫好高，先進去吃藥休息。」

何木舟也知道自己狀態並不好，思緒糊成一團，但時隔六年終於能親近心上人，他不想這麼快就分開。人總是這樣的，只要嚐到一點點甜頭，就會想要更多。

可他也知道蘇有枝是不會放過他的，何況是這種破冰的非常時期，他不可能違抗她的任何指令，因此從善如流地牽著她走到沙發旁，安安分分坐下來。

那種若有若無的旖旎還沒散，何木舟卻也因爲頭疼而無心其他。

蘇有枝弄來了溫開水，讓他把醫生開的藥給吞了。

他在她眼皮了底下乖乖地把藥吃了，又自動自發躺上床休息，蘇有枝很滿意。

睡前蘇有枝就在旁邊，可睡醒後卻沒見到她，他愣了愣，莫名的不安襲上心頭，腦子都還沒反應過來便衝了出去。

於是蘇有枝一開門，看到的就是在玄關緊急剎車的男人，他頭上的幾綹髮絲翹著，都透著慌張。

「怎麼了？」

何木舟呆了幾秒，連忙上前抱住她，悶聲道：「以爲妳跑了。」

蘇有枝眨了眨眼，失笑。

又沒安全感了。

「我只是去買菜，等一下煮麵給你吃。」她輕拍他的背，「不跑了，以後都不跑了……當然，你也不許跑。」

「絕對不跑。」何木舟點頭，嗓音帶著剛睡醒的啞，「枝枝，對不起。」

蘇有枝沒料到他會突然道歉，愣了一下，然後摸了摸他的腦袋，「沒關係，反正我還沒原諒你。」

這種玩笑話放在平常，何木舟肯定就配合地笑了，可此時他卻沉默了一陣才開口。

「我好像沒資格綁著妳，可我終究是自私的……我都不知道妳這六年來是怎麼過的。」他環著她腰肢的手，抱得更緊了，「肯定很難受吧，也是因爲我才這麼難受的，我明明比任何人都希望妳快樂，到頭來害妳傷心的卻是我自己。」

何木舟頓了一下，接著說：「枝枝，妳不需要原諒我，有些錯誤是沒辦法彌補的，就像我們之間錯過的那六年。讓心愛的人受傷……我也挺沒用。我知道我對妳造成了多大的傷害，甚至一度沒有臉回國挽留妳，可看到妳站在面前時，我還是忍不住了，哪怕機會渺茫。我好愛妳，我又怎麼捨得放棄妳？」

苦悶的氛圍瀰散著，某些沉重的粒子嵌入空氣中，勾出的都是過往的懺悔與遺憾。

「但你那時候也很掙扎不是嗎？只能說我們都用自以爲最好的方式去處理了，卻沒有想到對方要的可能不是這些。」蘇有枝輕撫他的背脊，「這件事沒有誰對誰錯，我們都糾結過，也都抗爭過。就像我沒跟你坦承你母親找我談的具體內容，怕你會擔心，也像我後來賭氣把你所有的聯絡方式都刪了，因爲我不想承認我的失敗，不想承認我還喜歡一個銷聲匿跡的人。」

女孩子的聲音很溫柔，像晨間初生的曦光，墜在這悶窒的房間，無形中也消弭了一些不安與晦暗。

「我們之間是資訊不對等，所以各自會有一些錯誤的行爲，好像也挺合理的。只能說代價比較高，而我們花了六年去償還。」蘇有枝的手從何木舟的背部移到了臉部，她輕觸他微微突起的眉骨，柔軟的摩娑讓人沉溺，給予一種定心的安慰，「所以啊，我們也不用糾結過去那些亂七八糟的事了，既然知道現在仍彼此相愛，那就足夠了。已經失去六年光陰了，是不是更應該要好好把握未來？」

「枝枝，我會對妳好的。」何木舟吻了吻她的鼻尖，將人抱得更緊些。

「我會對妳好的。」他又重複一遍，像十八歲生日那天虔誠的告解，捧著她的臉細細地吻，「枝枝，我不會再放手了。」

「嗯。」過了一會兒，蘇有枝退開他的懷抱，卻沒走掉，反而去牽他的手，然後直直盯著他。

「在想什麼？」何木舟溫聲道。

「我在想……」她的聲音很輕，「你不親我嗎？」

她睜著剔透的鹿眼，不像在開玩笑，眼底盛的都是認眞，彷彿很嚴肅地思考著這個問題。

何木舟徹底愣住了。

空氣凝結於這一刻，宇宙萬物歸於寂靜，奔流的不再是時間，而是自己的心跳。

見他又呆住了，她湊上前，雙臂勾住他的脖頸，仔仔細細地端詳了一陣，最後在他唇上印下一個吻。

光明正大地偷襲完後，她忍不住笑了。

這一吻宛如信號，以嘴唇為起點燃遍了全身上下的神經元。何木舟腦子本就因為發燒而不清明，這一下更是把他所有繃著的理智都給燒沒了，野火瘋了一般的生長，成功奪取他的心智。

他攬過她的腰，另一隻手繞到後頸微微掐住，強迫她仰首，方便他攫住她的唇。

他近乎掠奪似地索取，索取她的唇舌，她的體溫，她的一切。

兩人跌跌撞撞到了客廳，舌尖抵開牙關之際，他將她半壓在沙發上，紊亂的氣息交錯著，嚴絲合縫地貼著彼此。

蘇有枝逆著光看到他眼角發紅，像隻即將進行掠食的野獸，而她是他唯一的獵物。

她喘著氣準備接受他的撕咬，卻發現他的動作不再沸騰如火，反而逐漸慢了下來。糾纏的舌尖柔軟似漫生的水，勾起的浪潮淹沒感官，每一聲啜吻都是悅耳的白噪音。

何木舟無疑是個溫柔的獵手，他一步一步引領著她，像馴服獵物那樣，讓她主動臣服、靠近，甚至恃寵而驕地反向索取。

迷迷糊糊間，蘇有枝本能地開始回應，她試探著親他、咬他，在得到男人鼓勵般的溫和舔吻時，便更加大膽地去嘗試。

她想要記住他的溫度，他接吻時的每個細節，他意亂情迷時極力克制的隱忍。

「枝枝，妳就勾我吧……」何木舟含糊道，微瞇著眼看向她，像是要把她鎖在那方狹長的眼眸中，永遠為他綻放。

他吮著她的下唇，右手一下又一下摩娑著她的臉頰。熱氣蒸騰，他的吻開始不滿足於純粹的唇齒交合，不知不覺地往下，沿著下巴、頸線、鎖骨……

太久沒有親密行為，蘇有枝哪裡抵得過這般疾風驟雨，她被吻得渾身發軟，手指早已在情不自禁間插入他的髮絲，蜷在他和沙發之間的狹窄空隙，無處可逃。

她宛如溺水者大口大口喘息，抱著他的手鬆開了又抓緊，抓緊了又鬆開，最後在肩頭被咬出一聲黏膩後，才撐著零落的意志力道：「好了……好了……」

蘇有枝面色潮紅，眼裡彷彿蘊著一汪水，看著特別可憐，「再這樣下去，我也會感冒的。」

何木舟望著這樣的她，突然笑出了聲。他幫她把凌亂的領口整理好，將暴露在空氣中的肌膚都隔絕回布料之中，然後緊緊抱著她，「枝枝，妳怎麼這麼可愛啊。」

身上的體溫未散，蘇有枝腦子發昏，一瞬間也有了發燒的錯覺。

何木舟也發昏，但他不知道是發燒的緣故，還是蘇有枝的緣故。

他蹭了蹭她的手心，像一隻大型犬那樣跟主人貼在一起，接著把臉埋回她的頸窩，就這麼賴著不動。

「好累啊。」他抱怨了一句，字裡行間卻都是滿足。

「累就去睡覺。」她敲了敲他的背。男人的唇擦過她頸側，咬了一口。蘇有枝「嘶」了一聲，「你是狗嗎？咬我嘴巴不夠，還要咬我下巴、肩膀……」

「我是啊。」何木舟低低地笑，饜足似地汲取她身上的香氣，「我不只要咬，我還要留下痕跡……」

「停！」蘇有枝敲得更大力了，「停，別說了，看你的前女友們都把你慣成了什麼德性。」

她原本只是想反擊，講話也沒過腦，豈料話一出口，心也隨之痛了起來。她原本以爲自己很大度，可如今看來，自己還是小氣，會暗暗爲了對方過去的戀情而吃醋。

果然沒有人能不在意對方的前往。

「什麼前任們？」何木舟望著她眼底驟然出現的小小陰雲，很隱蔽，卻仍是被他捕捉到了。他抬手摸了摸她頰側，安撫似的，「哪來的『們』，我的前任只有妳一個。」

「少來，大一同學會的時候有人說他在加拿大看到了你，還說當時你身邊跟著一個漂亮女生。」

「什麼漂亮女生……」何木舟張了張嘴，費力地回顧大一的記憶，半晌後想起了什麼，「喔，妳說尹璇啊。」

蘇有枝愣了愣，「尹璇？」

「嗯，別說前女友，我仔細想了想，大學四年跟我接觸過的女生就寥寥可數，通常是小組作業才會湊在一起。要說常常出現在我身邊的，應該也只有尹璇了。」

蘇有枝還在懵，隨後把尹璇那張臉和「漂亮女生」這個詞結合起來，發現好像確實很合理。

「尹璇是同性戀，她對男人一點興趣都沒有，更不用說我了。」何木舟冷笑，「她大概只把我當狗。」

蘇有枝笑到不行，心裡已經接受了這個解釋，嘴上卻仍是想逗逗他，「但我沒在加拿大，我怎麼知道除了尹璇，你身邊還有沒有出現過其他女人呢？」

「枝枝，我眞的沒有前女友。」何木舟嘆了口氣，滿目無奈，「那位目擊者同學能不能別亂造謠，這不只攸關名譽，還攸關我女朋友對我的信任……」

蘇有枝又笑，戳了戳他胸口，「放心，你女朋友對你的信任值是滿級分。」

何木舟怔了怔才反應過來，隨即抓住她的指尖，「枝枝，妳逗我玩呢。」

「嗯啊，誰讓某人不管到了哪裡，人氣總是那麼高呢——我有點危機意識不算過分吧？」

「妳還好意思說。」何木舟瞇了瞇眼，湊上前，用鼻尖蹭了蹭她的，「某人高中時，身邊也有不少男人，姓沈的啊，姓蕭的啊……」

「我跟沈逸言眞的沒什麼，他根本沒把我當女的。」蘇有一臉枝無語，這都過去多久了，怎麼還把陳年舊事翻出來啊，「至於蕭盛，他是徹頭徹尾的gay好嗎，還是打死都不做一號的那種。」

何木舟也一臉無語。

不知道過了多久，他才開口：「是我心胸狹隘了。」

蘇有枝笑倒在他身上，「天啊，你不會連蕭盛的醋都吃過吧，何木舟你占有慾別太嚴重。」

何木舟一言難盡，最後乾脆抱著蘇有枝，把臉重新埋進她肩窩，藉此逃避什麼。

豈料埋著埋著，嘴唇擦過那細白肌膚，再次勾起內心的意念，方才的旖旎本就未完全散盡，這會兒一來一往的摩娑，又重新復甦覺醒。

「剛剛說很累的是誰，現在又開始的是誰？」蘇有枝被吻得發癢，推了推他，「你起來。」

「我就問一句，是誰一開始先勾引我的？」何木舟直接把人給抱到自己的腿上，面對面道，「我原本想說怕把感冒傳染給妳，所以就克制著不動妳，結果呢？結果某人自己蹭上來索吻。我要是還不動，我還配叫做身心健全的男人嗎？」

蘇有枝自知理虧，可她的原意是一個小小的、撒嬌的啄吻，而不是這種混亂瘋狂又色慾的……算了，反正她也不討厭，引火上身的終歸是自己，怪誰呢？

最後蘇有枝把何木舟再次趕去睡覺了，她瞅著他的睡顏，心想一個病患怎麼還能有這麼多力氣來制裁她，男人眞是可怕的生物。

剛復合的小情侶沒能享受兩人世界太久，蘇有枝猶豫了一陣子終於跟唐初弦坦白和舊情人復合的事。因為怕被她罵，所以只敢傳訊息，傳完便再也沒打開過對話框。

豈料隔天晚上就接到了自家閨密的電話。

「十分鐘後，火車站，不見不散。」唐初弦冷冷地丟下一句話就掛了。

這人從K市跑來T市興師問罪了。

匆忙趕到火車站後，蘇有枝才發現來的不只有一個人，唐初弦居然把鄭洋也給拽上來了。

她看著眼前的一男一女，沒有老同學重逢的喜悅，反而眨了眨眼，最後憋出一句：「所以說你們逼供也要來一段雙口相聲嗎？」

兩人一臉無語。

「我就是想看一下是哪個混帳害我欠她一頓千元buffet……不對，我要看是誰把我們家枝枝給拐走了。」鄭洋說。

「那個混帳男人你也認識，以前還一口一個舟哥的叫。」唐初弦環胸涼涼道。

「我……操。」鄭洋震驚了，顯然被唐初弦抓上來時，對於何木舟回國那是一無所知，就算知道也沒想到這兩人又會重新搞在一起，「舟哥？何木舟？」

蘇有枝僵硬地點頭。

「厲害，眞厲害。」鄭洋消化半天也只憋出這句，「不知道妳跟舟哥哪個更厲害，簡直天方夜譚，這人不都消失多年了嗎？」

頂著兩道灼灼的視線，蘇有枝莫名有些心虛。

「把何木舟也叫出來，幾年沒見了，不一起吃個飯說不過去吧？」唐初弦說。

閨密發話她哪敢說不，她連忙發訊息給何木舟，讓他下班直接到romantique去，是一家法式餐酒館。

「我操，舟哥，眞的是你啊？」鄭洋見到本人的驚嚇程度只有過之而無不及。他湊到他面前仔細端詳，還捏了捏他的小臂，想要確認眼前人不是假的，「你怎麼突然回來了？」

「追人。」何木舟漫不經心道，抬手翻開菜單，「這裡什麼好吃？」

「我們來者是客你還問我們？」唐初弦語調稍揚，「你一個本地人不介紹就算了，還指望我們大老遠從K市跑來給你介紹啊？」

「我回國才多久，誰跟妳本地人。」何木舟闔上菜單，從容地對上唐初弦的目光，「我說唐初弦，妳在那邊陰陽怪氣什麼？我才坐下來不到三分鐘，沒惹妳吧？」

唐初弦也沒在怕，直言不諱：「你給枝枝造成的陰影這麼深，我這不是怕你又死性不改嗎？」

蘇有枝沒料到她會這麼直接，連忙打圓場：「那個，你們先看看要吃什麼……」

唐初弦沒理，盯著何木舟的雙眸凌厲，「我醜話先說在前頭，枝枝跟你復合我是極反對的。當然，你說我又不是她的誰，還管她談戀愛幹麼？這麼說吧，作爲她的朋友，我當初也是相信你跟她會好好的啊，但在看到你一聲不吭丟下她之後，我就再也不相信你了。你都不知道你走了之後她有多痛苦——」

「弦弦，別說了。」蘇有枝眼底閃過一絲慌張，按住她擱在桌上的手，卻沒能摀住她的嘴。

「不，我偏要說。」唐初弦睨了她一眼，繼續道：「她消沉一陣子後話變少了，但常常在笑你知道嗎？沒有靈魂的那種笑。我都想叫她別再笑了，愈笑愈苦，裝得很堅強，裝得毫不在意，實際上什麼都悶在心裡，我看了都難受。她也睡不好，高中的她睡眠品質很好的，後來常常夢魘，她說總是在做一個夢，一個被鎖在船上承受著狂風暴雨逃不出去的夢。有一段時間嚴重失眠，整個人的內分泌系統都亂掉，雖然說後面調回來了，但身體也難免落下病根。她那麼無欲無求的一個人，生活能簡單就簡單，但爲了忘記你卻把自己的時間都塡滿了，大學忙得要死，還跑去攬了系學會的工作，你能想像原本膽小怕生的她在學期間策畫了幾場講座嗎？她恨不得把自己的每分每秒都壓榨乾淨，這樣才沒有時間去想你。因爲一想你就難受，一難受就失眠！」

唐初弦接著道：「大學有人告白她都拒絕了，我問她T大的學生再怎麼樣都差不到哪裡去吧，爲什麼不試著談戀愛呢？她說沒興趣，我想說哪裡是沒興趣，分明是沒辦法忘記某個人，努力想忘掉還忘不掉。」

在座都被唐初弦這番話給喊懵了，連原先氣定神閒的何木舟都正襟危坐了起來，收起清傲和輕佻，此時面色只餘莊重。

「弦弦……」蘇有枝顫著聲音想要阻止，卻是瞳孔震盪，什麼話都說不出來。

唐初弦豁出去了，蘇有枝不敢說，她便幫她說然而她知道的也只是冰山一角，蘇有枝並不是善於表露心事的人，也只有偶爾憋不住了才會跟她傾訴分毫，更多的情緒壓力，不知道在多少個寂寂的夜裡被她獨自咬牙吞下了。

「站在朋友的角度我巴不得她不再跟你相見，可是能怎麼辦呢？她喜歡你啊，她喜歡我也只能認了，往好處想說不定她跟你復合後能開朗一些呢？但我又怕她那麼好的一個女孩子再次被傷害，她傷不起第二次了何木舟，你要是——」

「我不會再讓她受傷了。」何木舟打斷她，「我會對她比世界上任何一個人都好。」他在桌子底下牽起蘇有枝的手，看向唐初弦時眸色深重，是從未有過的認真，「她是我時隔六年後，失而復得的寶藏。」

蘇有枝心下一顫，鄭洋張了張嘴，唐初弦沒料到他會如此正色，好半晌才怔怔道：「我信了。」

話一出口，都有些哽咽了。

「我信了，你要對她好，不准讓枝枝再受委屈。」唐初弦像在護犢子似的，深怕自己的寶貝在外有個三長兩短，「如果你再害她難過，我一定跟你拚命。」

一頓飯四個人各懷心思，微妙感經久不散；豈料老同學久別重逢的氛圍在用完餐後終於被激發出來，唐初弦沒了方才跟何木舟的爭鋒相對，此時興奮地嚷嚷續攤。

最後四人決定去唱歌，順便捎上同樣在T市的沈逸言。

「沈組長好久不見！」包廂門一被推開，唐初弦便拿著麥克風大聲相迎。

學生時期的稱呼改不了，沈逸言笑了笑，便由著他們叫去了。

在看到何木舟時，他眸底滑過一絲驚詫，微微挑眉，在他身旁坐下。

「回國啦，別來無恙？」

何木舟輕嗤，「別裝了，恙不恙你不清楚嗎？」

沈逸言也只是笑，良久後望著不遠處和唐初弦對唱的蘇有枝，感嘆道：「你們也挺不容易的。」

何木舟難得沒嗆人，低低應了聲，在鼓點激烈的伴奏中含糊開口：「謝了。」

聲音很小，但沈逸言聽見了，他饒有興致地轉過頭，「你跟我說謝謝？」

「只講一次，沒聽到拉倒。」何木舟目光薄涼，又變回平常那個高冷大老。

沈逸言又笑，雙手疊在膝頭，在這種花花綠綠的喧囂場所裡顯得特別優雅，「講眞的，其實一開始我並不想幫你。」

何木舟瞥了他一眼，那一眼像是在說你想死嗎？

「我當初在加拿大的時候想說怎麼這麼倒楣，出來交換也能遇到你，都畢業了還沒完是吧。」沈逸言習慣了他的暴躁，這會兒只覺得有趣，娓娓道來，「何況枝枝當初跟你分開後的狀態是肉眼可見的差，其實我心裡是怨你的，怨你把一個好好的女孩折騰成這樣，然後二話不說拍拍屁股走人。」

他的眼神滯留在蘇有枝身上，彷彿透過那道纖薄的背影，看見了幾年前的他們。

「但上了大學的某一天，枝枝她不知道是跟誰喝醉了，半夜突然哭著打給我，說她好想你，說她明明知道你不在了，可她還是做著一個不可能的大夢，盼望著有一天你會回來。」沈逸言收回目光，對上何木舟深沉的眼眸，「我當時只覺得她傻，幹麼非得要執著在一個人身上。誰知道後來我眞的遇到你了，在你求我透露枝枝的近況時，我才明白原來你們兩個誰也沒放下誰，何苦爲難彼此。」

沈逸言想到那個在異國他鄉的夜晚，總是傲然疏離的少年拋棄自尊跟他這個所謂的「情敵」求救，至今仍然覺得不可思議。

「我原本回國後就不打算幫你了，想說你一個大男人喜歡誰怎麼這麼憋屈，什麼資訊都要通過別人才能得知，有種就回去重新追啊。可看到你那鬼樣子，又覺得你好像有什麼不得已的苦衷，若能直接飛回來求復合，你肯定早就幹了，何必這麼藏著掖著。於是我就心軟了，想著你總有一天肯定會回來，枝枝肯定會有等到你的那一天。」沈逸言彎了彎唇，像是在笑自己當時的天眞，又像是在慶幸自己的盲目，「也不知道誰給我的信心，要知道我這個人從高中就不看好你，若不是枝枝還惦念你，我眞的完全不會理你。」

說完，沈逸言撈起桌上的啤酒，給彼此各斟一杯，「敬你們往後一切都好，兜兜轉轉，這次別再散了。」

「謝謝。」何木舟這回不再彆扭，眞眞切切道了一句謝，「這次不會散的。我跟六年前已經不一樣了，當時的何木舟徒有傲骨，實際上也只是一個手無縛雞之力的敗者，只能依靠母親生存。」

何木舟與他碰杯，「咚」的一聲輕響。

「但現在的我已經足夠強大，得以保護枝枝，也得以捍衛我們的愛情。」

故友重逢，幾個人嗓子一嚎就唱到了半夜，最後在KTV前道別。

都喝了酒，何木舟幫大家叫了計程車，攙著被睏意襲擊的蘇有枝，淡聲道：「有什麼需要幫忙的再打我電話。」

「不用麻煩了舟哥，我們都訂好飯店了，絕對不吵你，你就好好照顧枝枝吧。」鄭洋心眼跟明鏡似的，十分識相。

幾個人又說笑了一陣，直到計程車來大夥兒才散了。

何木舟把蘇有枝帶回他家，這大半夜的，他不放心她一個人待著，何況還喝了酒，雖說不至於醉到意識不清，但難免影響判斷力。

平常十二點就睡，現在半夜兩點，蘇有枝一心只想睡覺。何木舟把人放到床上，幫她掖好了被角就要去洗澡，豈料才剛轉身，手腕便被拉住了。

「抱一下吧。」蘇有枝瞇著眼，臉頰暈著兩坨紅，「晚安前要抱抱的。」

說著說著，她還把手從被子裡伸出來，兩條手臂敞開，是討擁抱的姿勢。

喝了酒的小女人黏糊糊的，嗓音黏糊，連性子都變得黏糊起來。

沒有人能拒絕這樣的撒嬌，何木舟很受用，受用到覺得自家女朋友可愛得會讓他失去人性。

他彎身擁抱她，溫熱的氣息將她團團簇擁，得償所願的蘇有枝窩在他懷裡，饜足地蹭了蹭他胸膛，像一隻撒嬌犯懶的布偶貓。

「何木舟。」她輕聲說，「你也是我的寶藏。」

何木舟心下軟得一塌糊塗。

「可是……」蘇有枝瞇著眼囁嚅，「可是……」

「可是」了半天都沒有下文，何木舟正想問，就見她突然哭了。

他嚇了一跳，連忙幫她拭去滑下的淚水，「枝枝，怎麼了？不舒服嗎？」

蘇有枝點頭，又搖搖頭。

過了好一會，她才拉著他的手到自己的左胸處，哽咽著道：「這裡……不舒服……」

「怎麼不舒服了？」

「就是有點……悶。」蘇有枝垂著頭，聲音很小，「何木舟，你……能不能別去加拿大？」

聞聲，何木舟一怔，又聽她繼續說：「你媽媽不喜歡我，可是我好喜歡你，我捨不得你去加拿大……我不想跟你分手。」

何木舟懵了半晌，才意識到酒精使眼前人的時間線錯亂。酒後的胡言亂語本該是有趣的現象，可他卻笑不出來，只覺得心下一片疼。

是要有多深的陰影，才會連醉了都在惦念，卑微地想要拽住僅剩的希望。而造成這個陰影的人是誰？是他，是他親手把心愛的女孩子推向陰影深處。

「枝枝，不會的，不會分手了。」他抱著她溫聲哄，吻去眼角的潮溼，「我也不會再去加拿大了，從今以後我都會留在妳身邊，別哭了。」

「可是……可是你媽媽會不會把你強行帶去，她會不會又來找我……」

「不會，陳露管不了我了，她也不會再刁難妳，她現在在加拿大有自己的生活。」何木舟說，「而且她脾氣收斂了不少，不像以前那麼強勢和偏激了，妳放心，她不會反對的。」

這倒是事實，雖說母子倆沒有多少感情，但何木舟按照陳露的安排在加拿大完成了學業，各方面都保持在水準之上，已經滿足她的控制欲和遺憾心理。她最初也只是不希望他步上她的後塵，不想在自己的兒子身上看到從前的自己。

但既然他如今在自己的領域混得風生水起，她也沒有理由再干涉，何況時間會磨平一個人的稜角，她也在無形中漸漸收起了獨裁模式，專注過上自己的生活。最多，最多就是有意湊合何木舟和尹璇，但兩個年輕人都沒那個心思，也就作罷了。

「所以別擔心，我不會離開妳，也沒有人可以拆散我們了。」

蘇有枝努力睜著眼想要看清他，睏是睏，可聽到他這番話，心裡一直以來懸著的東西倒是安放了。她點點頭，往他懷裡拱，牢牢地抱著不放。

何木舟又心疼又憐愛，盡可能地給予她缺失的安全感。

不知道過了多久，蘇有枝忽然抬起頭，「何木舟，能親一下我嗎？」

未褪的酒意和殘留的水氣染上雙瞳，顯得神情有些憨，卻又有一種天真的可愛。

沒等他動作，她便仰首去尋他的唇，眼皮重得掀不開，全憑直覺探索，好半晌才親對地方，途中磕了兩次他的下巴，惹得何木舟又好氣好又好笑。

「枝枝，妳是不是醉了？」他邊吻邊問，舔過她下唇時又將人抱緊了些。

「沒有啊，我很清醒的……我只是很睏。」蘇有枝勾著他脖頸，含糊道，「我只是……很想你，控制不了想要靠近你。」

說罷她又去吻他，唇片相抵，交織出的都是纏綿愛意。

何木舟聽出了她話中的隱喻，那句「很想你」，想的是六年來錯失的每分每秒。

他好像嚐到了甜，那甜卻又摻了一絲苦。

親著親著，他也受不了這種撩撥。他知道蘇有枝高中時就喜歡一些肢體接觸，可一向含蓄的她總是若有若無地接觸，從未如此直白不羈。酒精讓一個人坦率得可愛。討抱抱或索吻都是不自知的勾引，每一顰含水的眼波都像是撓在心尖上，勾得人直把魂都給奉上了。

何木舟從來不是什麼正人君子，他就是一個俗人，俗人就該遵循原始的慾望，該勾的不該勾的全都交待給了心上人。

夜色很深，剛下過小雨，初春的夜半猶有涼意，閒雲掩月，星子明明滅滅，房裡的窗戶開了一道縫，風吹來都是潮的。

他們在溼涼的晚風中交頸、接吻，擁抱時交換彼此的溫度，而床褥也在不知不覺間亂了。

女朋友正醉著，再進一步就顯得不妥了，幾番琢磨，何木舟抑制住蓬勃的慾望，最終抱著蘇有枝緩了一會兒，然後直接把人包進了被窩裡。

他吻了吻她的額頭，接著就要往浴室裡去。

蘇有枝注意到了什麼，在他離開前拽住了他，也拽住他凌亂的步伐。看到那隱忍的汗水從額際滑了下來，她遲疑幾秒，輕聲道：「我可以……幫你的。」

何木舟愣了一下，眼底是難以言喻的吃驚，而後搖了搖頭，把她的手放回被子裡，傾身又在她嘴角印上一個吻。

「沒關係，不用勉強。」

「不勉強的。」蘇有枝聲音很小，字裡行間壓抑著矜持。

話畢，她像是被羞恥感狠狠折磨了一番，偏頭閉上眼，羞於與他對上目光。

何木舟覺得好笑，被可愛得不行，他沒忍住又抬手捏住她的下巴，將紅透的臉給扳回來，強迫她將自己收納進眼底。

「沒事，之後有的是機會讓我舒服。」他笑，在她溼漉漉的眸光中一本正經地說著混帳話，「今天就先這樣了，再下去我怕我把持不住。」

最後一個吻終於落在唇上。

「晚安，我的寶藏。」

蘇有枝是被渴醒的。

清晨四點多，月落星沉，天邊雲絮泛著稀薄微光，是破曉前的預告。

蘇有枝累得狠了，卻沒睡多少，做了一個在沙漠中流浪的夢，好不容易找到一方綠洲時卻突然驚醒，感覺喉頭一陣乾澀。許是被夢裡的情景影響，想喝水的慾望強烈地壓過了睡意。

她迷迷糊糊地起身，摸了摸身旁，空的。

蘇有枝心下一涼，分開多年所鑿成的患得患失並非一時一刻能填滿的，她閉眼緩過那股失落，告訴自己這裡是何木舟的家，他不可能再次拋下她跑走。

不知是不是心理作用，蘇有枝感覺有點冷，她推開房門走出去，還是沒看到何木舟。她心頭一片慌，也忘了自己是要出來喝水的，在屋子裡轉了一圈，最後才在陽臺找到那抹身影。

陽臺不大，角落置了一張凳子，男人坐在那兒，面朝外邊熹微的天，看城市在天光下逐漸甦醒。那寬肩窄腰的背影在拂曉的襯托下略顯孤寂，好似晨光都沒能暖人半分。

蘇有枝腳步很輕，走近一看才發現他腳邊散了好幾截菸頭，似乎都是剛抽完扔的。她忘了自己不喜菸味，直接踏入那方煙霧繚繞的小空間。

聽到身後傳來的動靜，何木舟轉身，在見到女孩子時愣了愣，啞聲道：「枝枝……怎麼醒了？」

語聲落下，見她淺淺蹙起的眉頭，猛然意識到她並不喜歡菸味，連忙將手中未抽完的菸給掐滅了，起身把她帶出陽臺。

「我才想問你怎麼不睡。」蘇有枝眉眼低垂，溫軟的聲音摻進了幾絲沉悶。

「就……睡不著。」何木舟低聲應道，把人給拉到沙發上坐好，抱歉地笑了笑，「我先去換身衣服，以後不在妳面前抽了。」

「是睡不著，還是睡不了？」蘇有枝對上他的目光，「不是說最近睡眠好多了嗎？」

兩人復合之後，何木舟的狀態確實比以前好了不少，這會兒又整夜沒睡，她擔心是不是出什麼狀況了，導致睡眠障礙復發。

何木舟牽起她的手，指頭陷進指縫間，十指緊扣。

「沒事，就是……覺得挺不眞實的。」他眼睫斂著，掩住眸裡翻滾的情緒，嗓音沉沉，「下班後就能見到妳，能帶妳回家，能一起和衣而眠……什麼都挺不眞實的。」

蘇有枝心頭發酸，又聽到他說：「復合後我常常在想，這是不是一場夢，是不是上天看我可憐，施捨給我的一場美夢。」何木舟扯了扯唇，摻著若有若無的苦，「不過就算是夢也無妨，大不了永遠不要醒，這樣就能一直跟妳在一起了。」

他不相信永遠，可此時還是拋卻了理性，想盲目地倚賴一次這種虛無的時間概念。

蘇有枝望著這樣卑微的他，想起之前在木兮的那次談話。當時他剛回國不久，她在他身上看到的都是冷感，都是漂泊，好似獨自流浪了很久，卻沒能遇到一處停歇的岸。

她抱住他，把他的腦袋擱在自己懷裡，像保護幼崽般擁著，手心溫柔撫摸他的背脊，每一下都是綿長的撫慰。

「何木舟，不用流浪了，可以靠岸了。」她溫聲道，「我是你的岸。」

經年的渴求終於得以圓滿，遲了多年的告白熨貼骨血，有時候，療傷也只是一瞬間的事。

「戒菸好不好？」蘇有枝輕哄，摩娑著懷裡人的面頰，想起陽臺那滿地的菸頭，眉間又漫上幾許摺痕，「抽菸很傷身體的。」

「好。」何木舟埋在她懷裡，在她看不見的地方偷偷掉淚，他不喜歡自己的脆弱，但那種深入骨髓的溫暖卻又那麼深刻，讓他忍不了翻湧的淚意。

雖說從高中就碰了菸，但他其實菸癮不大，只有煩躁時才會藉此紓壓一下，最嚴重也就只有剛到加拿大那陣子，不想蘇有枝的時候抽得凶，想蘇有枝的時候抽得更凶。

後來堅定心智和目標後也就恢復正常了，偶爾抽個幾根，沒有上癮的難耐。今天也只是因爲睡不著，再加上心緒沒來由雜亂，心臟彷彿被吊著似的，不知道什麼時候才能安放，不知道夢會不會下一秒就支離破碎，這才趁蘇有枝睡著後到小陽臺放空，望著夜裡沉寂的城市，不知不覺便抽掉大半盒菸。

可現在夢中人卻同他說，這不是夢，更不是什麼幻境，她就眞眞切切地站他面前，像個閃閃發亮的神明，爲了他下凡。

紅塵難渡，擁抱與吻是鎭定劑，而愛是救贖。

「My God, my love.」

他是個無神論主義者，可此時他卻有了唯一的神。

「I offer you the loyalty of a man who has never been loyal.」

他在清晨驟然大放的日光中抬眼，墜落進她澄澈的眼瞳，所有晦暗都化成純白色的雲，眼底盡是深情，那樣虔誠。

月亮徹底湮沒於白晝，可人間的月亮還清醒著。

而他在最後一瓢曙光中吻住了他的月亮。

尾聲

K市。

下了火車，蘇有枝攔了一輛計程車，轉頭問何木舟：「先去學校？」

何木舟點點頭，途中望著車窗外倏忽而過的街景，神色繃著，什麼話也沒說。

旁人看只覺得這男人疏離，舉手投足都透著桀驁的冷，只有蘇有枝看得透澈，知道他是緊張了。

何木舟從少年時期開始，做什麼事都自信從容，這會兒罕見的緊張，蘇有枝覺得有趣，戳了戳他的肩膀，「你很焦慮嗎？」

「沒有。」何木舟一本正經，「才怪。」

蘇有枝笑出了聲，去勾他的小指，「別焦慮，我爸媽又不吃人。」

何木舟難得感到害怕，「聽沈逸言說他們可護著妳了。」

「什麼都聽沈逸言說，我家聽沈逸言說，你也聽沈逸言說，他是什麼中央廣播電臺嗎？」蘇有枝一臉無語，「說起來我們現在會在這裡也是因爲沈逸言，要不是他跟我媽透露我脫單了，他們也不會那麼快知道這件事……你也不用這麼急著見家長。」

何木舟也一臉無語了，「怎麼哪裡都有沈逸言啊？」

「他是我們家的編外成員唄。」

語聲落下，何木舟又恢復了閉口不言的狀態。蘇有枝見他沉默了半路，下車後跟司機道了聲謝，然後牽住他的手，「你不開心了嗎？」

「沒，我就是嫉妒。」何木舟很坦然，反手將她的手包裹在手心，「嫉妒沈逸言跟你們家關係這麼好。」

蘇有枝覺得好笑，仰頭只見男人緊繃著下顎，毫不留情地出賣他的心緒。

「沒事，他只是編外成員。」對於哄一些貓貓性格的大型犬，蘇有枝十分得心應手，「你以後就會是正式成員了。」

何木舟腳步一滯，揚了揚眉，「枝枝，求婚這種事交給我就行了。」

蘇有枝哄人卻反被調戲，耳根子一紅，抽了抽被他握住的手，卻是徒勞無功，「我沒在跟你求婚……」

何木舟舒心了，眼角眉梢都染了笑意，不論是女朋友的哄人技巧，還是女朋友被調戲後的反應，他都十分受用。

走著走著，兩人來到K市一高的大門前。學校禁止非在學生或非教職人員入校，他們也只能站在外邊看，看那刻著K市一高的牌匾歷經風吹雨打後還是那麼堅實，看那警衛依然搬了一把凳子坐在校門口逗鴿子，看學生吵吵鬧鬧地從眼前追逐晃過。

曾經的青春都著墨在這裡了，現在的校園承載的是另一批孩子的青春。

「離開的那一天我不是來找妳了嗎？但那時候我穿著便服，也沒背書包，警衛死活不讓我進去，後來我就硬闖，闖到六班教室，結果發現妳不在，班上同學跟我說妳請了病假。」想起年少的光景，何木舟有些懷念地扯了扯唇，弧度裡卻猶有未盡的遺憾，「後來我沒見到妳就直接跑了出來，他看到我又馬上追著我打。警衛肯定覺得我很煩，在學期間惹事生非，出現在學校的最後一天還要給他找麻煩。」

「你就是最後一天也不讓警衛好過。」蘇有枝笑，似是感受到他壓抑的悵然，她抬起兩人交握的手，在他手背上飛快地啄了一下，「以後不會找不到啦，我哪裡也不去，生病了就賴你照顧我。」

她衝著他笑，比大上的驕陽還要燦爛。

兩人離開了高中，便極有默契地往甜品店的方向走，畢業後蘇有枝只要有回K市都會抽空來光顧，這會兒也照例點了一碗紅豆湯圓和一碗三色豆花。

之前三色豆花都是外帶，老闆聞言動作一頓，問道：「這次三色豆花是內用嗎？」

「啊，對……我男朋友要吃的。」

老闆的眼神在兩人之間逡巡，隱約間似乎明白了什麼。她記憶力好，對著何木舟笑道：「原來這麼多年來外帶的三色豆花是要給你的啊，好久不見，高三下學期好像就沒看過你了，總算又見到你本人。」

何木舟沒懂，轉頭卻看到蘇有枝表情有些微妙。

恍然間他似乎明白了什麼，心尖微酸，趁著老闆轉身招呼別的客人時，將蘇有枝攬了過來，給予一個帶著豆花甜味的擁抱。

蘇有枝知道他是爲了什麼，也不多說，任由心底鋪開一片暖融。

兩人吃完甜湯後，距離晚餐還有一段時間，便在街上逛了逛。雖是家鄉，但許久沒有在這座城市到處走走，這會兒看什麼都覺得有意思，時間也就這麼流轉而過了。

回到蘇家，蘇有枝走進庭院才發現有人沒跟上來，轉頭一看，只見何木舟站在大門口，就這麼怔怔地望著眼前的住宅，望著她。

蘇有枝走回他身邊，問道：「怎麼了？你不會還在緊張吧？」

「沒，就是覺得……恍如隔世。」換作是幾個月前的他，肯定不敢肖想自己有一天居然還能來到蘇有枝家，十八歲的他可以在大晚上毫無顧慮地跑來這裡討一個安慰，二十五歲的他站在這裡，卻是有些近鄉情怯了。

蘇有枝眨了眨眼，走到庭前種的那棵杏樹旁，朝還在發愣的他招了招手。

何木舟走了過去，見她拿下旁邊掛著的大剪刀，踩上木板凳，在滿樹盛開的杏花中揀了一枝，隨即乾脆俐落地剪下來。

她攥著杏枝，從板凳上跳了下來，來到他面前。

「何木舟，我折一枝春送給你。」蘇有枝雙瞳明澈，四月芳菲盡入眼眸，她站在微風中溫聲開口，一字一句重重地刻進他的骨子裡。「你要永遠記在心裡了。」

兩人彷彿橫跨了多年的韶光，那個站在K大合宿會館前羞澀地贈花予他，小心翼翼說出「你要永遠記在心裡」的少女，在滿城春色中，與眼前的女孩子合而為一。

可這回她不再帶著試探，也沒有隱晦的告白，而是直白地將那枝春花交到他手中，告訴他，只要春天不滅，我們就會永遠在一起。

何木舟讀懂了她的心思，也接住莊重的那顆心。他收下花枝的同時傾身將她攬到懷裡，清冽的嗓音纏至耳畔，摻著明媚春意，都顯得格外溫柔。

「我不知道永遠有多遠，但我會陪著妳，一直走到永遠的以後。」

他這回不再說「永遠太遠了」，而是緊緊地抱著她，在爛漫的春光中栽種愛意，然後獻給心上人。

那年春天花事依然繁盛，紛紛揚揚漫過整個青春，也漫過六年的光陰，最終駐足在一方庭院，見證人間的愛與溫柔。

花期終有盡頭，可春日永遠為他們停留。

全文完

番外一
我用什麼才能留住你

加拿大。

風雪橫行，校園的每一角都積著雪，星星點點的冰晶綴在樹梢和屋簷，整座城市像是被大雪堆砌出來的裝置藝術品，舉目一片蒼茫的白。

何木舟到了展覽廳的時候，身上的大衣沾染了幾分雪屑，肩頭更是兜著將融未融的雪水，浸得衣服溼冷，布料都重了不少。

他捋了捋微溼的額髮，進入門口時工讀生遞給他一本展覽小冊，他低聲說了一句「thanks」，眼也沒抬，就這麼走入了展廳。

何木舟看向手中的冊子，有些意興闌珊。

學校每隔一段時間就會定期舉辦展覽，每期的主題不一樣，文學、藝術、歷史、天文、科學等，而這期的主題是二十世紀的著名文學家，舉凡在小說、詩歌、散文、戲曲等領域具有傑出成就的作品，都有機會被展示出來。

可惜展覽手冊上列的幾位大作家，諸如卡繆、葉慈、艾略特、波赫士、聶魯達……沒有一個是他熟的。

何木舟平時沒有看展覽的習慣，對於文學更是沒有太大的興趣，可因為他修課的教授要求學生參觀，並寫出觀展心得，因此他再提不起勁兒也得冒著風雪前來觀展。

他百無聊賴地在展廳閒晃，打算隨便看看交差了事，可十分鐘後，他發現這裡展出的作品意外的挺有意思，跟他想像中那種艱澀隱晦的文學創作大相逕庭，他甚至能感受到有些詩歌中字裡行間的情感表述。

他想反正今天也沒安排其他事，回到家也只是一個人打報告，最多最多就是尹璇又心血來潮喊群裡的人一起吃飯，要不乾脆在這裡消磨時間。於是他回到起點，決定把展出的作品看遍。

在欣賞完幾首情詩和小說中的經典語錄之後，何木舟來到了艾略特的《荒原》前，首篇是〈死者葬儀〉。

他還沒從這般陰沉的詩名中回過神來，目光就自然而然地往下移動，卻在第一句話撞入眼底之際，狠狠地僵在原地。

——*April is the cruellest month.*

四月是最殘忍的月分。

接下來的內容他幾乎沒有讀進去，腦子裡全是開篇的第一句話，室外的風雪好似渡了進來，透過文字滲入骨骼裡，涼得發顫。

四月是最殘忍的月分嗎？

詩裡頭寫的明明是紫丁香，可他卻想起了十八歲那年春天的杏花，想起有一個女孩子將自己的情感小心翼翼地包裝進那枝杏花中，在即將逝去的晚春裡，留給他最後一抹春光。

可後來那枝杏花枯萎了，那個少女也從他的世界裡消失了。

那年的四月美好得像是青春裡最濃重的一筆色彩，可現在看來，卻又比任何一個季節都還要殘忍。

甚至比這個大雪肆虐的冬天還要殘忍。

大雪可以擁抱一切，任何光明的黑暗的，生機的死氣的，靈活的遲鈍的，它都能牢牢地覆蓋住，隱藏在那片雪霧之下。

十二月的天比四月還要溫暖。

何木舟很輕地眨了一下眼，眼簾垂著，想要遮去眸中的情緒；可心底的悶痛感散發不掉，它只會在體內收割所有負面因子，然後長成參天大樹。

待枝枒刺破他的骨、肉之時，就是他的報應之日。

何木舟緊緊捏著展覽手冊，掐出了摺痕，情緒在谷底沉浮。他從艾略特的作品前離開，對於剩下的展區也沒有太大的興致了。秉持著應付作業的心態，他漫不經心地把後半個展覽逛完，全程面無表情，心裡的痛卻持續發酵。

走到最後一個展區時，距離閉展時間只剩下十五分鐘。

這個展區呈放的是阿根廷作家波赫士的作品，何木舟隨意掃過一些被標注爲「經典」的文本。他不懂這些，也沒細看，原本打算延續前面囫圇吞棗的看展模式結束這回合，卻在瞥到角落的一首詩時愣了愣。

毫無預警的，眼淚就這麼掉了下來。

他閉上眼睛，想要緩過眼角那股酸澀，卻發現闔眼後，看到的全是女孩子的模樣。

她因爲吃到美味的甜點而笑開的模樣，因爲題目太難而皺著眉思考的模樣，因爲要上臺說話而緊張的模樣，因爲害羞而假裝不理人的模樣……因爲喜歡他而眼底漾著光的模樣。

他忽然有一瞬間的慌張，相隔著一片大洋，他害怕再也見不到她，他害怕從此之後只能倚靠這些記憶的畫面維生。儘管自己的生涯規畫明確清晰，也確實在一點一滴地完成了，只要步步爲營，按照計畫完成學位拿到offer，成爲足夠有能力，足以捍衛她、給予她承諾的人，就能立刻回國去找她……可他還是怕。

他不怕她討厭他，他只怕她再也不需要他，甚至怕她忘了他。

何木舟想到了沈逸言前陣子跟他分享關於她的事。他說她接下了系學會藝文部的部長職位，她參加了市立貓狗收容所的志工服務，她一個人去義賣市集擺攤賣手工甜點，她在學校的聖誕舞會被好幾個男人邀請，她得了急性腸胃炎大半夜被緊急送去醫院……

沈逸言說的這些，全都是他沒能親自陪伴她的證明。

他凝視著那首詩，指尖輕輕貼上印刷字體的文墨，一字一句滑過去，像撫摸愛人那樣溫柔而深情。

What can I hold you with?[2]

我該如何留住你？

I offer you lean streets, desperate sunsets, the moon of the jagged suburbs.

我給予你蕭索的街道、絕望的落日、荒涼市郊的月亮。

I offer you the bitterness of a man who has looked long and long at the lonely moon.

我給予你久久望向孤獨月亮之人的悲慟。

風雪、對談、移動的腳步聲……周遭聲響漸漸褪色，只有上一個世紀的文字穿透時空，一個字一個字滾落心尖，於貧脊的土地奏出哀戚的巨響。

悲涼感那麼重，何木舟望著那些詩句，指尖也止不住輕顫。

I offer you the loyalty of a man who has never been loyal.

我給予你一個從未有過信仰之人的忠誠。

I offer you that kernel of myself that I have saved somehow——the central heart that deals not in words, traffics not with dreams and is untouched by time, by joy, by adversities.

我給予你，我那設法保護自己的核心——不經雕琢的文字，不和夢進行交易，不因時間、喜悅、逆境改變的核心。

I offer you the memory of a yellow rose seen at sunset, years before you were born.

我給予你早在你出生以前，一個在傍晚看見黃玫瑰的記憶。

I offer you explanations of yourself, theories about yourself, authentic and surprising news of yourself.

我給你關於你生命的詮釋，關於你的理論，你眞實、驚人的存在。

I can give you my loneliness, my darkness, the hunger of my heart.

我給予你我的孤獨、我的黑暗、我心的渴望。

I am trying to bribe you with uncertainty, with danger, with defeat.

我試著以未知、危險、失敗賄賂你。

「What can I hold you with?」在觸到最後一行的最後一個字時，何木舟輕聲念道。

他沒有街道，沒有落日，沒有月亮，也沒有黃玫瑰；他只有孤獨，只有黑暗，只有心的渴望，只有悲哀的忠誠。

他的月亮甚至被他自己給弄丟了。

被當初那個沒有半點能耐、自以為是，只能倚賴母親生存的十八歲少年，弄丟了。

離開展覽走回宿舍的路上，何木舟望著漫天滿地的大雪，仰頭任由雪花落在面頰上，有些絕望地想。

是啊，我要用什麼才能留住妳？

我連自己都留不住。

番外二
小情侶的居家日常（aka尹璇受難記）

這天木兮公休，何木舟也剛好休假，兩個人都不是愛出門玩樂的性子，起床後便百無聊賴地待在家裡，打算癱在沙發上虛度光陰。

一個打遊戲，一個追劇，就這麼依偎著過了一個下午，恍然回神後，才發現窗外已是晚霞漫天。

蘇有枝伸了一個懶腰，從沙發靠背滑落，自然而然地倒在何木舟身上，抬起頭的視線所及，便是自家男友的下巴。

她伸出指尖貼上他的臉側，沿著那流暢的下顎線一路滑下來，最終停在下巴最尖端，然後輕輕地點了點。

「好無聊。」蘇有枝對上他的目光，眨了眨眼，「工作的時候巴不得放假，真放假的時候又不知道要做什麼了。」

「確實。」何木舟捏了捏她的鼻尖，「有什麼推薦的雙人居家活動嗎？」

蘇有枝搖搖頭。

兩人沉默半晌，何木舟突然啟唇：「我倒是想到一個了。」

2　出自 Jorge Luis Borges〈What Can I Hold You With〉。

「什麼？」

只見他嘴角輕勾，聲線沉沉，咬字刻意重了點：「雙人的，居家的，並且十分方便，在床上就能完成。」

她騰地坐起身，也不跟他貼在一起了，皺著鼻子瞪他，像一隻被惹毛的布偶貓。

「你昨天折騰我還不夠嗎……」

何木舟見她不知何時縮到了沙發最邊角，忍俊不禁，「逗妳的，沒那麼禽獸。」

蘇有枝想起昨晚的光景，漂亮的鹿眼滿是戒備，耳根子卻紅著，「禽不禽獸可不是你說了算，我記得有人昨天口口聲聲說最後一次了，然後？」

然後拖著她的腳腕把人扯過來又來了一次，然後抱去浴室清洗的時候又來了一次，然後出浴室前又他媽差點來了一次。要不是蘇有枝已經睏得睜不開眼，指不定某個禽獸是真的會付諸實行。

何木舟傾身抱她，將她困在手臂與沙發圈出的小小空間裡，鼻尖蹭了蹭她的側頸，「是我，都是我的錯，下不為例。」

蘇有枝不買單，男人的嘴騙人的鬼。她小小地哼了一聲，就看到男人敞開的領口，鎖骨下方的肌膚暴露，上頭有幾塊微妙的齒印。不過幾秒，那血色直接從耳根漫到了蘋果肌上。

下嘴是不是太重了？蘇有枝心想。竟開始默默地反省了起來。

轉念又想，這人在自己身上流連的時候，也沒有在管力道的，常常把她咬疼了才又回去邊親邊哄，就仗著她心甘情願，不會對他怎麼樣。

下次用力一點好了，蘇有枝報復性地想。

何木舟不知道自家女友的心思，更不知道她偷偷盤算的復仇計畫。他吻了吻她的眉骨，溫聲道：「枝枝，要不我們來做甜點吧？」

「你怎麼突然想做甜點？」蘇有枝愣了一下，眼底生出驚訝。

「想了解一下妳平常都在做些什麼。」他說，「而且高中那會兒妳不是邀了同學去妳家做甜點嗎？我沒跟到，有一分遺憾。」

明明何木舟面色如常、聲線平穩，可蘇有枝不知怎的，從他話裡聽出了一絲委屈。

「好啊，那我們吃完晚餐就來做，家裡還有一些簡單的材料，應該夠做布朗尼。」

雖是何木舟的房子，可兩人復合之後蘇有枝時不時就會留下來過夜，不知不覺也在這兒留下了許多東西，她也會適時地補充家裡的食物和必需品，讓這個房子有了一點生氣，而非只是一個睡覺中繼站。

兩人叫了外賣解決晚餐後，蘇有枝便翻出製作布朗尼的食材，招手讓何木舟過來。

「布朗尼很簡單，材料也幫你備好了，我把步驟跟你說，你可以自己試著做，我在旁邊看，有問題隨時幫你。」

何木舟「嗯」了一聲，他學習能力強，從小到大就不曾畏懼過挑戰，儘管過去沒有做過蛋糕，但他不信自己連個家常甜點都搞不定。

「那就再麻煩蘇老師指導了。」他笑著道，大掌覆上她的頭頂，肆意揉了一把。

一碰上甜點，蘇有枝就變得格外認真，專業的姿態全顯現出來了。她指揮著何木舟：「先把蛋、砂糖和糖粉拌在一起，直到聽不見糖沙沙的聲音。然後把蛋液打發，變成淡黃色的時候就可以加入可可粉了。」

與此同時，蘇有枝也幫他將有鹽奶油和葵花油放入小鍋加熱，等到他處理完蛋液，奶油也差不多融化了。

她把手上的小鍋遞給他，「可以一邊攪拌一邊倒進去，速度不用太快，拌完就可以先放在旁邊。」

何木舟按照她的指示做好麵糊，黑棕色的麵糊在光線的照耀下反射出平滑的光澤，外觀看起來十分不錯，隱隱泛著可可香。

「然後再把咖啡粉加入熱水拌勻，還有這些……」蘇有枝把放在桌上的香草精、苦甜巧克力豆和麵粉拿給他，「這些依序加進麵糊裡，慢慢地攪，適度把他們拌勻就好了。最後再把麵糊倒進模具裡推平，然後送入烤箱，就大功告成啦！」

蘇有枝把烤箱的時間溫度調好，側首看向何木舟，笑道：「怎麼樣，是不是很簡單？」

整體做下來還算順手，何木舟點頭，望著她嘴邊陷下的梨渦，忍不住伸手去按，拇指貼著小小的凹陷，渡過來的是女孩子淺淺的體溫。

他笑，「謝謝蘇老師。」

收回手時指腹還留有餘熱，他不動聲色摩娑了下，莫名帶了一絲繾綣。

等待烘烤的期間，蘇有枝調了兩杯蜂蜜檸檬氣泡飲，兩個人便坐在客廳等待，有一搭沒一搭地聊天。

「對了，一直想問妳，爲什麼咖啡廳的名字會叫木兮？」何木舟想起了之前去店裡外帶甜點時，包裝上貼的訂製貼紙，上頭「木兮」兩個字的標準字行雲流水，設計得十分好看。他還記得第一次去光顧時，就把櫃檯上的布朗尼全包了下來，每顆都包裝得很完善，圓圓的艾綠貼紙和黑棕色的蛋糕體，在視覺上也算是相得益彰。

至於味道，入口依然是熟悉的那股滋味。高中時期她最常給他帶的點心，就是布朗尼，到了加拿大他仍舊念念不忘。也就是在那個時候，何木舟確定了那家咖啡廳的店主就是蘇有枝本人。

「啊，其實也沒什麼特別的，因爲我的名字是源自於『山有木兮木有枝』嘛，當下第一個就想到了這句，直接取了裡頭的字眼來命名了。」

蘇有枝其實還有一個原因沒說，除了跟她的名字有連結之外，何木舟的名字裡也有一個「木」字，當時雖然已經分手了，也認定大概不會再見面了，可她還是放不下，還是希望能有什麼東西承載著她的思念和脆弱，就算是紀念過去那段美好的時光也好。而且何木舟也愛吃甜點，所以她還是私心替自己的咖啡廳命名爲「木兮」。

何木舟見蘇有枝拿著銀色的攪拌棒，緩慢地撥動著玻璃杯裡的蜂蜜檸檬氣泡，眼皮微微斂著，長睫纖密，掩住了眸中的情緒。

他彎了彎唇，沒再接話，幫她把垂落於頰前的髮絲勾到耳後，然後在她耳垂上輕輕捏了一下。

與此同時，「叮」的一聲從廚房傳來，布朗尼烤好了。

「走吧，去看看烤得怎麼樣。」何木舟拉著她起身，手指自然而然地鑽進她的指縫間，十指緊扣。

出爐後的布朗尼雖不至於多精緻，但賣相不差，何木舟心道至少成功了一半，拿刀子把布朗尼切成六小塊正方體，然後把其中一塊放到小圓盤上，用叉子切下了一小口，遞到蘇有枝的嘴邊。

「嚐嚐？」

蘇有枝張口，何木舟有一瞬間的緊張，而後見她表情沒有異狀，綳緊的神經這才稍稍放鬆。

「有合格嗎，蘇老師？」

「還可以，第一次做算是不錯了。」蘇有枝的語氣中是滿滿的鼓勵。

聞言，何木舟信心大增，接著切了一塊放到自己的嘴裡，誰知嚼了幾下，臉色倏然一變。

「好難吃。」他一言難盡地看著眼前的布朗尼。

明明配方一樣，也依照蘇有枝的指示一一執行，爲什麼成果跟蘇有枝自己做出來的差了這麼多？

「枝枝，我們吃的是同一份布朗尼嗎？」他放下盤子，拿起蜂蜜檸檬氣泡飲猛灌了一口。

蘇有枝見他一連串的動作，要多嫌棄就有多嫌棄，最終仍是沒憋住笑，樂道：「一樣的，我就是不想太打擊你……」

「不是，爲什麼按照妳說的做了，烤出來的味道卻和妳做的完全不一樣，難道妳的手有什麼魔法嗎？」何木舟一臉懷疑人生，抬起自己的手，又抓起蘇有枝的手，皺著眉頭端詳起來。

蘇有枝是眞的被逗樂了，沒想到區區一個失敗的布朗尼能讓何木舟這麼較眞，她笑道：「我也不知道，可能眞的有吧！」

說實話，她也沒想到簡單的布朗尼能垮掉，但最神奇的確實就在於何木舟的每個步驟都是聽從自己的指令，沒道理會做壞。

太玄學了。

「這些我可是不想再碰了。」何木舟癱著臉看向自己的傑作，「要怎麼辦？丟掉很浪費，可是味道眞的不怎麼樣。」

他杵在餐桌前思忖了半晌，最後靈光一閃，打了個響指，「我知道了。」

「嗯？」

「可以送給尹璇。」何木舟嘴角牽出一絲弧度，卻怎麼看怎麼不懷好意，「她家離這裡很近，我們送點宵夜給她吧。」

蘇有枝一臉無語。

尹璇上輩子做了什麼傷天害理的事這輩子才會遇到你。

毫不知情的尹璇在打開了門，看到何木舟和蘇有枝時，眼底的驚訝十分明顯，然後在見到何木舟遞過來一盒布朗尼後，那種驚訝就變成了驚嚇。

「你今天發什神經？晚上九點多還給我帶宵夜。」尹璇揚眉，不信他會這麼好心，「說吧，有什麼事要求我的，看在枝枝的面子上我會考慮看看。」

「我在妳眼裡就是這種人嗎？」何木舟嘴角抽了抽，「這是我做……我和枝枝一起做的布朗尼，量太多了吃不完，分妳一些。」

尹璇的目光轉向蘇有枝，後者遲疑地點了點頭，這種遲疑在尹璇眼裡卻是含蓄的意思，她這才相信了何木舟的說辭。

「行吧，謝啦。」尹璇回頭從冰箱拿了一盒櫻桃過來，「這我媽空運來的加州櫻桃，禮尚往來。」

何木舟面不改色地收下那盒櫻桃，閒聊幾句後就離開了。

「這樣不太好吧？」蘇有枝看著那盒櫻桃。美國加州的櫻桃頗負盛名，小小一盒價格肯定也不便宜。

「沒事，反正也不是第一次從她那裡騙東西了，她根本不差這點錢。」何木舟牽著蘇有枝走回去，「走，回家洗櫻桃給妳吃，她媽媽寄來的貨就沒有不好的。」

至於尹璇吃了布朗尼後連續打了好幾通電話來罵人，那就是後話了。

後記
聊贈一枝春

早安，國際慣例先給大家比心，謝謝翻到這裡的你，也謝謝大家連載期間的陪伴，以及編輯姐姐的幫助。這個故事能以實體的形式出版，於我如同一場盛大的美夢。

過程中很幸運地收獲了好多愛和溫暖，每次都想著自己何德何能，但又貪婪地繼續依賴大家的支持走下去。

《她好像有點甜》是一本相對輕鬆的故事。我單純地想寫一段可可愛愛的青春，沒有生離死別、大風大浪。少年少女那種閃閃發光的模樣，值得被時間鐫刻銘記。書寫的過程也特別治癒，彷彿跟舟哥和枝枝他們再次體驗了十幾歲的青春，眞的很開心——若問想回到過去的哪段時光，我一定會毫不猶豫地選擇高中。

枝枝在結尾對舟哥說「我折一枝春送給你，你要永遠記在心裡」。

如果可以，我也想贈你們一枝春。花期終有盡頭，可是春天會回來，不論再怎麼難熬，季節循環往復，冬日的寒冷會過去，所有苦難都是爲了遇見春天的美好所埋下的伏筆。而「春」這個意象也是少年少女含苞待放、閃閃發亮的青春，十幾歲眞的是特別飛揚、漂亮的年紀，我永遠爲之沉醉。

春日永遠爲他們停留，也謝謝你曾經爲他們停留。如果在閱讀過程中有被療癒到，對我來說就是很幸福的事了。

老話一句，感謝你們浪費在我身上的生命，緣聚緣散，咱們江湖再見。

三杏子，二〇二三・十二，台北

國家圖書館出版品預行編目資料

她好像有點甜／三杏子著. -- 初版. -- 臺北市 ： POPO原創出版，城邦原創股份有限公司出版：英屬蓋曼群島商家庭傳媒股份有限公司城邦分公司發行, 2024.03
面； 公分. --
ISBN 978-626-98264-9-0（平裝）

863.57 113001960

她好像有點甜

作　　者／三杏子
責任編輯／鄭啟樺　行銷業務／林政杰　版　　權／李婷雯
內容運營組長／李曉芳
副總經理／陳靜芬
總 經 理／黃淑貞
發 行 人／何飛鵬
法律顧問／元禾法律事務所　王子文律師
出　　版／POPO原創出版
城邦原創股份有限公司
台北市南港區昆陽街 16 號 4 樓
電話：(02) 2509-5506　傳眞：(02) 2500-1933
email：service@popo.tw
發　　行／英屬蓋曼群島商家庭傳媒股份有限公司城邦分公司
聯絡地址：台北市南港區昆陽街 16 號 8 樓
書虫客服服務專線：(02) 25007718．(02) 25007719
24小時傳眞服務：(02) 25001990．(02) 25001991
服務時間：週一至週五09:30-12:00．13:30-17:00
郵撥帳號：19863813　戶名：書虫股份有限公司
讀者服務信箱 email：service@readingclub.com.tw
城邦讀書花園網址：www.cite.com.tw
香港發行所／城邦（香港）出版集團有限公司
地址：香港九龍土瓜灣土瓜灣道86號順聯工業大廈6樓A室
email：hkcite@biznetvigator.com
電話：(852) 25086231　傳眞：(852) 25789337
馬新發行所／城邦（馬新）出版集團 Cité(M)Sdn. Bhd.
41, Jalan Radin Anum, Bandar Baru Sri Petaling,
57000 Kuala Lumpur, Malaysia.
電話：(603) 90563833　傳眞：(603) 90576622
email：services@cite.my

封面設計／也津
電腦排版／游淑萍
印　　刷／漾格科技股份有限公司
經 銷 商／聯合發行股份有限公司
電話：(02)2917-8022　傳眞：(02)2911-0053

■ 2024 年3月初版
■ 2024 年5月初版1.6刷
Printed in Taiwan

定價／350元

ISBN 978-626-98264-9-0

POPO原創出版 www.popo.tw
城邦讀書花園 www.cite.com.tw